LE GRAND LIVRE DE L'ORTHOGRAPHE
ET DE LA GRAMMAIRE

W0327931

JEAN-YVES DOURNON

Le Grand Livre de l'orthographe et de la grammaire

PRÉFACE DE JEAN DUTOURD DE L'ACADÉMIE FRANÇAISE

L'ARCHIPEL

© L'Archipel, 2005.
ISBN : 978-2-253-08430-3 – 1re publication LGF

À ma femme.

Pour
Catherine, Jean-Pierre,
Béatrice, Xavier,
Jean-Jacques, Martine

et

Cédric, Fern, Eléa et Rose,
Thomas, Valérie, Alexandre et Antoine,
Matthieu, Marion et Léo,
Sophie, Khaled et Naël,
Julie, David et Romain,
Pierre,
Charles.

Sommaire

Préface

L'orthographe est l'âme des mots

Les mots ne sont pas seulement des sons, ils ont une forme qui n'est pas moins importante. C'est ici que l'orthographe apparaît. La *filosofie* n'est pas tout à fait la même chose que la *philosophie*, de même que Notre-Dame de Paris n'est pas l'abbaye de Westminster.

Nous vivons dans deux univers : celui de la musique et celui de la peinture. La langue que l'on appelle « maternelle » a sa mélodie et sa forme. La mélodie résonne à notre oreille depuis notre naissance et nous avons ouvert les yeux sur des formes qui ne ressemblent à aucune autre.

Depuis combien de siècles parle-t-on français en France ? Les historiens font remonter cela à 843, date du traité de Verdun qui, pour la première fois, ne fut pas rédigé en latin mais dans le patois gallo-germanique en usage à cette époque. Il a fallu six ou huit siècles encore pour qu'un lecteur curieux de poésie se résignât à lire Villon. Telle fut mon expérience vers l'âge de quinze ou seize ans. Après quelques essais décourageants, j'eus l'intuition que toute la beauté de cette poésie était cachée par l'orthographe surchargée de lettres inutiles, de tournures archaïques, de lourdeurs grammaticales, etc.

Même remarque à propos de Joinville, Rabelais, Montaigne, voire du cardinal de Retz. Dès que l'on faisait mentalement l'effort de remplacer la vieille orthographe par l'orthographe moderne, fût-ce « j'estois » par « j'étais », tout se mettait à resplendir, c'était comme des peintures nettoyées.

L'orthographe française d'aujourd'hui qui donne au français moderne son visage particulier (j'oserai dire « son ovale parfait ») est celle qui s'est fixée au XIXe siècle, dont les fondateurs sont les grands écrivains de cette période, de Chateaubriand à Proust, et qui a été codifiée par Littré.

C'est de cette orthographe-là que Jean-Yves Dournon dévoile les secrets, les mystères, la mécanique, les règles, les irrégularités. Il y a dans son livre tout ce qu'un lecteur français peut savoir sur ce qu'il y a de plus précieux : le langage, c'est-à-dire son âme.

Jean Dutourd,
de l'Académie française

Introduction

Rendre simple ce qui paraît compliqué a été notre souci constant dans la rédaction de ce livre. Non, le bon français n'est pas réservé à une élite qui se reconnaît dans une dictée célèbre où sont accumulées les difficultés.

Après quarante années passées à déceler les fautes, les errements syntaxiques et grammaticaux de nos plus prestigieux auteurs, et avoir publié le fruit de cette expérience sous forme de dictionnaire, il m'a paru opportun d'apporter une vision nouvelle sur notre langue, un regard critique sur « la réforme de l'orthographe ». En réalité, force est de constater, à l'étude des principaux dictionnaires, que cette « réforme » a créé une cacophonie qui, comme toute cacophonie, laisse l'utilisateur déconcerté.

Dans cet ouvrage, vous trouverez, chaque fois que nécessaire, un commentaire qui vous permettra de vous faire une opinion.

Certaines « recommandations » vont dans le bon sens, d'autres ne sont pas entrées dans l'usage, par exemple, la suppression des accents circonflexes ou le déplacement du tréma. L'avertissement qui suit vous donne toutes les données de cette « réforme ».

Moderne, ce livre s'adresse à tous ceux qui souhaitent maîtriser le bon usage de notre langue.

N'oubliez pas qu'un CV qui contient des fautes d'orthographe va directement dans la corbeille à papiers.

Oui, la maîtrise de notre langue est source de succès. Puisse ce livre vous y aider et contribuer à éviter un naufrage annoncé.

Abréviations employées

Acad.	Académie française
adj.	adjectif(-ivement)
adv.	adverbe(-bial)
all.	allemand
ANAT.	anatomie
angl.	anglais
ANTIQ.	Antiquité
ASTRON.	astronomie
auj.	aujourd'hui
BOT.	botanique
class.	classique
compl.	complément
cond.	conditionnel
conj.	conjugaison
c.o.d.	complément d'objet direct
dér.	dérivés
dir.	direct
ETHNOL.	ethnologie
ex.	exemple
expres.	expression
ext.	extension
f. ou fém.	féminin
fam.	familier
fig.	figuré
HÉRALD.	héraldique
ind.	indicatif
indir.	indirect
i. ou int.	intransitif
interj.	interjection
inv.	invariable
LING.	linguistique
litt.	littéraire
loc.	locution
m. ou masc.	masculin
MÉD.	médecine
MILIT.	militaire
MOD.	moderne
MUS.	musique
n.	nom
pas.	passé
PATHOL.	pathologie
part.	participe
péj.	péjoratif
PHARM.	pharmacie
PHIL.	philosophie
pl.	pluriel
pop.	populaire
prép.	préposition(-itive)
prés.	présent
pr. ou pronom.	pronominal
prononc.	prononciation
PSYCHOL.	psychologie
qq. ch.	quelque chose
qqn	quelqu'un
sing.	singulier
subj.	subjonctif
subst.	substantif
t. ou trans.	transitif
TYPO.	typographie
v.	verbe
vx.	vieux
P.L.I.	Petit Larousse illustré
G.R.	Grand Robert
R.	Robert
H.	Hachette
⊠	signale une particularité à retenir
*	placé devant un mot ou une lettre, signale une faute fréquente, une explication
ⓔ	signale une exception

Avertissement

Les rectifications en vue de supprimer les « anomalies » de notre langue ont été publiées, sous l'égide du Conseil supérieur de la langue française, au *Journal officiel* du 6 décembre 1990. L'Académie française a donné son aval à ces rectifications, mais, précise Maurice Druon, en demandant qu'elles *« soient soumises à l'épreuve du temps »*.

Soixante-deux mots, dont douze admettant une double graphie, ont été validés par l'Académie (voir liste p. 242) sans attendre « l'épreuve du temps ».

Le *Dictionnaire Hachette 2005* est le seul dictionnaire à privilégier au mot entrée la graphie nouvelle (en fin de rubrique, il donne l'« ancienne graphie »). Il présente ainsi les rectifications parues au *Journal officiel*:

① Les numéraux composés sont systématiquement reliés par des traits d'union.

ANCIENNE GRAPHIE	NOUVELLE GRAPHIE
Vingt et un	Vingt-et-un
Deux cents	Deux-cents
Trois millièmes	Trois-millièmes

▷ Cette règle n'a pas eu le succès escompté, malgré les nombreuses difficultés qu'elle aurait supprimées.

② Dans les noms composés (avec trait d'union) du type *pèse-lettre* (verbe + nom) ou *sans-abri* (préposition + nom), le second élément prend la marque du pluriel lorsque le nom est au pluriel.

ANCIENNE GRAPHIE	NOUVELLE GRAPHIE
Un compte-gouttes	Un compte-goutt**e** pl. des compte-goutt**es**
Un après-midi	Un après-midi
Des après-midi	Des après-midi**s**

Observations. Restent invariables les mots comme *prie-Dieu* (à cause de la majuscule) ou *trompe-la-mort* (à cause de l'article). On écrit des *gard**e**-pêche**s***, qu'il s'agisse d'hommes ou de choses.

▷ Voir p. 99 *sq*., la confusion totale que cette règle a introduite dans les dictionnaires. Pour vous en convaincre, les graphies différentes entre dictionnaires ont été recensées sous la mention VARIANTES ou VAR.

③ On emploie l'accent grave (plutôt que l'accent aigu) dans un certain nombre de mots (pour régulariser l'orthographe), au futur et au conditionnel des verbes qui se conjuguent sur le modèle de *céder*, et dans les formes du type *puissè-je.*

ANCIENNE ORTHOGRAPHE	NOUVELLE ORTHOGRAPHE
Év**é**nement	Év**è**nement
R**é**glementaire	R**è**glementaire
Je c**é**derai	Je c**è**derai
Ils r**é**gleraient	Ils r**è**gleraient

▷ Voir p. 242 la liste des mots concernés. L'Académie a approuvé le changement pour le futur et le conditionnel des verbes conjugués sur le modèle de **céder**.

④ L'accent circonflexe disparaît sur *i* et *u*. On le maintient néanmoins dans les terminaisons verbales du passé simple, du subjonctif et en cas d'ambiguïté.

Observations. Les mots où le circonflexe est conservé parce qu'il apporte une distinction de sens utile sont les adjectifs au singulier *dû*, *mûr* et *sûr*, *jeûne* et les formes de *croître* qui, sans accent, se confondraient avec celles de *croire* (*je crois, tu crois*, etc.). Sur le *i* et le *u*, l'accent circonflexe ne joue aucun rôle phonétique, il est l'une des principales causes d'erreur et son emploi, aléatoire, ne peut être justifié par l'étymologie.

▷ Cette recommandation n'est pas entrée dans l'usage, seul le dictionnaire Hachette (qui conserve le circonflexe sur les mots comportant cet accent) donne parfois en fin de rubrique la variante (ex. « cout », à *coût*), mais pas à *île*. Voir « Les adverbes », p. 211.

⑤ Les verbes en *-eler* ou *-eter* se conjuguent sur le modèle de *peler* ou de *acheter*. Les dérivés en *-ment* suivent les verbes correspondants.
Font exception à cette règle *appeler*, *jeter* et leurs composés (y compris *interpeler*).

ANCIENNE ORTHOGRAPHE	NOUVELLE ORTHOGRAPHE
J'amoncelle	J'amoncèle
Amoncellement	Amoncèlement
Tu époussetteras	Tu époussèteras

Observation. Avec cette nouvelle règle, il n'y a plus lieu de mémoriser de longues listes de verbes dont la conjugaison variait parfois même d'un dictionnaire à l'autre.

▷ Cette règle n'est pas encore entrée dans l'usage. Seul Hachette indique *amoncèlement* ou *amoncellement*.

⑥ Les mots empruntés forment leur pluriel de la même manière que les mots français et sont accentués conformément aux règles qui s'appliquent aux mots français.

ANCIENNE ORTHOGRAPHE	NOUVELLE ORTHOGRAPHE
Des matches	Des matchs
Des misses	Des miss
Revolver	Révolver

Observation. Le pluriel régulier, déjà familier à la plupart des francophones, renforce l'intégration des mots empruntés ; l'ajout d'accent permet d'éviter des prononciations hésitantes.

▷ Cette règle de bon sens entre dans l'usage, y compris dans le dictionnaire de l'Académie, voir p. 113 « Mots d'origine anglaise ».

⑦ La soudure s'impose dans un certain nombre de mots, en particulier :
- **dans les mots composés de contr(e) et entr(e) ;**
- **dans les onomatopées et dans les mots d'origine étrangère ;**
- **dans les mots composés avec des éléments « savants ».**

ANCIENNE ORTHOGRAPHE	NOUVELLE ORTHOGRAPHE
contre-appel, entre-temps	contrappel, entretemps
tic-tac, week-end	tictac, weekend
agro-alimentaire	agroalimentaire
porte-monnaie	portemonnaie

Observation. La soudure est étendue au-delà des cas cités dans cette règle, les auteurs de dictionnaires sont invités à privilégier la graphie soudée.

▷ Seul le dictionnaire Hachette donne, en fin de rubrique, sous forme de variante, la graphie recommandée, privilégiant ainsi « l'ancienne » orthographe. Ex. : *contre-amiral* en mot entrée et, en fin de rubrique : [var. *contramiral*]. En revanche, il y a hésitation pour les mots formés avec *entre(-)*. Ex. : *s'entredéchirer, s'entredévorer* n'ont pas la mention [VAR.]. Il en est de même pour *s'entrégorger*, alors que les dictionnaires (Acad., P.L.I.) maintiennent la graphie *s'entr'égorger ou s'entre-égorger* (voir p. 252).

⑧ Les mots anciennement en *-olle* et les verbes anciennement en *-otter* s'écrivent avec une consonne simple. Les dérivés du verbe ont aussi une consonne simple. Font exception à cette règle *colle, folle, molle* et les mots de la même famille qu'un nom en *-otte* (comme *botter* de *botte*).

ANCIENNE ORTHOGRAPHE	NOUVELLE ORTHOGRAPHE
corolle	corole
frisotter, frisottis	frisoter, frisotis

▷ Cette règle n'est pas appliquée, même par Hachette qui, à *frisotter*, n'indique pas l'orthographe nouvelle et ignore *frisotis*. Au mot entrée *corolle* figure : [VAR. *corole*].

⑨ Le tréma est déplacé sur la lettre *u* prononcée dans les suites *-güe* et *-güi* et est ajouté dans quelques mots.

ANCIENNE ORTHOGRAPHE	NOUVELLE ORTHOGRAPHE
aiguë, ambiguë	aigüe, ambigüe
ambiguïté	ambigüité
arguer	argüer

Observation. Les mots dans lesquels est ajouté un tréma sont : *argüer* (*j'argüe, nous argüons*, etc.), *gageüre, mangeüre, rongeüre, vergeüre*).

Le déplacement du tréma évite des difficultés de lecture ; son ajout empêche des prononciations jugées fautives.

▷ En entrée, Hachette privilégie *gageure*, en fin de rubrique [VAR. *gageüre*], ignore *mangeüre* et *rongeüre*.
Force est de constater que l'usage n'a pas entériné ces « règles » ou plutôt ces « recommandations » !

⑩ Comme celui de *faire*, le participe passé de *laisser* suivi d'un infinitif est invariable.

ANCIENNE ORTHOGRAPHE	NOUVELLE ORTHOGRAPHE
Elle s'est laissée mourir Je les ai laissés partir	Elle s'est laissé mourir Je les ai laissé partir

▷ Voir notre commentaire p. 128.

⑪ Quelques anomalies sont supprimées.

▷ Nous ne les transcrivons pas, ces anomalies n'ayant pas été ratifiées par l'usage. Par ex. la nouvelle orthographe proposée pour *bonhommie, boursouffler* (et dér.), *cahutte, charriot, cuisseau*. (Rappelons l'ancienne graphie : **cuisseau de veau**, **cuissot de chevreuil**.)

⑫ En cas de concurrence dans l'usage, on privilégie la forme la plus francisée (*leadeur* plutôt que *leader*), la graphie sans circonflexe (*allo* plutôt que *allô*), le pluriel régulier, etc.

▷ Voir p. 110 à 115, « Mots d'origine étrangère ». Quant à l'application de la règle supprimant l'accent circonflexe, l'usage ne l'a pas ratifiée, y compris en variante par Hachette.

Force est de constater que les « Rectifications » ont plutôt déstabilisé l'usage et déconcerté les auteurs de dictionnaires, sans parler des services de lecture des maisons d'édition, notamment en ce qui concerne les mots composés. La suppression des accents aigu et circonflexe, ou le déplacement du tréma, ne sont pas entrés dans l'usage. Nous maintenons les graphies de la 9e édition du *Dictionnaire de l'Académie* et donnons les graphies des dictionnaires (édition 2005) *Petit Larousse illustré* (P.L.I.) et Robert (R.) ainsi que

celles du dictionnaire Hachette (H.), qui est le seul à privilégier la « Réforme », sans toujours la respecter (*allô*, *plutôt* gardent l'accent circonflexe sans variante).
Un regret. Avant la publication des « Rectifications », sous l'égide du Premier ministre, lors d'une réunion regroupant les responsables éditoriaux des principales maisons d'édition, j'avais suggéré qu'ils se communiquent leurs banques de données et que, en cas de désaccord, une commission (sous l'égide de l'Académie) donne son avis. Un silence prudent, étourdissant même, fut la seule réponse à cette proposition. On peut le regretter, car, aujourd'hui, à quel dictionnaire se fier ?
Dans ce livre, vous trouverez toutes les occasions de vous faire une opinion et de choisir, en toute liberté, la graphie qui correspond à l'usage, notamment en ce qui concerne le féminin des noms de titres, de métiers, de fonctions (voir p. 71 *sq.*).

Du bon usage de ce livre

La mention ☛ L'ESSENTIEL (en encadré) vous rappelle la règle qui régit notre langue ou attire votre attention sur un point qu'il vous faut connaître afin de mieux maîtriser une orthographe, un accent, une conjugaison.

La mention ☛ À RETENIR (en encadré) attire votre attention sur une exception à ne pas négliger, sur une particularité digne d'être connue.

En bas de page, précédés d'un filet, vous trouverez des conseils qui vous mettent en garde contre des abus de langage, des impropriétés, des nuances ou subtilités. Ils vous précisent le sens d'un mot, vous indiquent une graphie difficile...

Grâce au chapitre sur les préfixes et suffixes, vous pourrez connaître l'orthographe d'un mot et en découvrir la signification.

Masculin ou féminin ? Le genre d'un mot, s'il est souvent facile à déterminer, est parfois source d'erreurs. Nous avons multiplié les rubriques afin de vous permettre de les éviter.

Singulier, pluriel ? Si la formation des mots au pluriel obéit à des règles simples, un grand nombre d'entre eux présentent une particularité que vous devez connaître. À cet effet, nous avons, là aussi, créé de multiples rubriques, aussi attrayantes que possible.

Les accords ? Ce chapitre va vous entraîner dans un véritable labyrinthe. Nous espérons vous avoir donné le fil d'Ariane qui vous permettra d'en sortir !

Vous déjouerez tous les pièges que la conjugaison des verbes vous tend et ne commettrez plus, par exemple, cette faute grossière que l'on trouve trop souvent : *Que vous *ayiez, que vous *soyiez* (le *i* est à proscrire, vous le savez mais la négligence est fréquente).

Les homonymes, les paronymes, les barbarismes, les solécismes vous sont dévoilés. Grâce à ce chapitre, vous emploierez toujours le mot juste.

Les mots invariables ont des emplois précis. Vous ne direz pas : *Ce cadeau m'a fait *très plaisir* mais *grand plaisir.* Vous ne commettrez pas un pléonasme en écrivant *J'en ai *suffisamment assez, J'en ai assez* suffit, *voici* n'est pas *voilà*...
Enfin, deux chapitres vous apprendront : l'un quand doubler une consonne et à maîtriser la prononciation, l'autre comment se perfectionner dans l'art de la ponctuation et utiliser à bon escient les majuscules.

🕮 Les néologismes

Nous aurions aimé vous faire partager notre joie (parfois notre indignation) en vous parlant des néologismes. Vous les découvrirez dans votre dictionnaire, c'est ainsi que vous vous enrichirez (chaque maison d'édition procède régulièrement à une mise à jour ou à une refonte de ses dictionnaires). Puissions-nous vous en donner le goût par ces quelques exemples.
D'après le *Petit Larousse illustré* (P.L.I.) vous saurez que **télévendeur, euse** est un « professionnel de la télévente », mais vous n'y trouverez pas **Téléthon**, formé sur **télé**(vision) et (mara)**thon**, qui désigne une émission de télévision de longue durée récoltant des dons afin de lutter contre la myopathie par exemple.
Autobus a donné (fam.) *bus.* À partir de cette finale, on a : *Abribus* (qui est un nom déposé), *aérobus, Airbus, bibliobus, hélibus, minibus.* Le domaine commercial n'est pas avare en néologismes : *bagagerie, croissanterie* et même *saladerie* et *sandwicherie* !
Citons encore parmi les mots nouveaux (P.L.I., 2005) : **algoculture** n. f., **allogreffe** n. f., **cerf-voliste** n., **Creutzfeldt-Jacob** (maladie de), **cybercafé** n. m., **déflocage** n. m., **douchette** n. f., **funny** adj. inv., **francisant, e** n., **Lolita** n. f., **Molière** n. m., **papivore** n., **raggamuffin** n. m., **rave** ou **rave-party** n. f., **scratcher** v. i. et v. pr., **transgénose** n. f., **trial** n. f., **VTC** n. m. (vélo tout chemin).
De nombreux spécialistes se sont penchés sur la francophonie, faisant entrer des africanismes : **ambiancer**, **rapeur**... ; des belgicismes : **barémique**, **cuistax**, **frottemanche**, **rattachiste** ; des helvétismes : **baboler**, **barjaquer**, **caluger**, **défunter**, **schinder**, **vigousse**... ; des québécismes : **carriole**, **coquerelle**, **épinette**, **fleurdelisé**, **lousse**, **peinturer**...

Comme on le voit, notre langue évolue, s'adapte à l'actualité. Si vous ne le saviez pas, **raggamuffin** est un « style musical chanté rattaché au mouvement hip-hop, associant rap et reggae ».
À signaler en 2005, l'entrée au P.L.I. des mots **blog** n. m., **éco-citoyen** n. m., ou encore **façadisme** n. m.

La dictée piège ou comment tester vos connaissances

Un exemple valant mieux qu'un long discours, exercez-vous sur ce petit texte truffé d'erreurs que vous n'auriez sans doute pas commises, ou que vous ne commettrez plus… À vous de les découvrir. Testez vos connaissances.

Je vous écris pour la troisième années et vous fait part de ma volontée de renouveller ma demande. Je vous envoi en mème tant une lettre de mon psychiâtre. Il m'a prété une chambre où il y a deux autres malade avec moi.

Cet exemple, qui cumule dix fautes courantes, vous montre qu'il faut être attentif et acquérir des réflexes.
Pourquoi la *troisième année*s* ? Le rédacteur a dû penser que, puisqu'il y avait plusieurs années qu'il écrit, il fallait un *s*. Vous, vous savez que *la* est la marque du singulier et vous avez corrigé : la troisième année.
*Vous fai*t*? Réflexe à acquérir : sous-entendez *et* [*je*] *vous fais*. Une erreur en moins.
*Ma volonté*e*. La marque du féminin *la* a influencé le rédacteur.
Les autres erreurs sont grossières et vous montrent qu'il faut réfléchir avant d'écrire. Il fallait écrire : renouve**l**er (un seul *l*) ; envoi**e** (verbe et non substantif) ; malade**s** (faute d'inattention).
Vous avez remarqué les fautes d'accent : on écrit *m**ê**me* et non *m*ème*; *psych**ia**tre* et non *psychi*âtre*; *pr**ê**té* et non *pr*été* (voir « Les accents », p. 241) ; et encore la confusion **tant* pour *temps* (voir « Les homophones », p. 178).

De l'anglais au français

De nombreux mots d'origine anglo-saxonne s'introduisent dans notre langue. Il existe une liste officielle de ces termes. En voici les équivalents en français, parmi les plus usuels.

Broker ➞ Courtier.
Coach ➞ Entraîneur.
Fast-food ➞ Restauration rapide.
Hardware ➞ Matériel informatique.
Joint venture ➞ Coentreprise.
Leader ➞ Meneur. Entré dans la 8ᵉ édition du Dictionnaire de l'Académie, qui indique dans la 9ᵉ édition : « Néanmoins, *meneur*, *chef de file*, *dirigeant*, etc., peuvent lui être substitués avec profit. »
Leasing ➞ Location avec option d'achat.
Lifting ➞ Remodelage, restylage. ☒ L'Académie renvoie à **lissage**.
Listing ➞ Listage.
Mailing ➞ Publipostage.
Manager ➞ Manageur. Curieusement, l'Académie favorise *manager* (*er* se prononcer *ère*) ou *manageur* et précise que ce terme est réservé aux sports. En technique du management, on dit aujourd'hui *gestionnaire* et *chef d'entreprise.*
Marketing ➞ L'Académie renvoie à *mercatique.*
Microcomputer ➞ *Microordinateur* ou *micro-ordinateur* (Acad.).
Overbooking ➞ Surréservation.
Perchman ➞ Perchiste.
Planning ➞ Planification.
Play back ➞ Présonorisation.
Revolving credit ➞ Crédit permanent.
Scoop ➞ Exclusivité.
Sniper ➞ Tireur isolé.
Software ➞ Logiciel.
Speaker ➞ Annonceur.
Sponsor ➞ Parrain, parraineur.
Sponsoring ➞ Parrainage.
Sponsoriser ➞ Commanditer.
Spot ➞ Message publicitaire.
Task force ➞ Groupe de projet.
Top niveau ➞ Haut niveau.
Tour operator ➞ Voyagiste.
Video-clip ➞ Bande vidéo promotionnelle.
Videoshopping ➞ Vidéo-achat.
Walkman ➞ Baladeur.

1 En guise de préambule

Avant de pénétrer dans le royaume merveilleux des mots, voici quelques données de base.

Du bon usage des dictionnaires

Il existe de nombreux dictionnaires. Choisissez celui qui vous paraît devoir vous être le plus utile. Pour référence à ce livre, nous avons « pratiqué » la 9e édition du Dictionnaire de l'Académie (t. I de **a** à **enz**, 1992, et les fascicules publiés par le *Journal officiel*, « Dictionnaire de l'Académie de **éocène** à **onglette** », de 1993 à décembre 2004). C'est en effet la référence la plus sûre, la plus incontestable qui soit. En cas de doute, l'Académie fait loi. Ex. l'Académie a tranché : on écrit **alcootest**, la graphie *alcotest* n'ayant pas été retenue.

L'alphabet

Il comporte vingt-six lettres : a, b, c, d, e, f, g, h, i, j, k, l, m, n, o, p, q, r, s, t, u, v, w, x, y, z. Ces vingt-six lettres se composent de vingt consonnes et de six voyelles. Les six voyelles sont : a, e, i, o, u, y. Que cache le mot voyelle ? L'Académie nous indique : « Son de la voix produit par la vibration du larynx modifiée par l'ouverture plus ou moins grande de la bouche. *Une diphtongue est faite de deux voyelles qu'on prononce d'une seule émission de voix, comme dans* chaos. *Voyelle brève. Voyelle accentuée.* »

Votre première réaction à la lecture de ce texte sera de consulter votre dictionnaire afin de vous assurer de vos connaissances. C'est ainsi que vous aurez la confirmation que *larynx* se prononce bien [*la-rinks*], que cet organe est creux... Je vous laisse chercher.

➠ Diphtongue

Ce mot entre dans les définitions qu'il vous faut connaître : « En phonétique, voyelle qui, au cours de son émission, subit une variation de timbre de sorte que l'on peut entendre deux sons vocaliques dont l'un est plus fermé que l'autre », et l'Académie de préciser : « À la différence de certaines langues étrangères, le français moderne ne comporte pas de diphtongues au sens exact du terme. »
C'est aussi le « Nom donné par abus à la juxtaposition graphique de deux voyelles, comme *ai, au, eu, ou,* qui, dans la prononciation, ne forment qu'un son unique (il est préférable de dire *Digramme*) » (Acad.).
Consultez de nouveau votre dictionnaire.

➠ Digramme

« Groupe de deux lettres employé pour transcrire un son unique. Le "au" de aubépine, le "eu" de fleur, le "ch" de cheval sont des digrammes » (Acad.).

🕮 Les fautes d'inattention

Ce sont les plus stupides. Dans l'enseignement, elles vous desservent auprès des professeurs ; dans la vie courante, elles vous font passer pour ce que vous n'êtes pas : un ignorant.
Comment les éviter ? Tout simplement en vous relisant. Au fil de la plume, vous commettez des erreurs bien excusables. Par exemple : *Demain, Jacques et moi iron*t à Paris.* Acquérez le réflexe d'écrire : *Demain, Jacques et moi nous irons à Paris* (le « nous » est, de plus, préférable en « bon français »).

☛ À RETENIR :

Voici quelques-unes de ces confusions fréquentes :
D**û**ment-prétend**u**ment (voir « Les accents », p. 245, et « Les adverbes », p. 209). *L'accident a été d**û**ment constaté*, c'est-à-dire selon les formes prescrites par la loi.
Méfiez-vous. N'écrivez pas :
*Les droits d'auteur seront d*ûs chaque semestre.* Le part. passé du verbe *devoir* est *d***û** au masc. sing. Au pluriel et au fém., il perd son chapeau : *les droits d'auteur seront* ***dus****. La somme* ***due*** *se monte à…* (voir).
N'écrivez pas *des arguments bidon*s* (*bidon* est toujours un adj. inv.), **presqu'en même temps* (*presque* ne s'élide que dans *presqu'île*).

2 La formation des mots
Préfixes et suffixes

L'étude des préfixes et des suffixes permet non seulement d'apprendre la formation des mots de notre vocabulaire, mais aussi de connaître leur sens.

Les préfixes

L'ESSENTIEL :

Le **préfixe** est un groupe de lettres qui s'agglutinent devant un mot pour en modifier le sens en formant un mot nouveau. « **Pré** dans *prédire* et **sur** dans *surprendre* sont des préfixes » (Littré).
Certains éléments peuvent être considérés comme des préfixes. C'est ainsi que, après avoir servi à former des substantifs exprimant un degré supérieur (*archidiacre*, *archiprêtre*), **archi** indique aujourd'hui un degré excessif. *Un wagon archibondé. Elle est archiconnue.* Sauf devant une voyelle : *Il est archi-autoritaire*, le préfixe s'agglutine avec le mot. *Il est archimillionnaire.* Il en est de même pour **extra**, **hyper**, **super**. *Extrabudgétaire, hypermarché, superbénéfice.*

Préfixes latins usuels

Grâce à eux, vous apprendrez – si vous ne le savez déjà – à connaître le sens d'un mot, à maîtriser son orthographe.

PRÉFIXES	SENS	EXEMPLES
a-, ad-	direction, but à atteindre	*abaisser, attendrir*

PRÉFIXES	SENS	EXEMPLES
ab-, abs-, av-	séparation, origine	*abdiquer, abroger, absence*
anté-, anti-	avant, contre	*antédiluvien, antidater*

▷ Voir « Préfixes grecs », p. 37, et « Le trait d'union », p. 251.

bi-, bis-,	double, deux	*bisaïeul, biceps, bicorne*

▷ Le pluriel de *bisaïeul* est *bisaïeuls*.

centi-	cent	*centiare, centigrade*
circum-, circon-	autour	*circumnavigation, circonvolution*
cis-	en deçà de	*cisalpin, Gaule cisalpine*
co- (variante de **cum**)	avec, réunion, adjonction	*cohéritier, coopter*
con- (com-, col-, cor-)	avec	*concentrer, conjointe, collatéral, correspon-dance*
contra-	contre, en sens contraire	*contraceptif, contradicteur*
curvi-	courbe	*curviligne*
dis- (de-, dé-, des-, dés-)	éloignement, séparation, privation, différence, défaut	*disgrâce, détrousser, déshériter, discorde*
en- (ou **em-** devant *b, m, p*)	dans, loin	*emboîter, emmancher, enlever, enterrer*

Anticiper, c'est « exécuter quelque chose avant le terme fixé ». *On anticipe un règlement.* C'est aussi prévoir : *Le gardien de but anticipe le coup de pied.* On préfèrera cependant : *prévoir un évènement* à *anticiper un évènement.*

▷ **En-** sert essentiellement à la formation de verbes composés.

entre- (inter-, intra-)	au milieu de (voir « Le trait d'union », p. 251)	*entrecuisse* (sans *s*), *entre-deux-guerres* n. m. ou f. *intraveineux*
équi-	égal	*équilatère, équinoxe*
ex- (é-, ef-, es-)	hors de, privation, éloignement	*extraire, éborgner, effondrer, essoufflement*

▷ **Ex-** indique que la personne a quitté sa profession, son état. Il se place surtout devant un substantif, rarement devant un adjectif.

extra- **for-, fau-, four-**	dehors, en dehors de	*extraordinaire, extrapoler* *faubourg, fourvoyer*

▷ **Extra** a formé de nombreux adjectifs et quelques substantifs. Il y a agglutination, sauf devant une voyelle et s'il y a un hiatus : *extra-atmosphérique, extra-utérin, extra-humain,* mais *des petits pois extrafins.* On écrit **extra-muros** (avec -), « En dehors des limites de la ville ». L'usage, consacré par les dictionnaires, lie les deux éléments : *extralégal, extrajudiciare, extrascolaire,* etc.

ferro-	fer	*ferroalliage, ferroélectricité*
fluvio-	fleuve	*fluvioglaciaire, fluviomètre*
igni-	feu	*ignifuge, ignivome*
in- (il-, im-, ir-)	contraire, négation, insuccès	*inapte, illisible, immangeable, irréel*

▷ La formation des mots avec **in-** à valeur négative est pleine de pièges. On écrit **irrachetable** et non **inrachetable*, mais **inlassable** et non **illassable. Une histoire est* **inracontable** et non **irracontable* (faute fréquente).

▷ **In-folio**, **in-octavo**, **in-plano**, **in-quarto** sont inv. bien que le pluriel se rencontre : « *Il a lu beaucoup d'in-folios* » (Sainte-Beuve). **In-douze** est inv.

PRÉFIXES	SENS	EXEMPLES
in- (im-)	dans, dedans	*inclure, immersion*
immuno-	du latin *immunis*	*immunodépresseur*
infra-	au-dessous	*infrastructure*
inter-	entre	*interurbain, intercaler*
intra-	à l'intérieur	*intracardiaque*

▷ **Inter-** indique la séparation, l'espacement, la réciprocité. Tous les mots s'écrivent sans trait d'union : **interclasse** est masc. **Interligne** est masc. au sens de « espace entre deux lignes », fém. en terme d'imprimerie. **Interview** [-iou] est fém.

▷ Prennent un trait d'union : *intra-atomique* adj., *intra-auriculaire* n. m., *intra-muros* loc. adv.

juxta-	tout près de	*juxtalinéaire, juxtaposer*
mi-	qui est au milieu	*midi, minuit*

▷ **Mi-**. Cet élément a formé de nombreux mots : *Des mi-bas.* Devant un nom désignant une période : *À la mi-juin, nous irons vous voir.* Devant un adjectif, un participe, un nom, formant alors une locution adjective : *des yeux mi-clos.* L'expression **mi-figue, mi-raisin** (notez la virgule). *Un boxeur mi-lourd.*

☒ N. masc. inv. *Un adagio en mi majeur* (Acad.). En ce cas, pas de trait d'union.

PRÉFIXES	SENS	EXEMPLES
mini-	très petit	*miniature, minimum, minijupe*
multi-	nombreux, abondant	*multicolore, multinational*
non-	négation	*nonobstant*[1]
omni-	tout	*omnivore, omniscient, omnisports*

Ne pas confondre **immigrant**, « qui immigre dans un pays ou qui a immigré récemment », avec **émigrant**, « qui quitte son pays dans l'intention de s'établir ailleurs. *Les émigrants du Nouveau Monde* » (Acad.).

1. **Nonobstant** est vieilli pour « cependant, néanmoins ».

Dans son emploi préfixal, **non-** a donné naissance à de nombreux mots : *non-aligné, non-intervention, non-jouissance, non-violent.*

▷ **Omni-** indique, surtout dans le domaine des sciences, l'étendue des possibilités. Un *omnipraticien* est un médecin généraliste, parfois abrégé en *généraliste*. Un *omnivore* est celui qui mange de tout, viande ou végétaux.

par-, per-	à travers, durant, achèvement	*parcourir, permanent, se perfectionner*
para-	protection	*parapluie, paratonnerre*
pén-, péné-	presque	*pénéplaine, péninsule, pénombre*

▷ *Péninsule* désigne une grande presqu'île, un pays entouré par la mer, sauf d'un côté : *la péninsule Ibérique, la Péninsule* (l'Espagne et le Portugal).

per-	de part en part	*perforer, perfusion*

▷ La **perfusion** est le fait d'injecter un produit contenu dans un récipient (synonyme : *goutte-à-goutte*). La **transfusion** est une injection, dans une veine, de sang prélevé sur un ou des donneurs, ou sur le patient lui-même.

PRÉFIXES	SENS	EXEMPLES
post-	après	*postface, postdater, postopératoire*

▷ A donné des mots nouveaux qui s'écrivent en un mot : *postcommunisme* (1990), *postcure* (1948), *postindustriel*.

☒ Une exception : *post-scriptum* n. m. inv., sauf pour H.

pré-	avant, d'avance	*préavis, préface, prématuré, préétablir*

▷ *Prévenir, prévoir d'avance, prévoir à l'avance*, bien que formant pléonasme, se rencontrent sous la plume des meilleurs écrivains, avec un sens de renforcement, d'insistance.

pro-	devant, en avant, dans l'intérêt de, favorable	*projeter, pronom, progresser, pro-Palestinien*

▷ **Pro-**, « partisan de », s'oppose à **anti-**, « contre ». Les mots nouveaux s'écrivent en un mot : *les proalliés, les proarthropodes*, sauf devant un nom propre : les *pro-Chinois*.

quadr- (a-), (i-), (u-)	quatre	*quadragénaire*[1], *quadriennal, quadrupède*
quinqua-, quin-	cinq	*quinquagénaire, quinconce*
re- (ra-, ré-, r-)	de nouveau	*rajouter, refaire*

▷ Ce préfixe marque aussi un retour à un état antérieur, par ex. un retour en arrière : *reculer* ou encore un état d'achèvement : *relier*. Le préfixe **rétro-** signifie aussi « en arrière » : *Cet officier a été rétrogradé.*

semi-	demi, moitié	*semi-fini*
sexa-	six	*sexagénaire*
sou(s)-, sub-	dessous, loin de	*soubassement, soustraction, subjuguer*

▷ *Subjuguer*, c'est « faire passer sous (*sub*) le joug (*jugum*) » et, au fig., « soumettre ». **Sous**, du latin *subtus*, marque ce qui est en bas par rapport à ce qui est en haut : *un sous-sol*, ou encore la subordination : *un sous-préfet*, le manque : *Il est sous-alimenté.*

PRÉFIXES	SENS	EXEMPLES
sur- super-, supra-	au-dessus de, au-delà de	*survol, survolté, superposé*

▷ **Supra-** a donné naissance à quelques mots. La tendance est de les écrire sans trait d'union : *supranational, suprasensible, supraterrestre...*

tra-, trans-, tré-	à travers, au-delà de	*traverser, transsibérien, trépasser*
tri-, tris-	trois	*triangle, trisaïeul*

1. Un **quadragénaire** a de quarante à quarante-neuf ans. Les Jeux olympiques sont **quadriennaux** (notez le pluriel en **-aux**, voir p. 89). Ne confondez pas un **quadrupède**, « animal qui a quatre pattes », avec un **quadrumane**, « animal dont les quatre membres se terminent par une main. *Le singe est un animal quadrumane* ». ☒ **Quin** se prononce [kin] sauf dans *quinquagésime* [kuin].

▷ Le pluriel de *trisaïeul* est *trisaïeuls*.

vi-, vice-	en place de, suppléant	*vicomte, vice-amiral, vice-reine*

☒ Vous avez remarqué que tous ces préfixes restent invariables : *des vice-présidents* ; *des produits semi-finis.* Ne l'oubliez pas, par étourderie.

Préfixes grecs

PRÉFIXES	SENS	EXEMPLES
a-, an-	privation, en dehors de	*amoral, areligieux, apesanteur*

▷ Devant une voyelle, le *a* devient *an* : *anorganique*, terme de médecine.

aéro-	air	*aérodrome, aérogare, aéromètre*
amphi-	autour de, double	*amphithéâtre, amphitryon*
angio-	artère, veine	*angiographie, angiome*
anthropo-	homme	*anthroponymie, anthropophage*
anté-, anti-	en face de, contre	*Antéchrist, anticorps*

▷ Ce préfixe grec est passé en latin et a permis la formation de nombreux dérivés (voir « Préfixes latins », p. 31).

apo-	éloignement, extrême	*apogée, apostasie*
archi-	supériorité, degré excessif	*archiduc, archimillionnaire, archibondé*

Aujourd'hui, les mots usuels formés avec **anti-** s'agglutinent, sauf s'ils commencent par *i* ou *y*. On écrit donc *antiacide, antiaérien*, mais *anti-infectueux*. Ils s'écrivent en deux mots avec un trait d'union pour désigner une région (et avec majuscule) : *l'Anti-Liban, l'Anti-Atlas* et dans les formations inhabituelles : *il est anti-voitures, anti-Américains* (voir « Le trait d'union », p. 251).
Archi a d'abord servi à former des substantifs, puis s'est joint à des adjectifs d'emploi souvent familier : *Il est archinul, archimenteur. C'est faux et archifaux.*

▷ Après avoir servi à former des substantifs exprimant un degré supérieur (*archidiacre*, *archiprêtre*), **archi-** indique aujourd'hui un degré excessif. *Un wagon archibondé. Elle est archiconnue.* Sauf devant une voyelle : *Il est archi-autoritaire*, le préfixe s'agglutine au mot.

☒ **Apogée** est un mot masculin.

auto-	même	*auto-accusation, autoclave*

▷ Voir p. 251, les mots qui ne prennent pas le trait d'union.

bio-	vie	*biochimie, biographie, biologie*
cardio-	cœur	*cardiologie, cardiovasculaire*
caryo-	noyau	*caryologie, caryotype*
cata-	en dessous, en arrière	*catacombe, catastrophe, catachrèse*

▷ La **catachrèse** est la figure de style qui consiste à détourner un mot de son sens propre pour l'appliquer, par analogie, à une autre réalité, à une autre idée ; métaphore passée dans la langue. « Couleur éteinte », « dent de scie », « feuille de papier », « bec de plume » sont des exemples de catachrèse (Acad.).
Les amoureux d'Hergé se souviennent de l'apostrophe du capitaine Haddock dans *Les Bijoux de la Castafiore* : « Mais je ne vous insulte pas, espèce de catachrèse ! »

céphal-, céphalo-	tête	*céphalalgie* ou *céphalée, céphalo-rachidien*
chondr-, chondro-	cartilage	*chondriome, chondrome*
copro-	excrément, saleté (dans les mots scientifiques)	*coprologie, coprophage*
cosmo-	ordre, monde	*cosmographie, cosmonaute*
cryo-	froid, glace	*cryogénie, cryothérapie*
crypto-	caché	*cryptocommuniste, cryptogramme*

▷ *Une maladie cryptogénétique* est une maladie dont les causes sont inconnues.

cyano-	bleu sombre	*cyanose, cyanure*
cysto-	vessie	*cystographie, cystoscopie*
dactyl(o)-	doigt	*dactylographie, dactylologie*
dermat(o)-	peau	*dermatologue, dermatose*
di-, diplo-	double (sert à former des mots savants)	*diptyque, diploïde, dipôle, diplopie*
dia-	à travers, en travers	*diagonale, diapositive*
dyna-	force, puissance	*dynamo-électrique, dynamomètre*
dys-	difficulté, idée du mal	*dyslexique, dyspepsie*
écho-	bruit répercuté, son	*échocardiographie, écho-encéphalographie*
embryo-	embryon (l'embryon, dans l'espèce humaine, prend le nom de fœtus au troisième mois de grossesse)	*embryologie*
endo-	au-dedans	*endocrinologie*
entomo-	insecte	*entomologie*
épi-	sur	*épiderme, épigastre*

▷ **Épigramme** (petit poème satirique) est du genre fém. : *une épigramme assassine.*

☒ Est masc. pour désigner de fines tranches d'agneau grillées.

ethn(o)-	de *ethnos*, groupe d'êtres de même origine, nation, peuple	*ethnographie, ethnologie*
eu- (ou **év-** devant une voyelle)	bien	*eucharistie, euphémisme, euthanasie euphorie, évangile*

▷ En musique, l'**euphonie** est une « harmonie de sons agréablement combinés par opposition à *cacophonie* » (Acad.). En LING., le *t* de « a-t-il » est ajouté pour l'euphonie.

☒ **Eu-** prend la forme **év-** devant une voyelle. L'*Évangile* : la bonne nouvelle.

PRÉFIXES	SENS	EXEMPLES
exo-	au-dehors de, hors de	*exode, exostose*
gala-, galact(o)-	lait	*galactose, galactomètre*
héli(o)-	soleil	*héliodore, héliomarin*
hém(a)-, hémat(o)-, hémo-	sang	*hématie, hématine, hémophile*
hémi-	à moitié, demi	*hémisphère*

Exocet désigne un poisson volant. *Des exocets*. Il est inv. (nom de marque déposé) au sens de « missile » : *des Exocet air-mer.*

▷ L'**hémistiche** est la moitié d'un vers et indique un repos ou césure.
☒ Mot **masc**.

hétéro-	autre, différent	*hétérosexuel*
hex(a)-	six	*hexagonal, hexamètre*
holo-	entier, qui forme un tout	*holorime, holographe*
homéo-, homo-	semblable	*homéopathie, homogène*
hydro-	eau	*hydrater, hydroélectrique*
hygro-	humide	*hygromètre, hygrophile*
hyper-	au-dessus, à l'excès	*hypernerveux, hypersensible*

▷ En LING., l'**hyperonyme** est un terme dont le sens inclut celui d'autres termes. « Siège » est l'hyperonyme de « chaise », de « fauteuil », de « trône » ou de « strapontin » (Acad.).
L'**hyperbole** est une figure de style qui consiste à augmenter ou à diminuer excessivement la vérité des choses.
☒ Tous les mots formés avec ce préfixe s'agglutinent : *un hypermarché.*

PRÉFIXES	SENS	EXEMPLES
hypno-	sommeil	*hypnose*
hypo-	au-dessous, en deçà	*hypoacousie, hypocrisie, hypophyse*

▷ Ce préfixe indique toujours une diminution, une situation inférieure. L'*hypoacousie* est une diminution de l'acuité auditive.
☒ **Hypogée** est un nom **masc**. : *les hypogées égyptie**ns***.

Holocauste. Emprunté au grec *holokauston*, « sacrifice où l'on brûle la victime entière ». Religion antique : sacrifice dans lequel la victime était entièrement consumée par le feu. Par analogie : s'offrir en *holocauste*, faire l'offrande de sa vie. Jésus-Christ s'est offert en holocauste pour les péchés des hommes. Ce qui cause la mort, la destruction d'un grand nombre de personnes. L'holocauste de la Grande Guerre spécialement. L'*Holocauste*, le génocide des populations juives perpétré par le régime nazi (équivalent du terme hébreu *Shoah*). (Acad.)

▷ En LING., l'**hypocoristique** sert à exprimer la familiarité. *Paul* ➡ *Popol*; *sœur* ➡ *sœurette*; *Marguerite* ➡ *Margot*, etc.

hystér(o)-	utérus	*hystérectomie, hystérique*
kilo-	mille	*kilohertz, kilowattheure*
lip(o)-	graisse	*lipomatose, liposoluble*
macro-	grand, long	*macrocéphale, macroéconomie*

▷ Les mots formés avec ce suffixe s'agglutinent : *macroéconomie, macroélément*, etc., à l'exception de **macro-instruction**.

méga-, mégalo-	grand, indique la multiplication	*mégahertz, mégalithe*

▷ **Mégalopole**. Vaste ensemble urbain composé de plusieurs villes. Acad. : **Mégapole** n. f. « Très grande agglomération urbaine (on trouve aussi *Mégalopole*), *Le Caire est une mégapole.* » Néol. fam. *Une méga-fête.*

méta-	après, au-delà, qui change	*métamorphose, métastase*
micro-	petit	*microbe, microfilm, microclimat*

▷ La plupart des mots formés avec **micro-** s'agglutinent, notamment : *microéconomie, microélectronique* (Acad.). L'Académie indique : *microordinateur* ou *micro-ordinateur* (avec trait d'union), *micro-organisme* ou *micro-organisme.* Sans variante : *micro-informatique, micro-injection*. **Micro-cravate**, pl. *des micros-cravates*.

La **métaphore** est la « comparaison abrégée, par laquelle on transforme un mot du sens propre au sens figuré [...]. *C'est par métaphore qu'on dit d'un homme courageux : c'est un lion* » (Acad.).

☒ *Microonde* ou *micro-onde* en physique, mais « Dans le domaine des arts ménagers, *four à micro-ondes* » (Acad. avec *s*).

myc(o)-	champignon	*mycélium, mycologie*
nécro-	mort, cadavre	*nécrologie, nécropole*
néo-	nouveau, récent, jeune	*néoclassique, néonazi, néocolonialiste*
neuro-	nerf	*neurochirurgien, neurodépresseur, neurologiste* ou mieux *neurologue* (Acad.)

▷ À l'exception de *néo-impressionnisme, néo-impressionniste* (Acad.), il y a agglutination, y compris pour les *Néocalédoniens*, « qui sont originaires de la Nouvelle-Calédonie ou qui y habitent ».

PRÉFIXES	SENS	EXEMPLES
œn(o)-	vin	*œnologie, œnologue*
olig(o)-	peu, en petite quantité	*oligoélément, oligopole*
onc(o)-	crochet, tumeur, grosseur	*oncogènes, oncologiste* ou *oncologue* (on dit aussi *cancérologue*) (Acad.)
para-	à côté de	*parascolaire, parabancaire*

▷ **Para**, préposition grecque, a servi à former de nombreux mots empruntés au grec, le plus souvent par l'intermédiaire du latin : *paragraphe, paranoïa, parasite, parenthèse.* À la fin du XIXe siècle, il sert à former des termes médicaux : *paramnésie.* Au XXe siècle, **para-** exprime souvent une ressemblance trompeuse : *paralittérature*, production « à côté » de la littérature, ou le fait d'être parallèle à une activité, « à côté de » : *paramédical, paramilitaire.* **Para-** est aussi un élément préfixal tiré de mots empruntés à l'italien. Il est dérivé du verbe *parare*, « protéger » : *parachute, parapluie, parasol, paratonnerre, paravent.*

péri-	autour de	*périmètre, péristyle*
phag(o)-	manger	*phagogénétique, phagocyte, phagocyter*
phil(o)-	ami	*philanthrope*
poly-	nombreux	*polycopie, polygame, polyarthrite*

▷ **Polyandrie** : « état d'une femme mariée à plusieurs hommes ». À ne pas confondre avec **polygamie** : « état d'un homme marié à plusieurs femmes ».

proct(o)-	anus	*proctalgie*
pseudo-	faux, menteur	*pseudonyme*

▷ Employé librement avec des substantifs, **pseudo** est toujours suivi d'un trait d'union : *Ces pseudo-scientifiques qui tiennent la vedette font beaucoup de mal.*

PRÉFIXES	SENS	EXEMPLES
rhino-	nez	*rhinite*
sclér(o)-	dur	*sclérose*
strobo-	rotation	*stroboscope*
syl-, sym-, syn-	avec, semblable	*symbiose, synchrone*
télé-	loin, à distance	*téléphone, télécommande*
téléo-, télo-	but, complet, achevé	*téléonomie*

▷ Il y a toujours agglutination : *téléaffichage, téléalarme*…

therm(o)-	chaud	*thermocautère*
thromb(o)-	caillot	*thrombose*
topo-	lieu	*topographie*
xanth(o)-	jaune	*xanthome*
xén(o)-	étranger	*xénophobie*
xylo-	bois	*xylographie*
zoo-	être vivant	*zoologie*

La **synecdoque** est une figure de style qui consiste à prendre la partie pour le tout, le plus pour le moins, le singulier pour le pluriel (ou l'inverse) : *la voile* pour « le navire », *un bronze* pour « un objet d'art en bronze », *les mortels* pour « les hommes », *un toit* pour « une maison ».

Une recherche passionnante vous fera découvrir les richesses de l'étymologie – et ses bizarreries. Outre les bons dictionnaires qui indiquent celle-ci, nous vous conseillons les dictionnaires étymologiques – il en existe en collection de poche à prix modique.

Les suffixes

L'ESSENTIEL :
En LING., le suffixe est un **affixe** – élément de composition qui s'ajoute au commencement d'un mot (*préfixe*), dans le corps du mot (*infixe*) ou à la fin (*suffixe*) – qui se place après le radical pour modifier le sens de celui-ci.

Suffixes latins usuels

SUFFIXES	SENS	EXEMPLES
-cide	qui tue	*insecticide, homicide*
-cole (-culteur)	qui cultive	*agricole, agriculteur*
-duc	qui conduit	*aqueduc*
-fère	qui porte, contient	*pétrolifère, conifère*
-fique	qui produit	*frigorifique*
-fuge	qui met en fuite	*fébrifuge, vermifuge*
-pare	qui met au monde	*ovipare, vivipare*
-pède	qui marche	*bipède*
-vore	qui mange	*carnivore, herbivore*

Ne confondez pas **pétrolier** « qui se rapporte au pétrole. *Des produits pétroliers. Un pétrolier* », avec **pétrolifère** « qui contient, produit du pétrole. *Un gisement pétrolifère* ». Donnez la préférence à **pétrolier géant** en oubliant l'angl. *supertanker.*

➡ Suffixes grecs

À titre d'exemples, nous donnons seulement les principaux suffixes grecs et un mot formé grâce à lui **-algie** ➡ *nostalgie*; **-archie** ➡ *monarchie*; **-cratie** ➡ *démocratie*; **-graphie** ➡ *photographie*; **-logie** ➡ *chronologie*; **-mancie** ➡ *cartomancie*; **-mane** ➡ *mélomane*; **-nomie** ➡ *astronomie*; **-pathie** ➡ *télépathie*; **-phage** ➡ *nécrophage*; **-phile** ➡ *anglophile*; **-phobe** ➡ *anglophobe*; **-phonie** ➡ *radiophonie*; **-scopie** ➡ *radioscopie.*

☛ À RETENIR :
-Algie marque la douleur ; **-logie**, issu de *logia* « théorie » et de *logos* « discours », a fourni de nombreux mots, par ex. **philologie** qui désigne l'étude d'une langue par l'analyse critique d'un texte. Ne pas confondre **anglophile** (grec *philos*, « ami ») et **anglophobe** (grec *phobos*, « crainte »). Un *anglophile* a de la sympathie pour les Anglais ; un *anglophobe* les déteste.

➡ Suffixes de formation populaire

SUFFIXES	SENS	EXEMPLES
-able	marque l'état	*véritable, négligeable*
-ade	action, collection avec parfois nuance péj.	*bousculade, colonnade, bravade*
-age	action (à partir d'un verbe), collection	*lavage, parcage*
-aie	plantation	*roseraie, palmeraie*
-ail	instrument	*éventail*
-aille	collection, action	*ferraille, trouvaille, rocaille*
-aison	action	*salaison, crevaison*

▷ Les mots en **-aille** sont souvent péjoratifs : *canaille, tripaille, valetaille*... (Voir **-tion, -ation**, p. 52).

☛ À RETENIR :

Ne confondez pas **inclinaison**, « état de ce qui est incliné. *L'inclinaison d'un toit* », avec **inclination**, qui, au sens de « incliner », ne se dit guère que de « l'action de pencher la tête ou le corps. *Il fit une légère inclination de tête* » (Acad.). On n'emploie qu'*inclination* pour indiquer un mouvement du cœur, de l'âme : *Avoir de l'inclination pour quelqu'un.*

-al	Voir **-el**, p. 48	*théâtre* ➞ *théâtral*
-ance	action, son résultat	*attirance, souffrance, ressemblance*
-ard	état	*montagnard, maquisard*

▷ A souvent une nuance péjorative : *chauffard, richard, vantard.*

SUFFIXES	SENS	EXEMPLES
-asse	apparence	*hommasse* (péj.)
-âtre	approximation, diminution, atténuation	*douceâtre, folâtre, jaunâtre*
-aud	emploi péj.	*lourdaud, noiraud, rustaud*
-e	marque le féminin	*géante*

Éponyme. « Désigne celui qui donne son nom à quelque chose. » Pour en savoir plus, Pierre Germa a écrit un excellent ouvrage : *Du nom propre au nom commun, dictionnaire des éponymes* (éd. Bonneton, 256 pages). D'*académie* à *zouave*, on va d'enchantement en enchantement. L'**ammonite** vient des cornes de bélier qui ornaient le front de Jupiter Ammon. L'**atropine** doit son nom à Atropos (c'est-à-dire « l'inflexible »), l'une des trois Moires (les Parques de la mythologie grecque), chargée de trancher le fil des vies humaines. Pour **chauvin**, l'auteur nous conte la destinée du valeureux soldat des guerres napoléoniennes Nicolas Chauvin, ressuscité par les frères Cogniard en 1831 dans un vaudeville intitulé : *La Cocarde tricolore, Épisode de la guerre d'Algérie* et dont le héros s'appelle Chauvin.

Terminons par ce pauvre moine augustin, Ambrogio Calepino, qui publia en 1502 le premier dictionnaire biblique. Par quelle dérive, au lieu d'encyclopédie monumentale, en arrive-t-on à désigner au XVIIe siècle, sous le nom de *calepin*, un recueil de renseignements, puis, au XIXe siècle, un carnet de notes et enfin un agenda personnel ?

▷ Sert aussi, à partir de noms propres, à former des noms communs : Michelin ➡ *micheline* (1931) ; Vespasien ➡ *vespasienne* (1834).

☒ On a attribué à tort à l'empereur Vespasien (9-79) l'installation d'édicules à Rome. En fait, il avait institué une taxe sur la collecte de l'urine qui servait au foulage des peaux.

-é	dignité, territoire où elle s'exerce	*comté, évêché, duché*

▷ Forme de nombreux mots : *âgé, aisé*...

-eau	diminutif	*chevreau, drapeau, traîneau*

☛ À RETENIR :

Ne confondez pas **chemineau**, « vagabond qui parcourt les chemins et vit d'aumônes, de larcins ou de petits boulots », avec **cheminot**, « employé des chemins de fer ».

SUFFIXES	SENS	EXEMPLES
-ée	action, son résultat collectif, contenu	*couvée, fessée, allée, feuillée, soirée*
-el	forme des adj. dérivés de noms	*accident* ➡ *accidentel ; culture* ➡ *culturel*

☛ À RETENIR :

-el (du latin *alem*) a une forme savante **-al**, d'où : *gouvernement* ➡ *gouvernement**al*** ; *pyramide* ➡ *pyrami**dal***. On trouve les deux terminaisons servant à former des mots de sens différents : *origine* ➡ ***original***, « qui émane de l'auteur, qui est unique. *Des manuscrits originaux, la bande originale d'un film.* Qui est bizarre. *C'est un original* », et ***originel***, « qui date de l'origine. *Le sens originel d'un mot.* Qui date du premier homme créé par Dieu. *Le péché originel* ».

-ement	action, son résultat	*abaissement, avilissement*

▷ De nombreux mots sont ainsi formés : *embourgeoisement, consentement, dénigrement.* Quelques-uns ont un sens concret : *logement, vêtement.*

-erie	lieu, activité	*buanderie, charcuterie*
-esque	dépréciatif	*simiesque, funambulesque*

▷ Tiré parfois de la littérature : **rocambolesque**, d'après Rocambole, personnage de Ponson du Terrail ; **titanesque**, de Titan ; **moliéresque**, de Molière... (voir page précédente).

SUFFIXES	SENS	EXEMPLES
-esse, -ise	noms surtout fém. abstraits, qualités morales	*finesse, franchise, richesse, roublardise*
-et, -ette	diminutif	*garçonnet, fillette*

▷ Diminutif très répandu, y compris dans les loc. adv. : *à l'aveuglette, à la bonne franquette, depuis belle lurette.*

Bachelette n. f. Date du XVe siècle. Altération de l'ancien français *baisselette*, jeune fille. Très vieilli. Jeune fille gracieuse (Acad.). Rien à voir avec *bachelière* !

-eur	noms surtout fém. abstraits	*ampleur, blancheur*
-eur, -euse	noms d'agents, d'appareils	*chercheur, chercheuse, batteur, batteuse*

▷ *Footballeur* a pour fém. *footballeuse* (Acad.). *Bétonneuse* l'emporte aujourd'hui sur *bétonnière.*

☛ À RETENIR :

Programmateur, trice s'applique à certains domaines (cinéma, radio, télévision) et divers appareils : *programmateur d'un four à micro-ondes.* **Programmeur, euse** désigne un spécialiste chargé d'établir un programme en informatique : *un analyste-programmeur.*

-eux, -euse	état, qualité	*boiteux, courageux, miséreux*

▷ Variantes en **-ueux** : *talentueux, respectueux, délictueux...*

-ible	qui peut ou ne peut être	*inaudible, amovible, transmissible*

☛ À RETENIR :

À côté d'**inaccessible**, « qui n'est pas accessible », on trouve **inatteignable**, « qu'on ne peut atteindre », et au fig. « trop élevé » : *une cible inatteignable.*

SUFFIXES	SENS	EXEMPLES
-ie	qualité, lieu, état pathologique	*courtoisie, maladie, mairie, pharmacie, paralysie*

▷ Le suffixe **-ie** est concurrencé par **-erie** (*fourberie, orfèvrerie*) et **-ise** (*friandise*). Notez la graphie du néol. **ingénierie** (Acad.).

-ien	appartenance, profession	*collégien, musicien, mécanicien*

▷ À partir de noms propres : *Autrichiens, Norvégiens.* Ne confondez pas **gaullien**, « relatif à la personne, à la pensée du général de Gaulle. *Un discours gaullien* », avec **gaulliste**, « partisan du général de Gaulle. *Des gaullistes de la première heure* ».

-ier, -ière	arbre, métier, récipient	*bananier, cabaretier, poudrier, sapinière, soupière*
-if, -ive	caractère	*craintif, maladif, sportif, pensif*

▷ Beaucoup de dérivés correspondent à des mots en **-ion** : *attractif, créatif, expansif, irruptif.*

-il	lieu	*chenil, fournil*
-ille	diminutif	*brindille, faucille*
-in, -ine	origine, composition, matière, espèce	*angevin, sanguin, enfantin, bovin*

☛ À RETENIR :

Le suffixe **-in**, **-ine** vient du latin et a servi à former le plus souvent des adjectifs.

☒ Ce même suffixe, lorsqu'il vient de l'italien **-ino**, **-ina**, sert à former des noms : *bottine, tambourin* (diminutifs). Il peut engendrer des mots péjoratifs : *cabotin, calotin.* Enfin, il sert à former de nombreux noms scientifiques : *aspirine, albumine, alumine, brillantine, glycérine...*

SUFFIXES	SENS	EXEMPLES
-ique	adj. de sciences, de techniques	*chimique, anesthésique, volcanique*

▷ On écrit *féerique* et non **féérique.* En sciences, dans les arts, on trouve aussi des substantifs fém. : *la bureautique, la linguistique, la stylistique...* Notons les variantes en **-atique** : *problématique* et en **-istique** : *touristique.*

-is	résultat, collectif	*éboulis, roulis, fouillis*
-isme	économie, politique, philosophie, littérature	*dirigisme, chauvinisme, communisme, romantisme, belgicisme*

▷ Innombrables dans tous les domaines sont les mots en **-isme** : *altruisme, journalisme, libéralisme, mongolisme, sophisme...*

☛ À RETENIR :

Traditionalisme, **traditionaliste** ne prennent qu'un *n*, contrairement à *traditionnel*, mais **isolationnisme** en prend deux.

☒ Les mots en **-isme** se retrouvent pour désigner, avec finale **-iste**, les personnes exerçant un métier (*journaliste*), une activité (*finaliste*), une adhésion (*royaliste*, *gaulliste*). Quelques-uns ne correspondent pas à ce critère : *chimiste*, *dentiste*, *gréviste*, *séminariste*.

SUFFIXES	SENS	EXEMPLES
-itude	domaine abstrait, philosophique	*décrépitude, finitude, négritude, platitude*
-oir, -oire	lieux, instruments	*abreuvoir, ostensoir, parloir, passoire*
-oison	action	*pâmoison*
-on	diminutif	*ânon, chaînon*

▷ A parfois une valeur augmentative : *balle* ➡ **ballon** ; *mille* ➡ **million**...

-ot, -ote, -otte	diminutif	*pâlot, pelote, menotte*

Voir la liste complète des finales **-ote, -otte**, p. 59-60.

-phage, -phagie	manger	*nécrophage, aérophagie*
-phobe, -phobie	crainte	*agoraphobe, arachnophobie*
-té	abstraction	*cherté, fierté*

▷ La finale élargie **-eté** est plus productive, de même que la finale **-ité** : *brièveté*, *gaieté* ; *actualité*, *créativité*, *mondanité*.

☒ On écrit normalement *passivité*, mais on admet deux graphies pour **lasciveté** ou **lascivité** (Acad.).

-tion, -ation	action	*adaptation, colonisation, incarnation*

▷ C'est sous la forme **-ation** que ce suffixe a produit un grand nombre de mots, le plus souvent issus de verbes marquant une action : *adaptation*, *bifurcation*, *confirmation*, *confrontation*, *vaccination*.

-u	état	*barbu, bossu, ventru*
-ure	action subie, collectif	*brûlure, froidure, chevelure, denture*

La terminaison des substantifs

Vous venez d'acquérir une bonne « base » en ce qui concerne la formation de notre vocabulaire, grâce aux préfixes et suffixes latins et grecs. Nous abordons maintenant un sujet passionnant : quelles lettres finales devez-vous employer pour ne pas faire de fautes ? Un conseil. Préparez dès à présent un « carnet de mémoire » afin d'y noter les principales exceptions.
Redoublez d'attention lorsqu'un paragraphe est précédé du signe ⓔ. En effet, ces paragraphes vous invitent au « genre » que vous étudierez au chapitre suivant. En dissociant l'étude des finales en deux chapitres, nous avons souhaité rendre plus attrayant ce sujet toujours délicat : le féminin.

➡ Principales finales servant à distinguer le masculin du féminin :

-aie Les substantifs féminins se terminent par un *e* : *craie, haie, pagaie, taie...*
Exception : la **paix**.

-ail Les subst. masc. n'ont pas d'exception : *bail, bercail, rail, sérail...*

-aille Les subst. fém. n'ont pas d'exception : *caille, paille, taille...*

Ne vous trompez pas. **Denture** désigne l'ensemble des dents. *Elle a une belle denture.* **Dentition** indique la naissance et la formation des dents. *Le temps de la première dentition.*

☛ À RETENIR :

Les mots qui désignent des cérémonies ou des circonstances particulières de la vie ne s'emploient qu'au pluriel (finale **-ailles**) : *accordailles, épousailles, fiançailles, funérailles, retrouvailles…*

-airie Jamais de *e* devant le *r* : *métairie.* (Voir **-oirie**, p. 59.)

-ance Prennent un *a* les substantifs dérivant d'un adjectif en **-ant** : *constant* ➡ *constance* ; *élégant* ➡ *élégance* ; *vaillant* ➡ *vaillance.*
☒ On écrit avec un *e* intercalaire les mots : *allé**ge**ance, en**ge**ance, ven**ge**ance.*

-ence Prennent un *e* les substantifs dérivant d'un adjectif en **-ent** : *prudent* ➡ *prudence.* Exception : ***exigeant*** ➡ *exigence.*

ⓔ **-anie** Un seul *n* : *manie.* Notez la seule exception : tyra**nnie**.

-cation Le substantif prend un *c* devant le *a*, y compris lorsqu'il est issu d'un verbe en **-quer** : *évoquer* ➡ *évocation* ; *fabriquer* ➡ *fabrication.*

-cien et **-tien** Ces deux finales se prononcent [syin]. De nombreux mots ont leur finale en **-cien** : *académicien, électricien, magicien…* Quelques-uns, le plus souvent issus d'un nom propre, ont leur finale en **-tien** : *béotien, capétien, égyptien, martien, vénitien…*

-au et **-eau** On écrit presque tous les substantifs en **-eau** (avec le son [au]) : *château, peau, seau, veau…*

☛ À RETENIR :

Notez ces trois exceptions. *Un **étau** d'établi. Ses mains m'enfermaient dans leur étau. Elle portait un **sarrau** bleu par-dessus sa jupe. À sa naissance, on lui offrit un splendide **landau**.*
N'oubliez pas l'accent sur le *a* de *château* (voir « Les accents », p. 241 *sq.*).

ⓔ **-ée**

Peu de problèmes pour les substantifs féminins. Ils se terminent par **-ée** : *allée, fessée, vallée*... à l'exception de :
acné. *Une éruption d'acné juvénile.* ☒ Ce mot est féminin.
clé. *La clé est **à** la serrure.* ☒ Et non ***dans*** (voir « Les prépositions », p. 220).
psyché. Désigne une grande glace, montée sur un châssis. En PHIL., l'ensemble des phénomènes relationnels et affectifs qui forment le « moi ».
Voir les finales en **-té**, **-tié**, p. 62.

-eil et **-eille**

Pas d'exception pour ces deux finales. Les masculins se terminent en **-eil** : *un vase en vermeil* ; les féminins en **-eille** : *c'est une pure merveille.*

ⓔ **-ellerie**

Se terminent régulièrement : *une hôtellerie accueillante. Une sellerie bien garnie.*
Exception : ***grivèlerie***. *Il fut condamné avec sursis pour acte de gri**vèlerie** : il était parti sans payer sa note.*

-enie

Pas d'exception. *La vilenie est une action basse, au contraire de la générosité.*

-et, **-êt**

Environ quatre cents mots se terminent en **-et** : *baudet, bouquet, piquet*...

☛ À RETENIR :

Une dizaine de mots se terminent en **-êt**. Retenez les plus usuels : *apprêt, arrêt, benêt* (qui n'a pas de fém.), *forêt, intérêt, genêt*[1], *prêt.* En terme de droit : *acquêt* et *protêt.* Enfin, *la fête du Têt.*

ⓔ **-ète** et **-ette**

Finale en **-ette** pour les noms féminins : *brouette, courgette, dette, luette, poussette*...
Exceptions : *diète, épithète, planète, préfète, saynète.*

1. Ne confondez pas **genêt**, « arbrisseau aux fleurs jaunes », et **genet**, « petit cheval de race espagnole ».

☛ À RETENIR :

N'oubliez pas que **épithète** est féminin. Un nom épithète est un nom qui qualifie un autre nom. ☒ Pas de trait d'union dans ce cas : *un paquet cadeau.* **Préfète** désigne la femme du préfet. Aujourd'hui, avec réserve, une femme préfet (voir p. 72).
Finale en **-ète** pour les noms masculins : *poète.* Exceptions : ***quintette*** et ***squelette***.
Finale en **-ète** également pour les adjectifs féminins non dérivés : *complète* (et *incomplète*), *concrète, désuète, discrète* (et *indiscrète*), *inquiète, replète, secrète.*

ⓔ **-eterie** — Avec un seul *t* : *bonneterie, marqueterie, papeterie.*
Exceptions : ***coquetterie, lunetterie, tabletterie***.

-eu et **-eue** — Pas d'exception pour ces deux finales. Les mots masculins se terminent en **-eu** : *le feu, le jeu* ; les mots féminins en **-eue** : *la queue.*

-euil — Presque toujours réguliers : *écureuil, seuil, treuil...*

-euille — Les mots féminins se terminent tous en **-euille** : *une feuille.* ☒ Mots masculins en **-euille** : *chèvrefeuille, portefeuille.*

ⓔ **-eur** et **-eure** — Seules exceptions pour les mots masculins : *Un malh**eur** est vite arrivé* ; *une promesse de bonh**eur***, mais :
*Cet espoir n'est qu'un l**eurre**, une illusion. La cuisine au b**eurre**.*
Les mots féminins se terminent par **-eur** : *l'err**eur** est humaine.*
☒ À l'exception des mots courants : ***demeure***, ***heure***...

ⓔ **-i** — Les mots masc. se terminent généralement en **-i** : *un ami, un cri, un ennemi, le génépi...* À l'exception de : *Le **coolie** travaille sans relâche. Le **Génie** de la Bastille personnifie la*

*liberté. L'**incendie** fait rage. L'attente d'un **messie**.*
*Le **Messie*** (avec majuscule) *désigne Jésus-Christ.*

© **-ie** Les substantifs féminins se forment régulièrement en **-ie** : *une amie, la mairie, la métairie...*
À l'exception de cinq mots usuels : ***la brebis***, ***la fourmi*** (attention, faute fréquente), ***la nuit***, ***la perdrix***, ***la souris.***
☒ **Armoiries** ne s'emploie qu'au pluriel : *les armoiries d'une ville.* Pas de *e* intercalaire. (Voir p. 59.)

© **-iller** Pas de *i*, en principe, entre les deux *l* et le *e* : *un oreiller.*
Exceptions. Mots usuels : ***groseillier***, ***joaillier***, ***millier*** et aussi : *boutillier, coquillier, marguillier, médaillier, quillier, quincaillier, vanillier.*

☛ À RETENIR :

Le **marguillier** – qu'on appelle aussi sacristain – est chargé de l'entretien d'une église. Je n'oublie jamais le *i* entre le *l* et le *e* de **groseillier**. ☒ Ces deux *i* ne sont jamais articulés.

-inier Pas d'exception. *Un carabinier, un cuisinier...*

-iolle *Faire le mariolle.*

-ite Un seul *t*. *Une otite, un site...* Une exception : *bitte*, terme de marine, « pilier et borne qui servent à l'amarrage des navires ».
L'Académie favorise *bite*, terme pop. pour « membre viril ».

ⓔ **-lade** — Un seul *l*. *Une accolade.* Lisez attentivement le texte en bas de page.

ⓔ **-let** — Un seul *l*. *Un bracelet.*
Exceptions : **ballet**, **collet**, **mollet**. *Le braconnier a tendu des collets.*

ⓔ **-lon** — Un seul *l*. *Aquilon.*
Exceptions : **ballon**, **moellon**, **vallon**.

ⓔ **-ment** — Les mots formés sur le radical des verbes en **-ir** et en **-re** ne prennent jamais de *e* intercalaire. Retenez bien cette règle qui vous évitera des fautes fréquentes.
De *blanch**ir*** ➞ *blanch**iment***. De *bra**ire*** ➞ *bra**iment***.
Les verbes en **-er** ont donné naissance à de nombreux mots. Le *e* s'intercale avant **-ment** : *amusement, bouillonnement, remerciements...*
Deux exceptions : **agrément** et **châtiment**.

ⓔ **-oi, ois, oit** — Les mots masculins ayant ces finales ne prennent ni *e* ni *x*, à l'exception de **foie** et de **choix.** *J'ai mal au foie. Un choix difficile.*

ⓔ **-oie** — Les mots féminins se terminent par un *e* : *une courroie, la voie. La voie est à sens unique.*
Exceptions : *la **foi**, il était une **fois**, la **loi**, une **paroi***.

> ☛ À RETENIR :
>
> Bien distinguer le subst. **masc.** : *le fo**ie** de veau* et le subst. **fém.** : *une fo**i** ardente.*
> *Avoir les foies* (peur) est une expression pop.

Évitez une faute grossière que l'on trouve trop souvent, y compris dans les meilleures publications. **Balade**, **ballade**. *J'ai fait une belle* **balade** mais *j'ai lu les* Odes et **Ballades** *de Victor Hugo.* Au sens de « promenade », **balade** ne prend qu'un *l*.

-oix Quatre mots ont cette finale : ***croix***, ***noix***, ***poix*** et ***voix***. *La poix est à base de résine et de goudron.*

© **-oir** et **-oire** Pas de problème pour les mots féminins se terminant en **-oire**, il n'y a pas d'exception : *une baignoire, une balançoire, une mangeoire.* Pour les mots masculins, la plupart ne prennent pas de *e* final : *un couloir, un dortoir, un espoir, un ostensoir.*
Une trentaine de mots masculins prennent un *e* final lorsqu'ils se terminent par **-oire** ou **-toire** : *un auditoire, un ciboire, un déambulatoire, le directoire, un bel ivoire, un promontoire...*

© **-oirie** Pas de *e* devant le *r* : *la voi**rie.*** Exception : *la soie**rie.*** (Voir p. 264.)

© **-onnerie** Avec deux *n* : *bouffonnerie, cordonnerie, ferronnerie.* Exceptions : *l'**aumônerie** du lycée. La **timonerie** du navire.*
Notons que l'Académie a admis **connerie** au sens de « stupidité », avec cette remarque : « Ne doit être employé que dans une intention de vulgarité appuyée. »

© **-olle** Sauf **banderole** et **protocole**, tous les mots se terminent en **-olle** : *colle, corolle...*

© **-ope** Un seul *p* : *un misanthrope, une varlope...*
Exceptions : ***échoppe***, ***enveloppe***.

© **-otier** Un seul *t* : *minotier, potier...*
Une exception : *Le **bottier** est un artisan habile.*

-ote et **-otte** La réforme de notre orthographe n'a pas encore unifié les deux graphies. Nous donnons ci-dessous une liste aussi complète que possible.

Retenez surtout les mots : **échalote**, **gargote**, **jugeote**, **paillote**.
Et les mots : **bouillotte**, **maigriotte**, **pâlotte**, **vieillotte**.
Et n'hésitez pas à avoir recours à la liste suivante en cas d'hésitation.

Un seul **t** dans :

aliquote	**compote**	ilote	petiote
anecdote	**cote**	**jugeote**	pilote
antidote	créosote	litote	popote
asymptote	**despote**	manchote	prote
azote	**échalote**	**matelote**	ravigote
ballote	emphytéote	mendigote	**redingote**
barbote	fiérote	note	ribote
belote	galiote	pagnote	**rigolote**
bergamote	**gargote**	**paillote**	rote
bigote	golmote	papillote	sapote
camelote	gymnote	**parlote**	velvote
capote	huguenote	patriote	**vote**
charote	idiote	pelote	

Le **t** se double dans :

bellot, otte	chènevotte	gnognotte	**mascotte**
biscotte	cheviotte	goulotte	masselotte
botte	**cocotte**	**griotte**	menotte
bougeotte	cotte	grotte	motte
bouillotte	**crotte**	hotte	pâlotte
boulotte	**culotte**	hulotte	péotte
bourguignotte	épiglotte	linotte	**polyglotte**
cagnotte	garotte	lotte	quenotte
caillebotte	gavotte	**maigriotte**	riotte
calotte	gélinotte	marcotte	**roulotte**
carotte	**gibelotte**	marmotte	sotte
charlotte	glotte	**marotte**	**vieillotte**

▷ **Ballote** n. f. (un *t*), plante, mais **ballotte** (deux *t*), boule dont on se servait pour voter.
▷ **Fiévrotte** n. f. vieilli et fam. Fièvre bénigne (Acad.).

▷ L'Académie favorise *golm**ote*** (champignon) mais précise : « On écrit aussi *golmotte.* »

☛ À RETENIR :

La **litote** est une « figure qui consiste à se servir, par modestie ou par égard, d'une expression qui dit le moins pour faire entendre le plus. C'est ainsi que Chimène, lorsqu'elle dit à Rodrigue, *Va, je ne te hais point,* veut dire qu'elle l'aime toujours » (Acad.).

ⓔ **-oterie** Un seul *t* : *poterie, verroterie...*
Exception : ***cachotterie***. *Il aimait les cachotteries* (ce mot s'emploie surtout au pluriel).

ⓔ **-oue** Les mots féminins se terminent par un *e* : *la boue, la roue.* Une exception : *la* ***toux***.

-ouil Les mots masculins se terminent tous par **-ouil** : *le fenouil.*

-ouille Les mots féminins se terminent par **-ouille** : *une andouille, la houille...*

-our Jamais de *e* final, même au féminin.
▷ **Amour** est masculin au singulier. Mais le plus souvent féminin au pluriel : *ses premières amours* (voir p. 92).

ⓔ **-sion** Avec un *s* lorsque la consonne précédente est *l, n* ou *r* : *inversion, pension, révulsion, torsion...*
Exceptions : ***assertion***, ***désertion***, ***insertion***, ***portion***.

ⓔ **-son** Les mots masculins ou féminins ont leur finale en **-son** : *bison, saison...* à l'exception de ***gazon*** et d'***horizon***.

-tion Avec un *t* après les lettres *a, c, é, i, o, p, u* : *ablution, discrétion, précaution, sujétion...*
▷ Si la finale se prononce [syon], les noms s'écrivent généralement en **-tion**, mais notez

les exceptions : *compassion, concussion, discussion, mission, passion, percussion, répercussion, scission, succion, suspicion...*
▷ Attention aux mots **discussion** et **suspicion** (faute fréquente).

ⓔ **-té** et **-tié** Pas de *e* final, y compris au féminin : *la brutalité, la fierté, la fraternité, la volonté...* et dans les quatre mots en **-tié** : *amitié, inimitié, moitié, pitié.* Sauf lorsque les mots expriment la durée, le contenu, une quantité : ***une assiettée***, ***une nuitée***, ***une pâtée***...
Lorsqu'ils sont issus du part. pas. des verbes en **-ter** et sont devenus des noms : *une* ***dictée*** (*dicter un mémoire, un mémoire dicté,* d'où *une dictée*). *Une* ***portée*** (de *porter*).

ⓔ **-ue** Les mots féminins se terminent par *e* : *la crue de la Loire. La rue...*
Exceptions : ***bru***, ***glu***, ***tribu***, ***vertu***.
▷ Retenez bien que *la gl**u*** ne prend pas de *e* final (faute fréquente).

ⓔ **-ule** Un seul *l* : *globule, mandibule.* Deux exceptions : ***bulle*** et ***tulle***.
▷ *Globule* est un nom masc. *Des globules bla**ncs***.

ⓔ **-ur** et **-ure** Si les mots féminins se terminent par un *e*: *la fourrure, la garniture...*, il n'en est pas de même pour les mots masculins en **-ur** qui comportent quelques exceptions : *un augure, un murmure, un parjure, le mercure.*

-xion Quelques mots qui se prononcent [ksyon] ont leur finale en **-xion** : *annexion, complexion, crucifixion, flexion, fluxion, génuflexion, inflexion, irréflexion, réflexion.*

Suffixes servant à former des verbes à partir de noms ou d'adjectifs

-er Un nombre infini de verbes sont issus de ce suffixe[1]. Notons deux singularités provenant de noms se terminant en **-tion** : *émotionner* et *solutionner*.

À RETENIR :

Émotionner est admis par l'Académie (fam.). *Le spectacle de l'accident l'avait émotionné. Elle s'émotionne sans raison* (*émouvoir* a un sens plus fort). **Solutionner** au sens de « résoudre » est condamné par les puristes qui lui préfèrent « trouver une solution ».

-iser A servi et sert à former de nombreux verbes : *marginaliser, robotiser...*

-ifier Nombreuses créations au cours du XXe siècle. *Vitrifier* (1540) a étendu son sens vers 1950 : *Vitrifier un parquet.*

1. Les suffixes suivants marquent tous un sens diminutif, augmentatif, fréquentatif ou péjoratif : **-asser** : *rêvasser* ; **-eter** : *voleter* ; **-iller** : *mordiller, sautiller* ; **-ocher** : *effilocher* ; **-onner** : *chantonner, mâchonner* ; **-oter** : *neigeoter, siffloter, toussoter* ; **-ailler** : *criailler, écrivailler* ; **-ouiller** : *mâchouiller*. (Vous trouverez au chapitre 6 les finales des verbes à l'infinitif.)

2 Testez vos connaissances

Préfixes et suffixes

Corrigez les fautes du texte suivant :

Dès l'age de deux ans, la maman de Thomas eut la joie de voir sa denture poussée sans douleurs. « Quelle belle dentition il aura plus tard ! », s'exclamait-elle. Lorsqu'elle le promenait dans son landeau, elle aimait porté son sarrau blanc.
Thomas grandissait. Il aimait se contempler dans la psychée de sa maman. Un jour, il remarqua une éruption d'acnée – appelée acnée juvénil – qui le défigurait.
Thomas fut un brillant étudiant. Il aimait fréquenter les hotelleries renomées. Il fut accusé de grivellerie, étant parti sans payer.
Un peu poète, il aimait composer surtout des balades, à l'exemple de celle de Victor Hugo. Il faisait rimer groseiller avec oreillier, vallon avec aquillon, blanchiement avec amusement, voierie avec soierie.
Il rencontra une jeune fille un peu pâlote – la pauvre manquait de globules blanches. Ils se donnèrent rendez-vous dans une pailotte où ils jouèrent à la belote, puis gagnèrent une gargotte vieillote, où, par manque de jugeote, ils allumèrent un feu. Hélas ! de la glue parsemait le sol et l'incendie se propagea à l'entour.

(Voir solution p. 277.)

Le genre
Du masculin au féminin

La querelle des Anciens et des Modernes fait rage aujourd'hui en ce qui concerne la féminisation des noms de métiers et des noms de fonctions.
Nous avons tenté de vous éclairer au mieux en donnant la priorité à l'Académie et en vous signalant les *variantes* qu'offrent les dictionnaires *Hachette*, *Petit Larousse illustré* et *Robert*. Peu de mots « féminins » sont entrés dans l'usage. Bien sûr, nous vous les indiquons, en attendant que l'usage impose le féminin des mots restés masculins.

En grammaire, le genre est ainsi défini par l'Académie : « Catégorie sous laquelle on range les substantifs en les répartissant selon certaines propriétés morphologiques qui, dans certains cas, sont fondées sur la distinction entre mâle et femelle. » L'Académie termine son article par la mise en garde suivante, composée en gras : ***« Dans sa déclaration du 14 juin 1984, l'Académie a rappelé que la distinction des sexes n'était pas pertinente pour rendre compte de la différence entre les genres grammaticaux, et que le genre non marqué était préférable, lorsque l'usage ne s'y opposait pas, pour les noms de titres, de professions, de fonctions : le juge, le délégué, le docteur, le président désignent indifféremment un homme ou une femme ; il n'y a pas lieu de créer des équivalents féminins à ces termes. »***

Un conseil. Les rubriques, comme vous allez le constater, sont émaillées d'exceptions. À vous de les visualiser et, pour les plus

courantes, de les transcrire sur un « carnet de mémoire ». C'est volontairement que nous avons évité de dresser des listes trop longues, préférant multiplier les exemples.
Sur cette épineuse question, vous avez déjà acquis une bonne base. Reportez-vous à la rubrique « La terminaison des substantifs », p. 53 où les finales qui présentent des exceptions sont signalées par le signe ©.

☛ À RETENIR :

Pour former le féminin d'un substantif, il suffit, dans un grand nombre de cas, d'ajouter un *e* à la forme écrite du masculin : *un ami, une ami**e*** ; *un candidat, une candidat**e*** ; *un gamin, une gamin**e*** ; *un président, une président**e***. Il en est de même pour les adjectifs : *bleu, bleu**e*** ; *courtois, courtois**e***... Hélas ! il vous faudra mémoriser de nombreuses exceptions. Hélas ! ou tant mieux, car maîtriser son orthographe est source de satisfaction.

Les terminaisons

Le féminin, à l'origine de débats et de bien des exceptions, se forme différemment selon les finales des mots masculins.

➠ Les masculins terminés en *-at*

Le féminin est régulier : *avocat, avocat**e***, sauf pour *chat, chat**te***.

➠ Les masculins terminés en -*c*

La finale -**c** entraîne deux féminins. L'un en **-che** : *blanc, blan**che***. L'autre en **-que** : *un Grec, une Grec**que*** ; *un laïc, une laï**que***.

➠ Les masculins terminés en -*e* ou -*é*

De nombreux mots masculins ont leur féminin en **-esse**. Voici les plus usuels : *abbé, abbesse* ; *âne, ânesse* ; *chanoine, chanoinesse* ;

comte, comtesse; *diable, diablesse*; *drôle, drôlesse*; *hôte, hôtesse*; *maître, maîtresse*; *prince, princesse*; *tigre, tigresse.*

☛ À RETENIR :

Ne vous laissez pas piéger par une trentaine de mots masculins qui se terminent par *e.* Voici les plus usuels : *un athée, camée, coolie, foie* (d'un animal, d'un homme), *génie, hyménée, incendie, lycée, mausolée, musée, périnée, scarabée, trophée.*

➠ Les masculins terminés en *-eau*

Le féminin est en **-elle** : *beau, belle*; *chameau, chamelle*; *nouveau, nouvelle...*

➠ Les masculins terminés en *-el, -eil* (comme *œil*), *-iel, -il, -ul*

Au féminin, le *l* est redoublé : *cruel, cruelle*; *pareil, pareille*; *matériel, matérielle*; *gentil, gentille*; *nul, nulle...*

➠ Les masculins terminés en *-et*

Le féminin est en **-ette** : *biquet, biquette*; *poulet, poulette.*

☒ À l'exception de *préfet, préfète,* qui désigne la femme d'un préfet, plus rarement une femme préfet (voir p. 73).

➠ Les masculins terminés en *-f* et *-p*

Ils changent leur finale en **-ve** au féminin : *un loup, une louve*; *un juif, une juive*; *un veuf, une veuve.*

➠ Les masculins terminés en *-gu*

Le féminin demande l'ajout d'un **ë** : *aigu, aiguë*; *ambigu, ambiguë*; *exigu, exiguë.*

▷ Les « recommandations » de 1990 ne sont pas entrées dans l'usage : le tréma se met toujours sur le *e*.

➠ Les masculins terminés en *-n*

Le féminin est régulier : *châtelain, châtelaine* (et *sultan, e* ; *faisan, e*), sauf si au masculin le *n* est précédé des voyelles *e* ou *o* : *baron, baro**nne*** ; *lion, lio**nn**e* ; *lycéen, lycée**nne*** ; *mignon, migno**nne***. Autres exceptions à ne pas oublier : *paysan, paysa**nne*** ; *rouan, roua**nne***. L'usage et l'Académie ont tranché : *une Lapo**ne***.

➠ Les masculins terminés en *-ou*

Le féminin est en **-olle** : *fou, fo**lle*** ; *mou, mo**lle***...
☒ À l'exception de *flou* ➠ *flo**ue*** ; *hindou* ➠ *hindo**ue*** ; *andalou* ➠ *andalo**use***...

➠ Les masculins terminés en *-r*

Masculins terminés en *-er*

Féminin en **-ère**, **-ière** : *boucher, bouchère* ; *boulanger, boulangère* ; *fermier, fermière* ; *héritier, héritière* ; *particulier, particulière.*

Masculins terminés en *-eur*

– Féminin en **-euse** lorsque le mot dérive d'un verbe français : **mentir** ➠ *menteur, menteuse* ; **chanter** ➠ *chanteur, chanteuse.* Exception : *éditeur, éditrice* ; *émetteur, émettrice* ; *inspecteur, inspectrice* ; *instituteur, institutrice*...
☒ **Bambouleur, euse**, mais *bambochard* n. m (Acad.), *bambocharde* (R.).

– Féminin en **-trice** si le mot ne dérive pas d'un verbe français : *orateur, oratrice* ; *protecteur, protectrice* ; *spectateur, spectatrice*...

– Féminin en **-esse** : *bailleur, bailleresse* ; *chasseur, chasseuse, chasseresse* (rare au fém., précise l'Académie) ; en terme de droit, *défendeur, défenderesse*, par opposition à *demandeur, demanderesse* ;

enchanteur, enchanteresse; *pécheur, pécheresse*[1] ; *vengeur, vengeresse.*

☒ Pour une dizaine d'adjectifs en **-eur**, on obtient le féminin par l'ajout d'un *e*: *antérieur, extérieur, inférieur, intérieur, majeur, meilleur, mineur, postérieur, prieur, supérieur, ultérieur.*

☛ À RETENIR :

D'autres mots font leur féminin en changeant de suffixe : *canard, cane*; *dindon, dinde*; *compagnon, compagne.* D'autres par remplacement du suffixe : *serviteur, servante.*

➡ Les masculins terminés en *-s*

La plupart de ces mots suivent la règle : *ajout d'un* **e** *au masculin pour les finales en* ***-ais***, ***-is***, ***-ois***, ***-rs*** *à l'exception de* ***épais*** ➡ *épaisse*; **métis** ➡ *métisse.*
Il y a redoublement du **s** devant **-e** pour les mots terminés par **-as** et **-os** : **bas**, *basse*; **gras**, *grasse*; **gros**, *grosse.*

☒ Féminin irrégulier pour : *frais* ➡ *fraîche*; *héros* ➡ *héroïne*; *tiers* ➡ *tierce.*

☛ À RETENIR :

Exprès ➡ *expresse*: *une volonté expresse.* À ne pas confondre avec *exprès*: *envoyer une lettre par exprès* ni, surtout, avec ***express*** : *un train express, un express.*

➡ Les masculins terminés en *-x*

Le féminin est en **-se** : **époux**, *épouse*; *un mari* **jaloux**, *une femme jalouse. Un* **ambitieux**, *une ambitieuse.*

1. Ne confondez pas *pécheresse*, « femme qui a commis ou qui commet des péchés », et *pêcheuse*, « femme qui pêche du poisson ».

Changement de graphie

Dans les noms de parenté : *fils, fille* ; *frère, sœur* ; *gendre, bru* ; *grand-père, grand-mère* ; *mari, femme* ; *monsieur, madame, mademoiselle* ; *neveu, nièce* ; *oncle, tante* ; *papa, maman* ; *parrain, marraine* ; *père, mère.*
Autres cas. Chacun sait que *amant* donne *maîtresse* ; *confrère, consœur* ; *dieu, déesse* ; *empereur, impératrice* ; *roi, reine* ; *tsar, tsarine.*

> À RETENIR :
>
> La ***bru*** (sans *e*) est un terme vieilli. On emploie aujourd'hui *belle-fille.*

Une même graphie au masculin et au féminin

Les finales en -e

Malgré notre souhait de ne pas dresser des listes trop vite oubliées, il nous faut faire des exceptions. Voici les mots les plus usuels qui désignent aussi bien un homme qu'une femme. Ces mots sont dits « épicènes », du grec *épikoinos*, « possédé en commun ».

acolyte	cinéaste	émule	myope
acrobate	collègue	enfant	novice
adepte	compatriote	esclave	otage
adversaire	complice	garde	partenaire
aide	concierge	géomètre	patriote
ancêtre	condisciple	guide	pensionnaire
apatride	convive	hérétique	philosophe
arbitre	cycliste	hypocrite	photographe
artiste	dentiste	imbécile	pianiste
athlète	despote	interprète	pilote
avare	diplomate	journaliste	propriétaire
aveugle	disciple	libraire	prosélyte
bigame	domestique	locataire	pupille
camarade	élève	malade	touriste

Recours à une périphrase

Choix de mots usuels masculins singuliers qui conviennent aux deux sexes, avec, parfois, recours à une périphrase : *une femme armateur* ou *Mme Dupont, armateur.* (Voir « Curiosités », p. 75.)
Suite à la « réforme » de 1990, les mots ci-après suivis du signe * admettent le féminin, contrairement à l'Académie. Entre crochets, le féminin est indiqué.

agresseur	escroc	juré* [e]	possesseur
apôtre	expert* [e]	magistrat* [e]	précurseur
bandit	filou	malfaiteur	prédécesseur
bâtonnier* [ière]	forçat	mécène	professeur* [e]
brigand	goinfre	médecin* [une]	reporter* [une]
censeur	gourmet	monarque	successeur
charlatan	imposteur	notaire	supporter* [une]
clerc	imprimeur	paria	témoin
défenseur*[e]	ingénieur*[e]	peintre* [une]	tyran
déserteur	juge [une]	plombier	

Du masculin et du féminin pour les noms de métiers et les noms de fonctions

La formation au féminin des noms de métiers suit les règles d'usage. En revanche, l'Académie précise : « Le rapport de la commission [octobre 1998] établit une nette différence entre les métiers d'une part (où les formes féminines sont depuis toujours en usage et ne posent pas de problèmes particuliers) et les fonctions, grades ou titres d'autre part, qui doivent être clairement distingués de la personne. La fonction ne peut être identifiée à la personne qui l'occupe, le grade à la personne qui l'occupe, le titre à la personne qui le porte, etc. ; pour cette raison, l'utilisation ou l'invention de formes féminines n'est pas souhaitable. »
L'Académie est ferme sur ce point, mais l'usage s'impose, y compris dans les dictionnaires. En pratique, mieux vaudrait se

conformer au souhait de la femme qui occupe la fonction. On dira et on écrira toujours : *Madame* **le** *secrétaire perpétuel de l'Académie française.*

- Au mot **ambassadeur**, **drice**, personne ayant le caractère et le titre de représentant d'un État auprès d'un autre État (H., P.L.I., R.), l'Académie ne varie pas : « *Madame l'ambassadeur. Le nouvel ambassadeur est une femme énergique*. Au fém. **ambassadrice** : Femme d'un ambassadeur. Par analogie, femme chargée d'une mission pour un particulier. » Il en est de même pour **préfet**.
- **Député** n. m. pour l'Académie, qui rejette le fém. contrairement à H., P.L.I., R. : **député, députée**, rejoignant en cela la décision du bureau de l'Assemblée nationale.
- **Ministre** n. m., mais emploi au fém. pour H., P.L.I. et R. *La ministre des Affaires sociales.*
- **Maire** n. pour H. et P.L.I. qui traitent en mot entrée « **Mairesse** n. f. fam. Vieilli. 1. Épouse du maire. 2. Femme exerçant les fonctions de maire ». Pour R. : « **Mairesse** 1. Vx. Épouse du maire. 2. Femme exerçant les fonctions de maire. *Maire. Madame le maire*, plus rarement *la maire.* »
- **Notaire** est un nom masc., sans fém. (H., P.L.I., R.).
  ☒ Pourquoi dire *la ministre* et pas *la notaire*?
- **Président-directeur général**, *présiden***te***-direc***trice** *général***e** (H., P.L.I., R.).

Dans un autre rapport, l'Académie nous rappelle que : « Avoir une fonction, c'est être en représentation, titulaire d'une charge dont on n'est pas propriétaire. Toute fonction publique est ainsi nécessairement impersonnelle car elle ne renvoie pas à une identité singulière, mais à une place à laquelle tout individu peut, en droit, accéder. » Notons que l'Atilf (Analyse et traitement informatique de la langue française) est en contradiction avec l'Académie et préconise l'emploi recommandé par le Conseil supérieur de la langue française.

➠ Les usages dans la fonction publique

Les grands corps et les plus hautes juridictions sont dans l'ensemble opposés à une féminisation des titres, grades et fonctions. Par exemple, au Conseil d'État, la volonté d'être appelée *auditrice*, *maîtresse des requêtes* ou *conseillère* ne s'est pas manifestée, pas plus que le terme *gouverneur* (secteur de la banque) n'a été transposé au féminin.
La féminisation des appellations rencontre de fortes résistances. C'est le cas pour *recteur*, *chancelier des universités*, *préfet*, *directeur de cabinet*. Il en est de même pour la police : *officier de police*, *gardien de la paix*, *brigadier* et pour les grades ou titres honorifiques : *chevalier*, *officier de la Légion d'honneur*.
En revanche, dans le domaine de la justice, les termes de *greffière*, *surveillante*, *éducatrice*, *directrice* sont devenus d'un usage assez courant. La féminisation ne s'est pas imposée en ce qui concerne les notaires, les huissiers de justice, les experts ou les commissaires-priseurs et le terme de *bâtonnière* rencontre des résistances, alors que *avocate* est de plus en plus employé, sauf, parfois, sur les cartes de visite. Ex. : Isabelle Dupont, avocat à la cour.

☛ À RETENIR :

Le poids de la hiérarchie. Une femme serait nommée *conseillère à la cour d'appel*, mais, au masculin, *conseiller à la Cour de cassation*.
Dans le domaine professionnel, il y a aussi une « hiérarchie ». Ex. **couturier** n. m. « Personne qui crée et fait exécuter des vêtements dans une maison de haute couture [...]. *Gabrielle Chanel fut un grand couturier* » (Acad.). **Couturière** n. f. Celle qui exécute des travaux de couture. *Couturière à façon*.

Un seul genre pour les deux sexes, s'agissant d'**époux** : « Dans la langue juridique, le masculin *époux* peut désigner l'un ou l'autre des conjoints. *Les devoirs de chaque époux. L'époux survivant* » (Acad.). N'oubliez pas les paroles de M. le maire : *Les époux se doivent mutuelle assistance*.

En résumé, y a-t-il rivalité entre le féminin des noms de métiers et des noms de fonctions ? Nous ne le pensons pas. L'usage tranchera

– il a déjà tranché pour *député**e*** et ***la*** *ministre* malgré la position de l'Académie.

En faveur des noms de fonctions, citons la conclusion du « Rapport sur la féminisation des noms de métiers, fonctions, grades ou titres » : « La valeur génétique du masculin a ses raisons linguistiques. Le principe de neutralité des fonctions, titres et grades a ses raisons juridiques et politiques. Contester la première, c'est irrémédiablement faire vaciller le second. Il est probable qu'à trop vouloir marquer la différence des sexes par la féminisation, on risque d'être infidèle au principe républicain de l'indifférence des sexes dans l'exercice des fonctions. Il ne faudrait pas que, de cette infidélité, les femmes paient le plus lourd tribut[1]. »

☛ À RETENIR :

Aigle est masc. et fém. pour désigner le rapace : *L'aigle est furieuse quand on lui ravit ses aiglons* (Acad.). ☒ **Aigle** s'emploie au fém. pour désigner un étendard : *les aigles romaines*, les drapeaux sous le Premier et le Second Empire : *les aigles impériales*, et en héraldique : *D'azur à l'aigle éployé**e** d'argent.*
Reportez-vous à la rubrique « Les homonymes », p. 174, pour d'autres exemples.

Ange, **architecte**, **capitaine** ne s'emploient qu'au masc. pour l'Académie. L'on écrit pourtant *un, une architecte* (les puristes garderont *une femme architecte*). *La capitaine* est à éviter mais peut marquer une « valorisation » tout à fait justifiée : *La capitaine de l'équipe féminine de volley a été acclamée.*

Dactylo. On écrit : *un, une secrétaire dactylographe*, abrégé en *dactylo.* En ce cas, s'emploie toujours au féminin : *une dactylo.*

Second n. m. et fém. désigne, depuis 1885 (Zola), le second vendeur ou la seconde vendeuse dans un grand magasin mais est fém. pour désigner la « couturière qui assiste la première, dans un atelier de haute couture » (R.). Est masc. au sens d'adjoint, collaborateur : *Elle est son second.*

---

1. Premier ministre, Commission générale de terminologie et de néologie, octobre 1998.

Force est de constater que la plus grande incohérence règne. Un exemple : si tous les dictionnaires donnent le fém. à *captateur, -trice* ; *casquettier, -ière*, l'Académie n'admet que le masc. pour *carillonneur, carreleur* mais fém. en *-euse* pour H., P.L.I., R. Accord entre les dictionnaires pour laisser *cambusier* et *carrossier* toujours au masculin.

Du masculin et du féminin : curiosités

Les auteurs ont le loisir – et la vocation – de faire évoluer le langage. Certains mots épicènes[1] ont vu leur emploi au fém. suivre la règle **-teur**, **-trice** ou autre. Voici les principales « particularités ».

Amateur n. m. Préconisé pourtant par Littré, le fém. *amatrice* n'a pas été admis dans la 9e édition de l'Académie. On dira *une femme qui aime*... plutôt que *une femme amateur de*... Les autres dictionnaires admettent : *amateur, trice.*

Assassin n. m. Le subst. n'a pas de fém., au contraire de l'adj. : *une œillade assassine.* On peut avoir recours à **meurtrière**.

Auteur. Nom uniquement masc. pour l'Académie.

> VARIANTES. « On trouve les fém. *auteu**re***, usuel au Canada, et *autri**ce*** » (H.). « Au fém. on rencontre aussi une *auteure* » (P.L.I.). « On trouve aussi *autrice* sur le modèle québécois : *"Nous avons fait actrice, cantatrice, bienfaitrice et nous reculons devant autrice* [...]. *Autant avouer que nous ne savons plus nous servir de notre langue"* (R. de Gourmont) » (R.).

Borgne. *Un, une borgne.* Le fém. *borgnesse* est inusité.

Cantatrice (de l'italien *cantatrice*, « chanteuse »). Ne s'applique qu'à « une femme qui pratique l'art du chant lyrique et y a acquis une certaine renommée » (Acad.). N'est donc pas le fém. de *chanteur.*

Conjoint, **e** adj. et n. Au sens de « personne unie à une autre par le mariage », l'Académie a ouvert la porte à **conjointe**, « rare au féminin ».

1. **Épicène.** Désigne aussi bien le mâle que la femelle.

Connaisseur, **euse** adj. et n. L'Académie indique : « Très rare au féminin. » En revanche, **successeur** n'a pas de féminin. *Elle est le **successeur** de...*

Démon n. m. L'Académie n'a pas admis le fém. *démone*: *Cette femme est un vrai démon.* Pourtant, au sens de « génie femelle », *démone* n'est pas rare. Et au sens fam. : *Ma belle démone* (Sartre).

Déserteur. Nom uniquement masc. pour l'Académie, H. et P.L.I. Le Robert note : « Les formes *déserteuse* et *désertrice* sont inusitées. On doit dire d'une femme qu'elle est le *déserteur* d'une cause. »

Diacre, **diaconesse**. Ne pas confondre *diacre*, « fidèle ayant reçu le diaconat » et *diaconesse*, « 1. Femme qui, dans l'Église chrétienne primitive, était officiellement chargée de fonctions religieuses ou charitables. 2. Chez les protestants, femme qui se voue à des tâches analogues et qui vit souvent en communauté » (P.L.I.). Le mot **diaconat** n'est apparu qu'en 1688 (R., H.).

Docteur, **doctoresse**. Le féminin ne s'emploie qu'en médecine. « On dit parfois au fém. *doctoresse* » (Acad.). « Au fém. on rencontre aussi une *docteur* » (P.L.I.). « On rencontre le fém. *docteu**re***, usuel au Canada. » (H.)

Écrivain reste un mot masc. pour l'Académie. Jules Renard écrivait : « Les femmes cherchent un féminin à auteur ; il y a *bas-bleu* ; c'est joli et ça dit tout. À moins qu'elles n'aiment mieux *plagiaire* ou *écrivaine.* » C'est ce dernier terme qui semble aujourd'hui prévaloir (recommandé notamment par l'Office de la langue française au Québec). Colette l'employait déjà. Le P.L.I. donne au mot entrée **écrivain, e** et note en fin de rubrique : « Au fém., on rencontre aussi *une écrivain.* » R. : « APPOS. *Une femme écrivain.* REM. La forme fém. *une écrivaine* est peu usuelle en français, elle est courante au Québec. » H. donne au mot entrée **écrivain** n. et privilégie en mot entrée **écrivaine** « n. fam. Femme écrivain. Ce mot est usuel au Canada. »

Emmerdeur, **euse** n. Vulgaire. Notons la phrase de Paul Valéry : « Les femmes se divisent en trois catégories : les emmerdeuses, les emmerdantes et les emmerderesses. »

Enquêteur, **euse** n. L'Académie ne mentionne pas la variante **enquêtrice**, indiquée par les dictionnaires usuels.

Ivrogne, **esse** n. Le féminin en **-esse** étant péjoratif, préférer : *une ivrogne.*

Maïeuticien, **-cienne** n. Du grec *maieutikos*, « qui accouche les femmes ». Néologisme forgé pour désigner les personnes (hommes ou femmes) exerçant la profession de sage-femme.

Suisse (un, **une)**. Le fém. *Suissesse* est peu employé. De même, on dira *une ville maure*, rarement *mauresque.*

Traître, **esse** n. et adj. Le fém. *traîtresse* est usuel, mais le masc. s'impose en fonction d'attribut. *La mer est traître. Elle a été déclarée traître à la patrie.*

Vendeur en terme usuel donne *vendeuse* ; en terme de droit uniquement **venderesse**.

Des genres trompeurs

Voici une liste de mots sujets à des erreurs. Elle n'est pas exhaustive et les mots en gras doivent particulièrement attirer votre attention.

Mots masculins

abysse
acrostiche
aérolithe
agave
agrume
albâtre
alvéole
ambre
amiante
amphibie
anathème
anthracite
antidote
apogée
appendice
arcane
are
armistice
asphalte
asphodèle
astérisque
augure
autographe
balustre
bulbe
causse
colchique
élytre
emblème
emplâtre
épilogue
esclandre
exergue
exorde
globule
glucose
haltère
hémistiche
hypogée
interclasse
interstice
isthme
jade
jujube
lignite
météore
myrte
opercule
opprobre
orbe
orifice
planisphère
poulpe
socque
tentacule
trille
tubercule

▷ **Âge** n. m. *Le bel âge* et non * *la belle âge*; **auspice** n. m. *Sous d'heureux auspices.* S'emploie le plus souvent au pluriel; **légume** n. m. est féminin pour désigner (fam.) des personnages importants : *de grosses légumes.*
Aujourd'hui, le masculin s'est imposé pour le genre de toutes les lettres : *f, h, n,* n. inv. nous indique l'Académie.

▷ **Gueules** n. m. Terme d'HÉRALD. *Le gueules est représenté, en dessin, gravure et sculpture, par des hachures verticales.*

☛ À RETENIR :

Apologue n. m. Petit récit servant à illustrer une vérité morale et instructive (Acad.).

Après-midi n. m. ou f. inv. L'Académie précise : « On doit préférer le masculin. » Voir p. 101.

Effluve n. m. L'Académie précise : « Parfois employé, à tort, au féminin. »

En-tête n. m. Pl. *Des en-têtes*.

Hypogée n. m. Construction souterraine et, plus spécialement, sépulture : *Les hypogées égyp**tiens***. ☒ Ne pas confondre avec **catafalque**, estrade sur laquelle on place le cercueil.

➠ Mots féminins

abside	autostrade	**encaustique**	**oasis**
acné	**azalée**	**éphéméride**	octave
acoustique	bonace	**épigramme**	pulpe
aérogare	**campanule**	épitaphe	scolopendre
affres	câpre	épithète	spore
aise	chausse-trappe	esbroufe	stalactite
amnistie	clovisse	gemme	**tranchefile**
anagramme	congère	**glaire**	**urticaire**
apostille	drupe	mandibule	vicomté
arrhes	échappatoire	**météorite**	
autoroute	**écritoire**	myrtille	

☛ À RETENIR :

▷ **Les mots suivants sont féminins :**

Après-, avant-guerre. Voir p. 101.

Cortès n. f. pl. Assemblée représentative en Espagne et au Portugal. *Les Cortès se sont réunies.*

Dartre n. f. Vieilli. Lésions de la peau apparaissant sur le visage.

Ébène n. f. Toujours féminin pour l'Académie.

Escarre n. f. *Escarres fessières. Souffrir de nombreuses escarres* (Acad.).

Glaire n. f. Blanc de l'œuf. Mucosité. *Glaires intestinales.* L'emploi au masc. est fautif, bien qu'employé par certains écrivains.

HLM, Habitation à loyer modéré. *Habiter une HLM.* L'emploi du masc., bien que courant, est à éviter.

Ocre. Est féminin au sens de terre argileuse : *des ocres noires* et masc. au sens de couleur : *une sanguine au bel ocre pâle.*

➠ Mots des deux genres

Antique n. m. « Ensemble des œuvres d'art qui nous restent des Anciens : *Copier l'antique* » (Acad.). Est **fém.** au sens de « objet d'art qui nous reste de l'Antiquité. *Une collection de très curieuses antiques* » (Acad.).

Banquier a pour féminin *banquière*, tous les deux font le commerce de l'argent mais ☒ en terme de jeux, personne qui tient le jeu contre tous les autres joueurs ; ne s'emploie qu'au masc. (Acad.).

Barbe n. f. Ensemble des poils qui ornent le visage des hommes. ☒ Est masc. au sens de « cheval de selle, originaire d'Afrique du Nord ».

Barbouze n. f. (Acad. Qui note : « Rarement employé au masc. »). *Barbouze* n. m. ou f. (H., P.L.I.) ; n. f. et m. (R.).

Bougainvillée n. f. ou **Bougainvillier** n. m. L'Académie favorise la première graphie au fém.

Brancardier n. m. (Acad., H., R.) Variante : *Brancardier, ière* n. (P.L.I.). Le féminin entre dans l'usage : *les brancardières à Lourdes.* Féminin aux autres mots : *Buandier, ière*; *buffetier, ière*; *bustier, ière* au sens de « Artiste spécialisé dans la sculpture des bustes »; *caissier, ière.*

Ciste est **n. masc**. au sens de « arbrisseau méditerranéen ». Est **fém**. « ANTIQ. Corbeille dédiée à Dionysos et à Déméter. »

Disparate n. f. (Acad., H., R.) : *La disparate de ce mobilier. Une étrange disparate.* Est masc. ou fém. (P.L.I.).

Enzyme n. f. (H., P.L.I., R.) L'Académie donne le choix n. fém. ou masc. (Dans ses exemples, favorise le fém. : *Enzymes digestives, détruites par…*)

Foudre n. f. au sens de « décharge électrique violente. *La foudre est tombée* ». Pour désigner l'un des attributs de Zeus ou de Jupiter. *Zeus maniant la foudre.* Au pluriel. *Les foudres de la justice se sont abattues sur lui. Les foudres menaçantes de son directeur. Les foudres de son éloquence se sont révélées payantes.* ☒ Est **masc.** au sens d'« emblème militaire » et en héraldique. *Une aigle tenant un foudre dans ses serres* » (Acad.). Loc. *Un foudre de guerre,* et au sens de « tonneau de grande capacité ».

Granule n. m. au sens de « petit grain et en PHARM. petite pilule ». Est **fém.** en ASTRON. : « Petite tache éphémère sur la photosphère du Soleil. »

Hymne n. m. ANTIQ. Chant ou poème composé à la gloire d'un dieu ou d'un héros. *Les hymnes homériques.* Dans la religion chrétienne, « Chant d'assemblée à la louange de Dieu. *Les hymnes sacrés de Luther* » (Acad.). ☒ « S'emploie au **féminin**, dans l'Église latine et les Églises d'Orient, pour désigner un chant solennel qui fait partie de l'office ou accompagne certaines processions. *Entonner une hymne. Hymne de matines, de laudes, de complies.* »

Laque est **fém**. au sens de « produit pour les cheveux ». Est **masc**. pour désigner des objets : *De beaux laques de Chine.*

Merci n. f. au sens vieilli de « bon vouloir, miséricorde. *Demander, crier merci* » et auj. au sens de « pitié. *Une lutte sans merci* ». Loc. prép. *Être à la merci de.* Au fig. *Être à la merci du vainqueur.* ☒ Est

masc. au sens de « remerciement ». *Mille mercis. Dire merci. Merci beaucoup.*

Œuvre est le plus souvent au féminin. *Se mettre à l'œuvre. L'œuvre de toute une vie. Cette œuvre est merveilleuse. Une œuvre de jeunesse,* etc. ☒ Est **masc**. *le gros œuvre* (bâtiment), *le grand œuvre* (alchimie) et ce qui désigne l'ensemble des œuvres d'un artiste : *l'œuvre entier de Camus. Tout l'œuvre de Rembrandt édité par...* Au pluriel, *œuvres* est toujours au **fém**. *Les plus belles œuvres de Picasso.*

Orge n. f. Est **fém**. dans son emploi usuel sauf dans *orge mondé, perlé, carré* (**masc**.).

Palabre n. f. est un mot féminin employé surtout au pluriel : *avoir de longues palabres.* Masc. ou fém. pour l'Académie, P.L.I. et R.

Pamplemousse n. m. Le masculin l'emporte dans l'usage. Pour H., R. et pour le P.L.I. qui note : « Ce mot est parfois féminin. »

Période n. f. sauf dans l'expression **le plus haut période**, « le plus haut point où une chose, une personne puisse arriver » (Littré).

Réglisse est **fém**. pour désigner la plante : *de la réglisse officinale* et **masc**. (rarement fém.) pour nommer la racine : *mâcher du réglisse.*

Relâche n. f. dans tous les sens (interruption d'un travail, port d'escale, suspension momentanée des représentations) pour H. Pour ce troisième sens, il y a hésitation. Le P.L.I. indique le féminin en précisant : « Ce nom était autrefois masculin. » R. cite Huysmans : *l'annonce lamentable d'une relâche.* Le féminin est entré dans l'usage. *Au théâtre, la relâche a lieu le mardi.*

Steppe est aujourd'hui féminin. Littré le donnait masculin, tout en précisant : « Des voyageurs font ce mot féminin. »

Voir chapitre « Des mots à ne pas confondre », p. 173.

Les noms de fêtes

Noël est généralement masculin : *Noël* (sous-entendu *le jour de*) *est tombé un dimanche*, mais féminin dans la locution ancienne ***à la Noël***. Il est toujours masculin au sens de « chant ». *Les noëls bretons.*

Pâque sans *s* final est fém. sing. et désigne la « fête annuelle des juifs », ainsi que « l'agneau pascal » : *Immoler la pâque.* **Pâques** est masc. sing. au sens de « Fête annuelle des chrétiens : *Lorsque Pâques sera arrivé*.

> ☛ À RETENIR :
>
> Accompagné d'une épithète, **Pâques** est féminin pluriel dans les expressions anciennes : *Pâques fleuries*, qui désigne le dimanche des Rameaux, et *Pâques closes*, le premier dimanche après Pâques.
> On rencontre parfois le féminin pluriel lorsque le nom est accompagné d'un déterminant : *Nous avons passé de bonnes Pâques.*

Les noms d'animaux

Nous l'avons déjà vu, le féminin se forme par l'adjonction d'un *e* suivant la règle générale : *un ours, une ourse.*

Par le redoublement de la consonne finale : *chat, chatte* ; *lion, lionne.*

Par le changement de la consonne finale : *daim, daine* ; *loup, louve.*

Par une modification de la finale du mot masculin : *agneau, agnelle* ; *âne, ânesse* ; *canard, cane.*

Par une graphie totalement différente : *le bouc, la chèvre* ; *le cerf, la biche* ; *le coq, la poule* ; *le jars, l'oie* ; *le lièvre, la hase* ; *le sanglier, la laie* ; *le singe, la guenon* ; *le veau, la génisse.*

Par recours à une périphrase pour les noms d'animaux où un seul mot désigne le mâle et la femelle : *un héron mâle, un héron femelle* ; *une souris mâle, une souris femelle.*

☒ **Singe/guenon**. Au fém. on rencontre (vx. ou litt.) **singeresse** : *des façons singeresses.* Et aujourd'hui, au fig., **singesse**. *Les unes sont du genre volaille, les autres du genre petite singesse* (H. de Montherlant).

☛ À RETENIR :

Savez-vous qu'il existe trois mots pour désigner un animal, un pour l'espèce, un pour le mâle, un pour la femelle : **bœuf**, *taureau, vache* ; **cheval**, *étalon, jument* ; **mouton**, *bélier, brebis* ; **porc**, *verrat, truie.*

Les noms de bateaux

Aujourd'hui, le masculin l'emporte et l'accord se fait non pas avec le nom de baptême mais avec le mot « paquebot » sous-entendu : ***le*** *Normandie,* ***le*** *France.* Si le problème est résolu pour les paquebots, il n'en est pas de même pour les autres navires. Le genre est le plus souvent fixé par le type de navire : ***la*** *Glorieuse,* ***la*** *Jeanne-d'Arc* (ou *la Jeanne*).

Les noms de villes et d'îles

Le genre des noms de **villes** est le plus souvent aujourd'hui assimilé au neutre, par conséquent au masculin. Cependant, les noms de villes se terminant par un *e* muet sont parfois au féminin – on sous-entend le plus souvent le mot « ville » : *Lille est belle* (sous-entendu : une belle ville). Mais lorsque l'on désigne la population on revient au masculin : *Tout Marseille acclamait le président.*

☒ Pour un nom précédé de l'article « La », le féminin s'impose : *La Rochelle s'est rendu**e** avec honneur.*

☛ À RETENIR :

Pour les noms précédés des adjectifs *grand, vieux,* le genre masculin prédomine : *le grand Londres* ; *le vieux Marseille.*
Les noms d'**îles** sont féminins, à l'exception du *Groenland. Ré est reli**ée** par un pont au continent.*
Si l'île représente un État, on peut privilégier le masculin : *Madagascar est indépendant depuis 1960,* mais le féminin (sous-entendu *l'île de*) est le plus souvent employé.

🕮 Quelques particularités

Avant-coureur n. m. et adj. L'Académie distingue ce mot masc. : *Les avant-coureurs d'une armée. Les signes avant-coureurs d'une révolution*, de **avant-courrier**, **ière** n. et adj. « Class. Rare au masc. [...] *Les brumes sont les avant-courrières de l'automne. Une ombre avant-courrière de la nuit.* »

Dispos, **e**. Emploi rare au fém. *Être d'humeur dispose* (Acad.).

Hébreu. Au fém., l'on emploie pour les personnes : **juive** ou **israélite** et, pour les choses, **hébraïque** : *la loi hébraïque.*

☛ À RETENIR :

Les participes passés **crû**, **dû**, **mû**, **recrû** perdent au féminin leur chapeau et font : **crue**, **due**, **mue**, **recrue**.

Testez vos connaissances
Du masculin au féminin

Corrigez les fautes du texte suivant :

Au cours de l'entre-deux-guerre de nombreux immigrants quittèrent leurs pays, espérant y revenir bientot. Leur désillusion est irracontable. Au cours d'un interview, ils me déclarèrent qu'ils n'avaient pas su anticiper les événements. S'ils avaient été archi-millionnaires, ils auraient vécus heureux. Certains devinrent crypto-communiste, d'autres néo-nazi. Ceux qui allèrent en Égypte visitèrent les pyramides et admirèrent les merveilleuses hypogées, découvrant les lits funéraires des pharaons. Ils furent surpris de découvrir qu'un certain nombre d'hommes étaient mariés à plusieurs femmes, cette forme de polyandrie les scandalisèrent. Les champs pétroliers les étonna moins cependant que la beauté des paysages au coucher du soleil. Traditionnalistes, ils se gardèrent de commettre des actes de grivellerie, bien qu'ils eurent volontiers emporté avec eux les pierres recouvrant les armoieries de la ville du Caire. Certes, ils avaient la bougeote, aimaient la parlote, c'est au cours d'une ballade qu'ils croisèrent une femme rigolotte, revêtue d'un sarreau et qui poussait un landeau antique.

Thomas ayant commis cinq fautes à ce test, il vous en soumet un deuxième à sa manière :

Dans la ruche, la reine dispose d'une alvéole plus grande que celles des ouvrières. Les alizées servent de rime aux azalées. L'une est un vent constant, l'autre est cultivé pour ses fleurs exotique. J'oubliais de vous dire que l'arthrite aigüe à ma hanche m'a déclanché une arthérite avec risque de trombose. Mon visage s'est couvert d'affreux dartres purulents, sans parler des escarres douloureux difficiles à soulager.

(Voir solution p. 277.)

4 Le nombre
Singulier, pluriel

Un grand nombre de mots font leur pluriel par l'ajout d'un *s*, mais les exceptions sont nombreuses et, plutôt que d'aligner des listes rébarbatives, nous avons multiplié les rubriques afin de vous permettre de mieux visualiser les graphies. Et, bien sûr, nous avons multiplié les exemples… plus parlants qu'un long discours.

Une incertitude demeure pour les mots composés avec trait d'union. Vous avez vu la nouvelle « règle » dans l'Avertissement, règle qui avait pour but de simplifier la formation du pluriel. Nous favorisons la graphie de l'Académie et nous donnons sous la rubrique VARIANTES les graphies préconisées des dictionnaires *Hachette*, *Petit Larousse illustré*, *Robert*, éditions 2005. Vous le constaterez, les divergences sont nombreuses. En ce qui concerne les « recommandations », Maurice Druon demande que, avant qu'elles soient adoptées, elles *« soient soumises à l'épreuve du temps »* (*Dictionnaire de l'Académie*, 1992). Dans l'incertitude, nous vous conseillons d'adopter l'ancienne graphie, tout en sachant que la nouvelle ne peut, pas plus que l'ancienne, être considérée comme fautive.

Mots simples

Les différentes terminaisons

Singulier en *-s*, *-x* et *-z*

Ces mots gardent au pluriel leur graphie du sing. *Un, des puits. Une, des noix. Un, des gaz.*

▷ Si la graphie est identique, il n'en est pas toujours de même pour la prononciation. Par ex., il y a liaison dans : *Il l'accueillit à bras* [z] *ouverts.* Avec le mot **os**, le *s* se prononce au sing. ; il ne se prononce pas au pluriel. *Un os* [s], *des os* [o]. Signalons aussi : *un bœuf* [euf], *des bœufs* [eu] ; *un œuf* [euf], *des œufs* [eu] (voir « Prononciation », p. 262-263).

➪ Singulier en *-au* et *-eau*

Ces mots prennent un **x** au pluriel. *Un château, des château**x***. *Un tuyau, des tuyau**x***. *Un veau, des veau**x***.

▷ Deux mots font exception : **landau**, *des landau**s** pour enfants,* et **sarrau** qui désigne une blouse qui se porte par-dessus un vêtement. *Des sarrau**s** bleus.*

➪ Singulier en *-eu* et *-œu*

Ces mots prennent un **x** au pluriel. *Un cheveu, des cheveu**x***. *Un feu, des feu**x***. *Un vœu, des vœu**x***. *Sur les lieu**x** du crime.*

▷ Deux exceptions usuelles : **bleu** et **pneu**. *Des bleu**s***. *Des pneu**s***. Pour les amateurs de poisson, ajoutons **lieu**. *Les lieu**s** noirs sont appelés colins.* **Émeu**. Oiseau coureur. *Les émeu**s** vivent en Australie.*

Curiosité. Un cas que l'Académie n'a pas encore tranché : **richelieu**. Trois possibilités : *Il cira ses Richelieu* (nom de marque), *ses richelieux* (règle), *ses richelieues* (exception).

➪ Singulier en *-ou*

Ces mots prennent un *s* au pluriel[1]. *Un sou, des sou**s***. *Un clou, des clou**s***. Y compris *chouchou*, terme fam. pour « préféré, favori ». *Il a des chouchou**s*** (Acad.). Le fém. est *chouchoute.*

▷ Sept mots traditionnels font exception. Robert Desnos nous les rappelle dans son poème « Les Hiboux » :

---

1. N'oubliez pas les graphies en *x* au sing. et au pluriel : **courroux**, **doux**, **époux**, **jaloux**...
Pour les amateurs. Le verlan a créé **ripou**, « policier pourri, corrompu ». Par assimilation avec *pou*, le pluriel en *x* (incertain) semble prévaloir. *Ripoux* (H.), *ripoux* ou *ripous* (P.L.I.), des *ripous* (R. qui précise : « *Les Ripoux,* film de C. Zidi »).

Ce sont les mères des **hiboux**
Qui désiraient chercher les **poux**
De leurs enfants, leurs petits **choux**
En les tenant sur les **genoux**
Leurs yeux valent des **bijoux**
Leur bec est dur comme **cailloux**
Ils sont doux comme des **joujoux**
Mais aux hiboux point de **genoux**
[...].

À RETENIR :

Mettre genou en (ou *à) terre.*
« *Je me suis enfoncé jusqu'au genou.* » Le G.R. note l'expression : *s'enfoncer jusqu'aux genoux*, mais le sing. retenu par l'Académie se justifie : jusqu'à la hauteur du genou.

Singulier en *-al*

Ces mots forment leur pluriel en **-aux**. *Un cheval, des chevaux. Un journal, des journaux. Un mal, des maux. Un original, des originaux.*

EXCEPTIONS. Plusieurs substantifs d'usage courant font exception[1]. Vous les connaissez certainement : *aval, bal, cal, cantal, carnaval, chacal, festival, mistral, pal, récital, régal.* Ces mots prennent un *s* au pluriel : *des bals, des cals, des récitals...*

D'autres, moins usuels, prennent aussi un **s** au pluriel.

Choral. *Les chorals de Bach.*

Corral. *Les corrals où s'agitent les bovins.*

Étal. *Les ménagères se pressaient entre les étals.* Plus rarement, *étaux.*

1. **Banal**. Pl. **banaux**. Qui était à la disposition de tous. *Des moulins banaux* (Acad.). Pl. **banals**. Courant, ordinaire. Qui manque d'originalité. *Des compliments banals* (Acad.).
Cérémonial. *Cérémonials.*
Tonal. Le G. R. signale : « Le pluriel en **-aux** semble impossible à cause de l'homonymie avec *tonneau* », mais R. et H. indiquent le pluriel en **-aux** et le P.L.I. en **-als**, ainsi que le Dictionnaire historique (R.) !

Final. Adj. fait au pluriel **finals**, mais le « masc. **finaux** se rencontre aussi, notamment en économie et en linguistique » (Acad.).

Negro-spiritual. *Écouter de beaux negro-spirituals.*

Citons encore : *caracal* (lynx d'Afrique), *gavial* (reptile crocodilien), *narval* (cétacé), *nopal* (plante grasse), *rorqual* (cétacé), *santal* (arbuste, parfum), *sisal* (arbuste, fibre), *tincal* (minéral), *trial* (moto tout terrain), *virginal* (instrument de musique).

Les termes scientifiques, le plus souvent employés au sing., forment leur pluriel en **-als** : *barbital, gardénal, phénobarbital, véronal. Gardénal* et *Véronal* sont des noms déposés, devenus noms communs.

Quelques adjectifs ont leur pluriel en **-als** : *aéronaval, bancal, dual, fatal, final, natal, naval.*

☛ À RETENIR :

Certains mots peuvent présenter deux formes de pluriel.

Austral. Auj. la tendance, en cas de double pluriel, est de favoriser **-aux**. C'est ainsi que l'Académie donne en premier le pluriel en **-aux** : *austral* pl. *austraux* ou *australs.*

Glacial. L'Académie donne *glacials* ou *glaciaux*, tout en précisant : « On évite généralement d'employer glacial au masculin pluriel. »

Idéal. Le pluriel **idéaux** a tendance à se substituer à **idéals**. L'Académie précise : « Le pluriel masc. *idéaux* s'emploie dans la langue de la philosophie et des mathématiques. »

Un **travail**, des **travaux**, mais au sens d'« appareil de contention pour les gros animaux », des **travails**.

Il y a hésitation pour **tribal**, **-aux** ou **-als** pour P.L.I., uniquement *tribaux* pour R.

➯ Singulier en *-ail*

Ces mots ont pour la plupart un pluriel régulier en **-ails**. *Un chandail, des chandails. Un détail, des détails.*

EXCEPTIONS. Quelques mots usuels font leur pluriel en **-aux**. *Un bail, des **baux**. Un corail, des **coraux**. Un soupirail, des **soupiraux**. Un vitrail, des **vitraux***. ☒ Ne pas confondre **vantail**, panneau de bois : *les vantaux d'une fenêtre*, avec **ventail**, partie de la visière d'un heaume : *les ventaux laissaient passer l'air.*

▷ **Ail** fait au pluriel *ails* ou « vieilli, ***aulx*** » (Acad.).

▷ **Bercail** et **bétail**[1] ne s'emploient qu'au singulier (Acad.).

▷ **Émail**. *De beaux **émaux***. ☒ Dans le sens de « substance qui recouvre la couronne des dents », le pluriel est *émails* (P.L.I.).

▷ **Fermail.** Terme d'orfèvrerie. *Les **fermaux** sont le plus souvent en or ou en argent.*

➠ Graphies différentes au singulier et au pluriel : aïeul, ciel, œil

Aïeul, **e** [Aiœl] fait au pluriel **aïeuls**, **aïeules**. « Grand-père, grand-mère du côté paternel ou maternel ; se dit parfois de l'arrière-grand-mère. *L'aïeul était entouré de ses enfants et de ses petits-enfants* » (Acad.).

☒ Changement de sens au pluriel. **Aïeux** (fém. normal *aïeules*) désigne « les personnes dont on descend » et, par ext., l'« ensemble de ceux qui, au cours des siècles, ont précédé la génération précédente. *Il s'intéresse aux coutumes de nos aïeux* » (Acad.).

▷ Pour désigner les arrière-grands-parents, on emploie : les **bisaïeuls**. *J'ai connu un de mes bisaïeuls* (Acad.).

Ciel, **ciels**, **cieux**. L'Académie indique : « Pl. **cieux** lorsque le mot désigne le firmament ou le Paradis ; **ciels** dans les autres cas. » On écrira donc : *Aller vivre sous des cieux plus cléments. Notre Père qui êtes aux cieux*, mais : *Les ciels tourmentés de Van Gogh. Ils combattirent sous tous les ciels du monde.*

▷ On écrit **ciel de lit**, au pluriel : *ciels de lit* (sans trait d'union).

---

1. **Bétail** vient du latin *bestia* et désigne « l'ensemble des bêtes d'élevage » à l'exception des animaux de basse-cour, alors que **bestiaux** n. m. pl. vient de l'ancien français et désigne « l'ensemble des animaux domestiques d'une exploitation rurale ».

Œil fait au pluriel **yeux**.

▷ Dans les mots composés, le pluriel est toujours en **œils**. *Des œils-de-bœuf, des œils-de-paon, des œils-de-serpent.*

☒ Certains sens techniques font leur pluriel en **œils**. En imprimerie : *Les œils ne doivent pas être ébréchés.* Terme technique désignant une ouverture, un trou par lequel on passe une bride, un cordage : *faire des œils épissés.*

➠ Particularités

Certains mots changent de genre et de sens selon qu'ils sont employés au singulier ou au pluriel. Chacun connaît **amour**, **délice** et **orgue**.

Amour. Est masculin singulier dans presque tous ses emplois désignant un mouvement de l'âme, une attirance sentimentale ou physique. L'Académie note : « Parfois au pluriel et, dans ce cas, généralement, au féminin. *Les amours enfantines. Les plus belles amours. On revient à ses premières amours. Les amours mortes.* »

Délice. Mot masc. singulier au sens de « jouissance exquise. *Quel délice que cette musique !* Par métonymie, se dit de ce qui produit cette jouissance. *Cet entremets est un délice* » (Acad.). Emploi littéraire au féminin pluriel au sens de « plaisirs extrêmes. *Les délices des sens, de l'esprit. Un livre de pures délices.* »

☛ À RETENIR :

Gens. n. pl. L'Académie énonce la règle suivante : « Lorsque *gens* est immédiatement précédé d'un adjectif possédant une forme féminine distincte de celle du masculin, cet adjectif s'accorde au féminin ; cependant, cet accord n'est pas étendu aux autres éléments de la phrase, sauf pour les adjectifs *tout* et *quel*. *Instruits par l'expérience, les vieilles gens sont soupçonneux. Toutes les vieilles gens ; tous les habiles gens. Quelles sottes gens !* La règle ne s'applique pas lorsque *gens* est suivi d'un complément introduit par *de* et désignant une qualité, une profession, un état ; dans ce cas, l'accord se fait toujours au masculin. *Les vrais gens de cœur. De nombreux gens de lettres.* »

Orgue. Est masc. au sing. *Cet orgue est excellent* ; et, pour désigner plusieurs instruments, au pluriel : *Il a mis quatre beaux orgues en vente.* Est fém. pluriel lorsque l'on parle d'un instrument unique, à la sonorité exceptionnelle. *Les grandes orgues de Notre-Dame.*

Mots précédés d'une préposition : à, de, en

Le singulier est de rigueur lorsque le nom donne l'idée d'un être, d'un objet, d'une matière, d'une espèce. *Des poignées de mai**n**. Des sacs de cimen**t**.*

Le pluriel lorsque le nom exprime l'idée de pluralité. *Un fruit à pépin**s**. Une paire d'ami**s*** (ils sont deux).

Précédé de **en**, on trouve généralement le pluriel[1] : *en guenilles, en haillons, en lambeaux, en loques.*

Mots toujours au pluriel

Un certain nombre de mots ne s'emploient qu'au pluriel. Voici les plus usuels.

Accordailles. *La cérémonie des accordailles.*

Acquêts. *Communauté réduite aux acquêts.*

Affres. *Connaître les affres de la faim.*

Agrès. *Les agrès garnissent le portique du gymnase.*

Aguets. *Les policiers étaient aux aguets.*

Ambages. *Sans ambages.*

Citons encore : **annales**, **apparaux**, **archives**, **armoiries**, **arrérages**, **arrhes**.

---

1. L'Académie a heureusement tranché pour : « *En fleu**r**, en fleur**s**, dont les fleur**s** sont épanouies, qui est couvert de fleurs. Un arbre en fleu**r*** [c'est une seule espèce]. *Un jardin, une prairie en fleur**s***. Fig. *Des jeunes filles en fleu**r*** ou *en fleur**s*** ». Titre du roman de Proust : *À l'ombre des jeunes filles en fleur**s***.

Bésicles. *Chaussez vos bésicles, vous verrez mieux* (Acad.). ☒ **é** et non **e*.

Bestiaux. « Ensemble des animaux domestiques d'une exploitation rurale comprenant à la fois le gros et le petit bétail » (Acad.). *Un wagon à bestiaux.*

Brisées. *Marcher sur les brisées de quelqu'un.*

Calendes. Premier jour de chaque mois dans le calendrier romain. *Renvoyer aux calendes grecques,* « à un temps qui ne viendra jamais ».

Comics. Anglicisme non admis par l'Académie. Écrire « bandes dessinées » ou « dessins humoristiques ».

Complies. *Les moines chantent complies.*

Confins. *Aux confins de,* à la limite de.

Cortès. Assemblée représentative en Espagne et au Portugal. *Réunir les Cortès.*

Décombres. *La ville n'est que décombres.*

Dépens. *Être condamné aux dépens.* Loc. prép. : *aux dépens de,* aux frais de.

Doléances. *Recevoir les doléances de quelqu'un.*

Écrouelles. *Toucher les écrouelles* (autrefois, affection des ganglions) : les guérir miraculeusement.

Entrailles. *Le fruit de ses entrailles.*

Environs. *Les environs de Paris.* Loc. prép. : *aux environs de,* non loin de.

Épousailles. Vieux ou plaisant pour « célébration du mariage ».

Errements. Vieilli au sens de : « manière d'agir habituelle ». Moderne : « manière d'agir blâmable et de façon continue ». ☒ Ne pas employer *erreur* en ce cas !

Êtres. Les diverses parties d'une maison. Souvent orthographié **aîtres**.

Fastes. *Les fastes consulaires.*

Fiançailles. *Célébrer les fiançailles.*

Fonts. *Les fonts baptismaux.* ☒ Et non **fonds* (faute fréquente).

Frais. Toujours au pluriel au sens de « dépenses ». *Avoir des faux frais* (sans trait d'union).

Fringues. Vêtements. Pop., indique l'Académie qui admet aussi *fripe* et précise fam. surtout au pluriel. *De vieilles fripes.* Toujours au pluriel : **frusques** (fam.), **hardes** et **nippes**.

Funérailles. *On fit à ce grand homme de splendides funérailles.*

Gémonies. *Vouer quelqu'un aux gémonies,* « l'accabler publiquement d'outrages ».

Génitoires. Vieilli pour testicules. Toujours ***les*** *génitoires* mais *un testicule, des testicules.*

Gravats. *Enlever les gravats.*

Honoraires. *Les honoraires d'un avocat.*

Immondices. *Une rue jonchée d'immondices.* ☒ Au sing. *immondice légale,* « impureté dans laquelle les Juifs tombaient lorsqu'il leur était arrivé de toucher quelque chose d'immonde » (Acad.).

Intempéries. *Les intempéries ont dévasté toute la région.*

Citons encore : les **laudes**, faire des **mamours** à quelqu'un, les **mânes**, les **matines**, les **menstrues**, les **mœurs**, les **pénates**, les **pierreries**, les **pourparlers**, les **prémices**[1], les **prolégomènes**,

1. Ne confondez pas **prémices**, « premiers fruits de la terre ou du bétail », et, au fig., « premières productions de l'esprit » ou encore « premiers mouvements du cœur », avec **prémisses** n. f. pl. « les deux propositions d'un syllogisme ». Littré précise : « Au sing. Une prémisse. *Quelle prémisse manque dans cet enthymème : je pense donc je suis ?* »
Précisons que l'**enthymème** est un terme de logique : « Syllogisme dans lequel l'une des prémisses est sous-entendue. *Le courage étant une vertu mérite des éloges.* »
Le **syllogisme** est un « raisonnement qui contient trois propositions (la majeure, la mineure et la conclusion) et tel que la conclusion est déduite de la majeure par l'intermédiaire de la mineure. Ex. : *Si tous les hommes sont mortels* [majeure], *si tous les Grecs sont des hommes* [mineure], *donc tous les Grecs sont mortels* [conclusion] ».

les **relevailles**, les **rillettes**, les **rogations**, les **royalties**, les **saturnales**, les **sévices**, les **thermes**, les **vacances**, au sens de congé mais la *vacance du pouvoir*, les **vêpres**, les **victuailles**, les **vivres**.

➠ Singulier ou pluriel ?

Certains mots, généralement employés au pluriel, admettent cependant le singulier.

Agrume. n. m. La culture des agrumes. « Au sing. *Le cédratier semble être le premier agrume introduit en France* » (Acad.).

Alentour. n. m. « Généralement au pluriel. *Les alentours*, les lieux circonvoisins. *L'alentour* (rare), *les alentours de la ville* » (Acad.).

Ancêtre. Emploi le plus souvent péj. au sing. Au pluriel au sens d'« ascendants, aïeux ».

Appas. n. m. Toujours au pluriel pour désigner « ce qui charme, ce qui séduit, éveille le désir ». L'Académie admet aussi en ce sens la graphie **appâts**, mais n'emploie, dans ses exemples, qu'*appas*. **Appât** n. m. désigne « la nourriture placée dans un piège » et, au fig., *l'appât du gain*.

Assise. n. f. *La cour d'assises. Les assises du parti républicain*. S'emploie au sing. au sens de rang de pierres : *la première assise d'une construction*.

Atour. n. m. (rare au sing.). *De riches atours*. Anciennement : *une dame d'atour*, « chargée d'habiller une reine, une princesse » (Acad.).

Babine. n. f. pour l'Académie et Littré qui ne citent aucun emploi au sing. Ne s'emploie plus qu'au pluriel : *se lécher les babines*.

Bacchanale. n. f. pl., au sens de « fêtes religieuses en l'honneur de Bacchus », et n. f. sing., terme de beaux-arts : *Une bacchanale du Poussin* et au sens de « danse bruyante dans un opéra ». Par analogie « fête qui se termine en orgie ».

Catacombe. n. f. S'emploie le plus souvent au pluriel (Acad.). *Les Catacombes à Paris*. Singulier au sens de « cimetière chrétien souterrain ».

Chausse. n. f. Toujours au pluriel au sens ancien de « vêtement ». *Des hauts-de-chausses*. Au sing. pour désigner un filtre d'étoffe en forme d'entonnoir.

Comices. n. m. pl. L'Académie indique cependant : « Comices agricoles ou, parfois au singulier, comice agricole. »

Condoléance. n. f. L'Académie note : « Ne s'emploie guère aujourd'hui qu'au pluriel. *Une lettre de condoléances* » (Littré : *lettre de condoléance*).

Ébat. n. m. Vieilli au sing. Ne s'emploie guère aujourd'hui qu'au pluriel. En vènerie, « promenade des chiens. *Mener les chiens à l'ébat* » (Acad.).

Entrefaite. n. f. « Vieilli. Espace de temps qui s'écoule entre deux actions, deux évènements. *Dans l'entrefaite*. Ne s'emploie plus guère qu'au pluriel, dans la loc. adv. *Sur ces entrefaites* [...] *Il arriva sur ces entrefaites* » (Acad.).

Main. n. f. Au sing. *Une poignée de main, clés en main, prendre en main les intérêts, avoir la preuve en main, mettre le marché en main, à main levée, de longue main, le pouvoir a changé de main, se battre à main nue, un homme de main*. Au pluriel : *en de bonnes mains*. ☒ *Remettre une lettre en main propre* de préférence à *mains propres*.

Pincette. n. f. *Il n'est pas à prendre avec des pincettes*. S'emploie surtout au pluriel, sauf pour la *pincette* de l'horloger.

Préparatif. n. m. S'emploie le plus souvent au pluriel, mais on trouve le singulier (Saint-Simon, Mme de Sévigné...).

Propylée. n. m. Au sing. « porte monumentale » ; au pluriel : « portique à colonnes formant l'entrée d'un temple ». *Les Propylées*, sur l'Acropole à Athènes.

Ramilles. n. f. pl. au sens de « menues branches d'arbre ». Emploi au sing. en terme de botanique (Littré).

☛ À RETENIR :

Broussaille. L'Académie indique : *Un terrain couvert de broussaille* ou *de broussailles* et admet au sing. : *Un jardin envahi par la broussaille.*

Directive « MILIT. Instruction générale, ordre d'opération émanant du haut commandement. *Prescrire une manœuvre par une directive précise.* » Et l'Académie de préciser : « Par ext., surtout au pluriel. Indications générales données par une autorité à ceux qui sont chargés de les exécuter. *Demander, donner, recevoir, transmettre des directives* [...]. »

Représaille. S'emploie surtout au pluriel mais le sing. se rencontre. *Une juste représaille* (Acad.). ☒ Distinguez **représailles** qui implique une action réfléchie : *Après cette attaque, les Alliés envisagèrent des représailles appropriées*, et **riposte**, qui exige une action instantanée : *À cet acte de barbarie, la riposte arriva, foudroyante.*

Pluriel des adjectifs numéraux : voir p. 141.

🕮 Mots composés

➡ Mots composés... en un mot

☛ L'ESSENTIEL :

Lorsqu'ils s'écrivent en un seul mot – on dit qu'il y a agglutination –, seul le dernier élément prend la marque du pluriel. *Des automitrailleuses. Des portefeuilles. Des portemanteaux.*

▷ Exceptions. **Bonhomme** ➡ *des bonshommes.* **Gentilhomme** ➡ *des gentilshommes.* **Madame** ➡ *Mesdames.* **Mademoiselle** ➡ *Mesdemoiselles.* **Monseigneur** ➡ *Messeigneurs.* **Monsieur** ➡ *Messieurs.*

▷ En s'adressant à plusieurs personnes, on dit **messeigneurs**, mais **nosseigneurs** lorsqu'on parle de ces personnes. En style fam., on trouve : *les monseigneurs.*

Mots composés avec trait d'union

Arrière- *Arrière* reste toujours invariable. Les autres éléments prennent la marque du pluriel : *Des arrière-goûts, des arrière-saisons, des arrière-petites-nièces.* ☒ *Des arrière-grand-mères* (voir p. 100).

> L'ESSENTIEL :
>
> En principe, seuls les noms et les adjectifs prennent la marque du pluriel, si le sens le permet. Les adverbes, prépositions, pronoms et verbes restent bien sûr invariables.

Pluriel aux deux éléments

Lorsque le mot est composé de deux noms, ou d'un adjectif et d'un nom, ou de deux adjectifs, il prend la marque du pluriel. C'est, heureusement, le cas pour environ 90 % des mots composés. Par ex., **aide** s'emploie souvent en composition avec un nom de métier. *Des aides-comptables. Des bateaux-phares. Des sourds-muets.* ☒ **Aide-mémoire** est un mot inv. (H., P.L.I., R. ; [Var. *mémoires*], H.) : « qui aide la mémoire ». De même, *des amuse-gueule, des pur-sang, des branle-bas.*

Voir « Quelques particularités », p. 102.

Pour qu'il y ait la marque du pluriel aux deux éléments, il faut que l'un des deux soit considéré comme un élément apposé ou coordonné[1]. *Des choux-fleurs, des loups-garous, des chefs-lieux, des beaux-pères, des chênes-lièges* (Acad.), *des longues-vues, des quotes-parts*, etc. Exception : *des terre-pleins.*

Le cas de *grand-*

Au masculin, les deux termes prennent la marque du pluriel[2] : *des grands-pères, des grands-oncles.*

1. Les passionnés de cinéma parlent de *longs métrages, de courts métrages.* La tendance est d'en faire un mot composé : *des longs-métrages.*
2. **Grand-croix** est inv. pour désigner la dignité (la plus haute dans les ordres de chevalerie et ceux du Mérite), mais pour désigner les personnes ainsi élevées, le pluriel fait : *grands-croix. Les grands-croix se réunissent chaque année.*

Aujourd'hui, on emploie généralement le trait d'union pour unir les deux termes, comme dans *grand-chose, grand-mère, à grand-peine.* Dans certaines locutions, l'emploi du trait d'union n'est pas systématique. On pourra écrire *grand-faim* ou *grand faim, grand-peur* ou *grand peur, grand-route* ou *grand route, grand-rue* ou *grand rue,* etc., sans que la langue littéraire ou archaïsante s'interdise dans ces cas l'emploi de l'apostrophe.

« Dans ces noms féminins composés, *grand*, ne s'accordant pas en genre, ne s'accorde pas non plus en nombre » (Acad.).

▷ L'Académie est formelle : pas d'accord au féminin, mais force est de constater que l'usage contredit l'Académie. H. et R. donnent : pl. *grands-mères, grands-messes*..., le P.L.I. laisse le choix : pl. *grand[s]-mères, grand[s]-messes,* etc.

Lorsque les mots féminins sont formés avec **grande**, il y a, bien sûr, accord des deux éléments : *les grandes-duchesses.*
Notons que **grand prêtre**, **grand prix** ne prennent pas de trait d'union.

➾ Le cas de *haut-, haute-*

On écrit au pluriel : *des haut**s**-de-chausse**s**, haut**s**-de-form**e**, des haute**s**-cont**re**, haute**s**-taille**s**, haut**s**-fond**s**, haut**s**-fourneau**x**, hau**t**-parleu**rs**, haut**s**-relie**fs**.*

▷ À cette liste de l'Académie ajoutons *des haut**s**-commissaire**s**, des haute**s**-fidélité**s*** (P.L.I.) mais *des chaîne**s** haute-fidélité* (H.).

☒ Seul R. écrit sans trait d'union *haut fourneau.* Retenez que seul *hau**t**-parleu**rs*** au pluriel ne prend pas de *s* à *haut.*

➾ Un seul élément variable

☒ L'Académie privilégie la graphie *appuie-bras, appuie-tête* n. m. inv., tout en précisant qu'elle « conseille *appuie* mais admet *appui.* Elle considère chacun de ces mots comme un seul substantif et, par conséquent, tolère qu'on mette la marque du pluriel, quand elle est possible, à la fin du deuxième terme ».

Vous écrirez au pluriel : *des années-lumière, des culs-de-jatte, des culs-de-sac, des eaux-de-vie, des pots-de-vin, des ronds-de-cuir, des soutiens-gorge*... mais, sans trait d'union : *des aides de camp, des pommes de terre.*
Restent invariables : *des tic-tac, des étouffe-chrétien.* **Pluriel incertain** : *tam-tams* (H., P.L.I.), inv. pour R.

Lorsque les éléments comportent une préposition, le second mot reste invariable. *Des arcs-en-ciel, des crocs-en-jambe, des eaux-de-vie, des chefs-d'œuvre, des fiers-à-bras* (Acad., qui précise « Au pluriel comme au sing., se prononce [fièrabra] »), *des cous-de-pied, des faces-à-main, des boutons-d'or*.

☛ L'ESSENTIEL :

Lorsque le second élément exerce la fonction de complément déterminatif, il reste invariable. *Des bains-marie, des timbres-poste, des pauses-café*.

Après- L'Académie précise : ***après-guerre*** n. f. (pl. *après-guerres*) ; ***après-midi*** n. m. ou f. inv. (on doit préférer le masc.) ; ***après-rasage*** loc. inv. employée adjectivement ; ***après-ski*** n. m. inv. ; ***après-souper*** n. m. (pl. *après-soupers*) ; ***après-vente*** loc. inv. employée adjectivement.

VARIANTES. *Après-guerre* n. m. ou n. f. (H., P.L.I.) mais n. m. (R.), *après-midi* n. m. ou n. f. pl. *après-midis* ou *midi* (H.), n. m. ou n. f. inv. (P.L.I. et R.), *après-rasage* (H., R.), adj. inv. et n. m. pl. *après-rasages* (P.L.I.), *après-ski* n. m. pl. *après-skis* (P.L.I.), *après-skis* ou *-ski* (H.), *après-ski* ou *-skis* (R.).

Demi- Une cinquantaine de mots suivent la règle générale (seul le nom prend la marque du pluriel), à l'exception de : *demi-fond* n. m. sing., *demi-jour* pl. *demi-jour* ou *-jours*, *demi-sang* n. m. inv., *demi-sel* adj. inv. (Acad).

VARIANTES. *Demi-fond* pl. *demi-fonds* (H.), *demi-jours* (H., P.L.I.), *demi-sang* ou *-sangs* (H., R. ; reste inv. pour le P.L.I.), *des demi-sel* ou *-sels* (H., R. ; reste inv. pour le P.L.I.).

☒ *Il a acheté une demi-baguette* mais *Il a acheté une baguette et demie*.

Hors- L'Académie précise : *Hors-bord* (pl. *hors-bord* ou *-bords*), *hors-d'œuvre* n. m. inv. ainsi que *hors-jeu, hors-la-loi, hors-piste, hors-texte*.

VARIANTES. *Hors-jeu* n. m., pl. *hors-jeux* ou *jeu* (H.), *hors-piste* ou *-pistes* (H., P.L.I.), *hors-texte* (H.). et des mots récents non recensés par l'Académie : *hors-bilan* n. m. inv. (H.), *hors-champ* n. m. inv. (H.), *hors-cote*

n. m. inv. (H.), *hors-ligne* n. m. inv. (R.), *hors-norme* adj. inv., *hors-série* adj. inv. et n. m., pl. *hors-séries* ou *série* (H., P.L.I.), *hors-service* n. m. inv. (H.) et adj. inv. (R.), *hors-statut* n. inv. (H., P.L.I.).

Éléments invariables

Si le mot comporte un composé « exocentrique » (du grec *exô*, au-dehors), c'est-à-dire si le premier élément est extérieur au second, il reste invariable. *Des coq-à-l'âne, des haut-le-cœur, des pied-à-terre, des pot-au-feu, des tête-à-tête, des tête-à-queue, des vol-au-vent, des face-à-face...*

L'Académie note : *des pur-sang, des sang-mêlé*, mot inv. ainsi que pour le P.L.I.

VARIANTES. *Pur-sang* n. m., pl. *purs-sang* ou *pur-sang* (H.), *pur-sang* ou *purs-sangs* (R.).

Notons l'unanimité des dictionnaires : *des sang-mêlé* inv.

Quelques particularités

Court- *Court-vêtu*. Pl. *court-vêtus*. *Elles allaient court-vêtues*.

Franc- *Des Francs-Comtois* mais *des Franc-Comtoises*.

Libre- *Des libres-échanges, des libres-services*. On écrit sans trait d'union *libre arbitre, libre penseur.* ☒ « *Libre penseur* s'écrit parfois avec le trait d'union » (Acad.). C'est le choix du P.L.I. : *des libres* [-] *penseurs.* Au pluriel, on écrit *des libre-échangistes*.

Nouveau- est inv. dans : *des nouveau-nés, des filles nouveau-nées* (moins d'un mois). Il en est de même pour **mort-né**.

Nu- reste inv. dans : **nu-pieds**, **nu-tête**.

Saint- À l'exception de *saints-cyriens, saints-cyriennes, saint-simoniens, ennes*, les mots en **saint-** restent invariables. *Des saint-bernard, des saint-honoré, des saint-marcellin, des saint-nectaire, des saint-paulin, des saint-pierre* (Acad., H., P.L.I.).

VARIANTES. Pluriel issu de la réforme. Seul Robert indique : *Des saint-bernard* ou *saint-bernards, saint-honoré* ou *-honorés, saint-nectaire* ou *-nectaires, saint-paulin* ou *-paulins, saint-pierre* ou *-pierres*.

Social- *Les sociaux-démocrates* et au fém. *les formations sociales-démocrates* (P.L.I.), *social-démocrate* adj. sing., pl. (H., R.).

Noms composés d'un verbe et d'un nom complément d'objet

L'ESSENTIEL :

Le verbe reste toujours invariable et le nom complément s'accorde selon le sens. Voici une liste des mots les plus usuels.

Abat- Les composés sont tous inv. pour l'Académie : *des abat-jour, des abat-son, des abat-vent*.

VARIANTES. *Des abat-jours* ou *-jour* (H.), *abat-son* ou *-sons* n. m. (en mot entrée invariable pour P.L.I.), *des abat-sons* (H., R.).

Attrape- *Attrape-mouche*, pl. *-mouches, attrape-nigaud*, pl. *-nigauds*.

Brise- On écrit : *un, des brise-lames, un, des brise-mottes*. Les autres mots sont inv. : *des brise-bise, des brise-glace, des brise-vent* (Acad.).

VARIANTES. *Des brise-glaces* (R.), *des brise-glaces* ou *-glace* (H.), *des brise-glace* ou *brise-glaces* n. m. inv. (en mot entrée pour P.L.I.). *Des brise-vents* ou *-vent* (H.), *brise-vent* (inv. P.L.I.), *brise-vent* ou *-vents* (R.) et des mots récents non recensés par l'Académie : pl. *brise-bétons* ou *brise-béton* (H.), *brise-fer* n. m. inv. (P.L.I., R.), *brise-fers* ou *-fer* (H.), *brise-jets* ou *-jet* (H.), *brise-jets* (R.), *brise-jet* n. m. inv. (P.L.I.), *brise-soleil* n. m. inv., *brise-tout* n. m. inv.

Brûle- Seul le second élément prend la marque du pluriel. *Des brûle-bouts, des brûle-gueules, des brûle-parfums* (Acad.).

VARIANTES. *Des brûle-gueules* ou *-gueule* (H., R.), *des brûle-gueule* (inv. pour P.L.I.).

Cache- Ils sont tous invariables pour l'Académie. *Des cache-col, -misère, -pot, -poussière, -radiateur, -sexe*.

VARIANTES. *Des cache-cols* ou *-col* (H., R.), *cache-cols* (P.L.I.), *des cache-pots* ou *-pot* (H., R.), *des cache-pots* (P.L.I.), *des cache-poussières* (H., R.), *des cache-poussière* n. m. inv. (P.L.I.).

Chasse- En mot entrée, l'Académie donne : *chasse-mouches* n. m. inv., *chasse-pierres* n. m. inv. Les autres mots font leur pluriel au second élément : *Des chasse-clous, -goupilles, -pointes, -roues*. Sont invariables *chasse-marée* et *chasse-neige* (Acad., P.L.I.).

> VARIANTES. H. et R. donnent les deux graphies : *chasse-marées* ou *-marée, chasse-neige* ou *-neiges*. En mot entrée au sing. pour H. et R. : *chasse-mouche*.

Chauffe- L'Académie donne les mots suivants invariables : *un, des chauffe-assiettes, -bain, -biberon, -eau, -linge, -lit, -pieds, -plats*.

> VARIANTES. Mots entrées au sing. et pl. au second élément dans H., P.L.I. et R. : *chauffe-assiette, -bain, -biberon, -plat*, pl. *-assiettes, -bains, -biberons, -plats*.

☒ *Chauffe-eau* est inv. sauf pour H. : *Des chauffe-eaux* ou *-eau*. R. donne au mot entrée le choix pour *chauffe-assiette* ou *chauffe-assiettes* mais pas pour *chauffe-plats*.

Couche- *Couche-tard, couche-tôt* n. inv. L'Académie ignore *couche-culotte* pl. *couches-culottes*.

Coupe- Pluriel au second élément pour : *coupe-batterie, -cigare, -circuit, -jarret*. Mots inv. : *coupe-choux, coupe-coupe, coupe-feu, coupe-file, coupe-gorge, coupe-légumes, coupe-ongles, coupe-papier, coupe-racines, coupe-vent* (Acad.).

> VARIANTES. H. : *coupe-chou* pl. *-choux*, *coupe-feu* pl. *-feux*, *coupe-file* pl. *-files*, *coupe-gorge* pl. *-gorges*, *coupe-ongle* pl. *-ongles*, *coupe-papier* pl. *-papiers*, *coupe-vent* pl. *-vents*.
> P.L.I. : En mot entrée : *coupe-chou* ou *-choux*, *coupe-cigare* ou *-cigares*, *coupe-feu* adj. et n. m. inv., *coupe-file* pl. *-files*, *coupe-gorge* n. m. inv., *coupe-légumes* n. m. inv., *coupe-ongles* n. m. inv., *coupe-papier* pl. *coupe-papiers*, *coupe-vent* n. m. inv.
> R. : *coupe-chou* n. m. VAR. *coupe-choux*, *coupe-faim* n. m. *Prendre des coupe-faim* (ou *des coupe-faims*), *des coupe-feux* ou *des coupe-feu*. Apposition. *Des portes coupe-feu, des coupe-files, des coupe-gorges* ou *-gorge*, *coupe-légumes* n. m. inv., *coupe-ongle* n. m. VAR. *coupe-ongles*, *coupe-papier* n. m. inv.

Remarque. Dans cet exemple, il apparaît clairement que la « réforme » de l'orthographe non seulement n'est pas suivie (sauf par Hachette) mais crée une confusion totale pour les utilisateurs.

Telle qu'elle est appliquée, comment justifier le pluriel de *coupe-gorges* et de *coupe-vents*, le singulier de *coupe-ongle*? L'« ancienne » orthographe maintenue par l'Académie nous paraît justifiée par le bon sens.

Couvre- Seul le second élément prend toujours la marque du pluriel. *Un couvre-chef, -feu, -joint, -lit, -nuque, -plat.* Pl. : *des couvre-chef***s***, des couvre-feu***x**, etc. À **couvre-pied**, l'Académie précise : « On écrit aussi *un couvre-pied***s**. »

Essuie- Seul le second élément prend la marque du pluriel. *Un essuie-glace, -main, -pied, -plume, -verre.* Pl. : *des essuie-glace***s** (Acad.), *essuie-main***s** etc., sauf *essuie-tout* qui est inv.

VARIANTES. *Essuie-main* pl. *essui***e***-main***s** (Acad., H.), *essui***e***-main***s**, VAR. *-mai***n** (R.), *essui***e***-main***s** n. m. inv. (P.L.I.).

Gagne- Les deux éléments restent inv. *Un, des gagn***e***-peti***t***, gagn***e***-pai***n**.

Garde- On tiendra compte du souci de l'Académie : « Pour former le pluriel de ces mots, et dans un souci de simplification et d'unification, l'Académie française propose de toujours considérer *garde* comme élément verbal et de le laisser invariable. Seul le second élément, qui est un substantif, pourrait porter la marque du pluriel. » Et l'Académie ajoute : « Toutefois, l'Académie française n'entend pas condamner la distinction traditionnellement établie entre ces mots selon que *garde* y est considéré comme élément verbal ou comme substantif, et selon que le deuxième est lui-même perçu comme invariable. Elle ne saurait considérer comme fautives les orthographes qui sont fondées sur cette distinction, et qui étaient celles de son ancienne édition. »
La « simplification » n'est pas simple… Citons l'Académie : *garde-barrière* (pl. *garde-barrières*) ; *garde-boue* (pl. *garde-boue* ou *garde-boues*) ; *garde-chasse* (pl. *garde-chasse* ou *garde-chasses*) ; *garde-chiourme* (pl. *garde-chiourmes*) ; *garde-côte* (pl. *garde-côtes*). *Vedette garde-côte. Un navire arraisonné par les garde-côtes.* Déjà deux exemples où l'on nous propose un choix… *Garde-feu* (pl. *garde-feux*) ; *garde-malade* ou *garde-malades* ; *garde-manche* (pl. *garde-manches*) ; *garde-manger* n. m. inv. ; *garde-manteau* (pl. *garde-manteaux*) ; *garde-meuble* (pl. *garde-meubles*) ; *garde-pêche*

(pl. *garde-pêches*) ; *garde-rats* n. m. inv. ; *garde-voie* (pl. *garde-voies*) ; *garde-vue* n. m. inv.
Le pluriel est incertain pour des *gardes-fous* ou *-fou* (H.), *garde-fous* (P.L.I. et R.). *Garde-manger* n. m. inv. (Acad., P.L.I., R.), *garde-mangers* ou *-manger* (H.). *Des gardes-pêche(s)* au sens de « agent qui surveille les cours d'eau » (H., P.L.I.). *Des garde-pêche* n. m. inv. au sens de « Bateau destiné à la police de la pêche côtière » (P.L.I., R.)[1].

Garde-française a été oublié par l'Académie. Pl. : *des gardes-françaises.*

▷ La « distinction traditionnellement établie » a notre préférence pour les personnes exerçant le métier de garde : *des gardes-barrières, des gardes-malades, des gardes-voies...*

Gratte- Le second élément prend aujourd'hui la marque du pluriel. *Des gratte-ciels, -culs, -papiers, -pieds* (Acad.). Curieusement, H. donne le choix : *des gratte-ciels* ou *-ciel*. Pour le P.L.I., *gratte-ciel, -cul, -papier* sont des mots invariables. Quant à R., il laisse le choix : *des gratte-ciel* ou *-ciels*.

Grille- *Grille-pain* n. m. inv. (Acad., P.L.I., R.) mais *grille-pains* pour H. au pl.

Lance- L'Académie privilégie tous les mots de cette famille en leur accordant un *s* au singulier comme au pluriel (mots inv.) : *lance-amarres, -balles, -bombes, -flammes, -fusées, -grenades, -missiles, -torpilles.*

VARIANTES. Le P.L.I. écrit *lance-amarre* et *lance-pierre* au sing. (pl. *pierres*). R. oublie *lance-amarre* et écrit aussi *lance-pierre*. H. applique la règle. Au singulier tous ces mots perdent leur *s*.

Lave- *Lave-glace*, pl. *lave-glaces*, *lave-linge* n. m. inv., *lave-mains* n. m. inv., *lave-vaisselle* n. m. inv. (Acad., P.L.I., R.).

VARIANTES. Pl. *lave-glaces*, *lave-linges* ou *-linge*, *lave-main* ou *lave-mains*, *lave-vaisselles* ou *-vaisselle* (H.).

Lève- *Lève-glace*, pl. *lève-glaces* ; *lève-tard*, *lève-tôt* n. m. inv.

1. Un gardien **de** but (et non **du*). L'Académie nous dit : « On évitera l'anglais *goal* » et précise à *garde-feu* : « On dit plutôt *pare-feu* ou *pare-étincelles.* »

Pare- *Un, des pare-balles, -boue, -brise, -chocs, -éclats, -étincelles, -feu, -fumée, -soleil* (Acad. 8e édition et P.L.I.).

VARIANTES. H. met tous les mots au sing. et forme le pl. au second élément. *Des pare-soleils* ou *soleil*, etc. R. admet les deux pl. pour *pare-brise* ou *-brises*, *des pare-feux* ou *-feu* et maintient inv. *pare-soleil*.

Passe- Acad. (1935) *passe-boules, passe-crassane* n. f., *passe-debout* n. m. inv., *passe-droit* pl. *-droits*, *passe-fleur* pl. *-fleurs*, *passe-lacet* pl. *-lacets*, *passe-montagne* pl. *-montagnes*, *passe-partout* n. m. inv., *passe-passe* n. m. inv., *passe-pied* pl. *-pieds*, *passe-pierre* pl. *pierres*.

VARIANTES et MOTS NOUVEAUX. *passe-boules* pl. (H., R.), *passe-crassane* pl. *-crassanes* (H., R.), *-crassane* (inv. pour P.L.I.), *passe-thé* n. m. inv. (R.), *passe-tout-grain* n. m. inv. (H., P.L.I., R.).

Perce- Marque du pluriel au second élément : *Des perce-murailles, -oreilles, -pierres*. ☒ *Perce-neige* n. m. inv. ou n. f. inv. (P.L.I.), pl. *perce-neiges* ou *-neige* (H.), *perce-neige* ou *neiges* (R.).

Pèse- Seul le second élément prend la marque du pluriel : *pèse-bébé, -lettre, -liqueur, -personne*. Pl. : *des pèse-bébés, -lettres*...
Les mots suivants restent invariables : *un, des pèse-alcool, -lait* (P.L.I.).

VARIANTES. H. et R. accordent le second élément : *Des pèse-alcools, -laits*.

Pince- On écrit : *pince-fesse* pl. *pince-fesses* (H.), *pince-fesses* n. m. inv. (R.), *pince-monseigneur* pl. *pinces-monseigneur*, *pince-oreille* pl. *pince-oreilles*, *pince-sans-rire* n. m. inv.

Pique- On écrit : *pique-assiette* pl. *pique-assiettes*, *pique-bœuf* pl. *pique-bœufs*, *pique-feu* pl. *-feux* (H.), *-feux* ou *-feu* (R.), inv. pour P.L.I., *pique-fleur* ou *pique-fleurs* (P.L.I.), *pique-fleur* pl. *fleurs* (H.), *pique-fleurs* n. m. inv. (R.).

Porte- En attendant la parution au *Journal officiel* de la lettre P, il faut avouer que nous sommes en plein brouillard. Hachette applique la réforme, ce qui aboutit à écrire au sing. : *porte-avion, -bagage, -bouteille, -jarretelle*... Cela nous paraît inacceptable. Nous indiquons les graphies de l'Académie 8e édition, du P.L.I. (2005) et du R. (2005).

Académie. Mots inv. (avec *s* final) : *porte-affiches, -allumettes, -avions, -bagages, -billets, -bouteilles, -cartes, -cigares, -cigarettes, -clefs, -étrivières, -liqueurs, -parapluies.* Les autres mots suivent la règle de l'accord au second élément.

VARIANTES et MOTS NOUVEAUX. P.L.I. et R. sont conformes à l'Académie sauf pour **étrivière** pl. *-étrivières* et ils ajoutent les mots suivants : *porte-barges, -chapeaux, -conteneurs, -documents, porte-hauban* pl. *porte-haubans* (P.L.I.), *porte-haubans* (R.), *-hélicoptères, -jarretelles, -parapluies, -revues.*

☛ À RETENIR :

Dans **porte-fenêtre**, **porte-grille**, *porte* étant un substantif et non un verbe, il y a accord aux deux éléments. *Des portes-fenêtres*. On écrit aussi *des balais-brosses, des basses-cours.*

Pousse- Les deux éléments sont invariables. *Un, des pousse-café, pousse-cailloux, pousse-pousse.*

Rabat- Sont invariables : *rabat-joie, rabat-vent*, malgré H. : pl. *rabat-joies* ou *-joie.*

☛ À RETENIR :

Un, des **réveille-matin** (inv.), s'abrège en *réveil, des réveils.*

Rince- *Rince-bouche* n. m. inv. (P.L.I.), pl. *rince-bouches* (H., R.), *rince-bouteille* pl. *-bouteilles* (H., P.L.I.), *rince-bouteille* ou *bouteilles* (R.), *rince-doigts* n. m. inv. (P.L.I., R.), *rince-doigt* pl. *-doigts* (H.).

Serre- *Serre-câble* pl. *-câbles, serre-file* pl. *-files, serre-frein* pl. *-freins, serre-joint* pl. *-joints, serre-livres* n. m. inv. mais *serre-livre* pl. *serre-livres* (H.).

Tire- Sont invariables : *tire-bourre, tire-fond, tire-laine, tire-lait* (Acad., 8e éd.). Prennent un *s* au pluriel : *des tire-bottes, -bouchons, -boutons, -lignes, -pieds, -points* (Acad.).

VARIANTES et MOTS NOUVEAUX. *Tire-au-cul* n. m. inv., *tire-au-flanc* n. m. inv. (R.), *tire-fesses* n. m. inv. (P.L.I., R.), *tire-fesse* pl. *-fesses* (H.), *tire-fond* n. m. inv. (P.L.I.), *des tire-fonds* (R.).

☒ **À tire-d'aile** loc. adv. (sans *s* à *aile*).

Vide- Il faudra attendre la publication du dictionnaire de l'Académie pour connaître l'orthographe recommandée. La 8e édition donne : « **vide-bouteille** n. m. Petite maison servant de pied-à-terre près d'une ville. Il a vieilli », *vide-poches* n. m.

VARIANTES. Les dictionnaires ne notent plus le sens vieilli de l'Académie mais le définissent ainsi : « Siphon muni d'un robinet qui permet de vider une bouteille sans la déboucher » (P.L.I.). *Vide-bouteille* ou *vide-bouteilles* (P.L.I.), *-bouteille* pl. *-bouteilles* (H., R.), *vide-cave* pl. *-caves* (H., P.L.I.), *vide-grenier* pl. *vide-greniers* (H., R.), *vide-greniers* n. m. inv. (P.L.I.), *vide-ordures* n. m. inv. (P.L.I., R.), *vide-ordure* pl. *-ordures* (H.), *vide-poche* pl. *-poches* (H., R.), *vide-poche* ou *-poches* (P.L.I.), *vide-pomme* pl. *-pommes* (H., P.L.I., R.).

En dehors de ces séries, quelques mots sont à signaler :

▷ Sont inv. : *prie-Dieu, risque-tout, savoir-être, savoir-faire, savoir-vivre, souffre-douleur, trompe-l'œil.* Pluriel incertain : *saute-ruisseau* pl. *-ruisseaux* (H., R.), inv. pour P.L.I., *tue-mouche* pl. *tue-mouches* (H., R.), *tue-mouches* adj. inv. (P.L.I.).

▷ *Taille-crayon* fait au pl. *-crayons* (H., P.L.I., R.).

➟ Sachez encore...

Bat-flanc n. m. inv. ☒ Ne pas écrire **bas* (faute fréquente).

Bec- Les deux éléments prennent la marque du pluriel : *des becs-croisés, des becs-fins*. Deuxième élément inv. : *des becs-de-cane, -de-corbeau, -de-corbin, -de-lièvre, -de-perroquet*.

Brèche-dent adj. et n. m. inv. *Un vieillard brèche-dent.*

Canada n. f. (H., P.L.I.) Variété de pommes. *Des Canada* ou *canadas* (R. ; voir p. 117), pluriel régulier : *des calvilles, des louises-bonnes.* ☒ *Des poires cuisses-madame.*

Épaulé-jeté pl. *épaulés-jetés.* ☒ Ne pas écrire **épauler.*

Fric-frac n. m. *Des fric-fracs* (Acad.).

VARIANTES. Inv. pour P.L.I., *Une série de fric-frac(s)* (R.) (onomatopée).

☛ À RETENIR :

Il y a invariabilité lorsque l'un des deux éléments est un verbe, l'autre encore un verbe, un pronom ou un substantif ayant fonction de complément déterminatif. On écrit : *un, des* ***laissez-passer***, ***laisser-aller***, ***laisser-faire*** ; *un, des* ***meurt-de-faim*** ; *un, des* ***on-dit*** ; *un, des* ***vol-au-vent***.

On écrit sans trait d'union : *un* ***ayant cause***, *des* ***ayants cause*** ; *un* ***ayant droit***, *des* ***ayants droit***.

Mots d'origine étrangère

Beaucoup d'entre eux sont entrés dans notre vocabulaire et prennent normalement la marque du pluriel. *Des apartés*. *Des examens*. *Des albums*. *Des havresacs*. *Des romances*...

➠ Mots d'origine latine se rapportant à la religion

Ils restent invariables : *confiteor, credo, ex-voto, gloria, magnificat, mea-culpa, pater, requiem, salve.*

▷ Prenez garde à ne pas mettre d'accent (bien que l'on prononce le *e* [é]) à *confiteor, credo, salve.* Prennent le plus souvent la majuscule : *Les Credo employés par les différentes liturgies. Réciter le Confiteor, le Gloria. Dire cinq Pater et cinq Ave* (Acad.). Francisés, il y a accord. *Réciter cinq paters et cinq avés* mais l'Académie indique : *Chanter Gloria. Composer des gloria* (inv.).

Citons encore quelques mots issus du latin.
Ana n. m. inv. Recueil d'histoires drôles. *Cela traîne dans tous les ana* (Acad.) ; **acinus** pl. *acini*. *Les acini de la thyroïde* ; **curriculum vitae** pl. *des curriculum vitae* ; **décorum** ne s'emploie qu'au sing.

☛ À RETENIR :

Addenda n. m. inv.

Ad usum Delphini « À l'usage du Dauphin. Expurgé de tout passage scabreux, par allusion aux éditions faites pour l'éducation du Dauphin sous Louis XIV » (Acad.).

Ad valorem Selon la valeur.

Affidavit n. m. Terme de droit fiscal. ☒ Le *t* se prononce.

Agnus Dei n. m. inv. *La messe en était à l'Agnus Dei* mais sans majuscule pour désigner un médaillon ou une image de piété. *On lui donnait des agnus-dei* (avec -) *comme récompense.*

Desiderata n. m. pl. « *Exposez-moi vos desidera**ta***. Au sing., *desideratum* n'est plus employé. On peut dire *un desiderata* » (Acad.).

Duplicata n. m. inv. *Un, des duplica**ta***.

Errata n. m. inv. « Liste des fautes qui n'ont pu être corrigées avant le tirage d'un livre. *On trouvera l'errata à la fin du volume* » (Acad.). À ne pas confondre avec **erratum** n. m. inv. « faute d'impression, erreur signalée et rectifiée par l'éditeur » (Acad.).

Extra n. m. inv. et adj. inv. *Il engagea trois ext**ra***. *Des chocolats ext**ra***. *Des petits pois extrafins* (en un mot) ou *des petits pois ext**ra*** (de nature supérieure, inv.).
▷ VARIANTES : *Engager deux extra**s*** (P.L.I., R.), inv. pour H.

Forum. L'Académie a tranché : *Les forums des divers empereurs.* À plus forte raison lorsqu'il s'agit de « colloques » : *Les forums consacrés à la langue française se multiplient.*

Latifundium n. m. Pl. *latifund**ia*** ou *latifundium**s***. *Les latifund**ia** du Brésil, de l'Argentine* (Acad.).

Maximum n. m. Pl. *Les maximum**s*** ou *les maxim**a***. ☒ Employé adj. « *Tarif maximum. Amplitude maximum.* On trouve parfois le fém. latin *maxima* : *Pression maxima, température maxima,* ou le pluriel neutre latin *maxima* : *Prix maxima.* D'une manière générale, à *maximum* employé adjectivement ou préfèrera l'adjectif *maximal* » (Acad.).

➠ Mots d'origine italienne

Aujourd'hui, la plupart des mots usuels issus de l'italien forment le pluriel en ajoutant un *s* après le *i*. *Un confett**i**, des confetti**s***. Il en est de même pour *brocoli, graffiti, lazzi, macaroni, spaghetti...*

☛ L'ESSENTIEL :

Les mots italiens changent au pluriel le *o* ou le *e* final en *i* : *un carbonaro, des carbonari ; un lazzarone, des lazzaroni ; un pizzicato, des pizzicati.*

▷ On dit des *prima donna* ou (pl. italien) *prime donne.*

▷ On écrit avec *é un imprésario, des imprésarios* ou, à l'italienne, *un impresario, des impresarii* (vieilli). *Un scénario, des scénarios* (rare : *scénarii*). *Des solos* (rare : *soli*). *Des sopranos* (rare : *soprani*). *Un libretto, des librettos* (rare : *libretti*).

☒ L'Académie n'emploie **concetti** qu'au pluriel (sans *s*). *Un ouvrage rempli de concetti.*

▷ Deux mots usuels sont le plus souvent francisés : *un condottière, des condottières* (rare : *condottieri*), *une toccata, des toccatas* (rare : *toccate*).

‖ VARIANTES. *Carbonaro* pl. *carbonari* (Acad. et R.) ; H. et P.L.I. : *carbonaros* ou *carbonari.*

En musique, pour indiquer un mouvement, une nuance, sont invariables : *crescendo, forte, piano,* mais il y a accord pour désigner la « partie d'une pièce de musique qu'on doit exécuter de cette façon. *Cette ouverture se termine par un admirable crescendo. Des crescendos* » (Acad.). De même, on écrit : *des adagios, des allégros, des andantes.*

Environ huit cents mots ont été empruntés à l'italien, dans les domaines les plus divers. Musique : *maestro, opéra, piano, solfège* et les termes évoquant des formes musicales : *adagio, allégro, andante...* Cuisine : *artichaut, cervelas, sorbet* (avant d'être une glace légère, le sorbet désignait une boisson à base de jus de fruits et de sucre). Mode : *feston, ombrelle, parasol.* Notons au passage *pin parasol* (sans trait d'union). Beaux-arts : *ballet, concert, sérénade...*

Allégro est adv. pour indiquer qu'un passage doit être joué ou chanté sur un rythme rapide. L'Académie francise ce mot (*é* et non plus **e*).

Paparazzi. Bien que ce soit un n. m. pl., on dit un *paparazzi* et non un *paparazzo* qui fait affecté.

➠ Mots d'origine anglaise

☛ L'ESSENTIEL :

Il y a encore peu, on nous « enseignait » trois « règles ».

① Les mots anglais terminés par une consonne suivie d'un *y* changent cet *y* en *ies*. *Un whisk**y**, des whisk**ies***. La prononciation ne varie pas, sauf pour *lady*, pl. *ladies* qui se prononce [lédiz].

② Les mots anglais terminés par deux consonnes forment leur pluriel par l'addition de **-es**. Ici la prononciation ne varie pas. *Un match, des match**es**. Une miss, des miss**es***.

③ Le mot ***man*** fait au pluriel ***men***.

Ces « règles » sont aujourd'hui battues en brèche et l'Académie, dans sa 9e édition, indique, le plus souvent, le pluriel à la française. C'est ainsi qu'au mot **barman** on trouve indiqué : « Pl. *barma**ns*** ». En revanche, à **gentleman**, elle indique : « Pl. *gentle**men*** ou *gentle**mans*** ». À **box**, au sens de compartiment dans une écurie et par ext. dans une salle d'hôpital, un dortoir, le pl. indiqué est *box**es***.

Conseil. Formons le pluriel francisé en étant logique : si l'on écrit *des bar**mans***, écrivons *des whisk**ys***. Et, pour une fois, suivons les règles édictées par le Conseil supérieur de la langue française[1].

Baby-foot est inv. ainsi que **sterling** : *des livres sterlin**g***. Le mot, vieilli, *boy-scout* a son pluriel en *boy-scout**s***, bien que l'on trouve parfois *boy**s**-scout**s***.

1. Pour les passionnés d'anglicismes, voir le *Dictionnaire des anglicismes* de J. Debove et G. Gagnon (éd. Le Robert).

☒ **Penny** fait au pluriel *pence* s'il s'agit de l'unité monétaire, mais *pennies* s'il s'agit des pièces elles-mêmes.

Sex-appeal. « On dira d'une femme qu'elle est très chouette, qu'elle décoiffe, qu'elle est super – mais *sex-appeal* fait plutôt « ringard [...]. Quoique le sexy fleurisse, le sex-appeal s'est fané » (Daninos). Méfions-nous des anglicismes à la mode. Plus sérieux : la loi Marc Lauriol et Pierre Bas (*Journal officiel* du 5 janvier 1976) rend obligatoire l'emploi de la langue française pour la publicité écrite ou orale. À vous de juger...

On écrira de préférence : *des match**s** ; des sandwich**s** ; des whisky**s** ; des punch**s***. De plus en plus de mots se sont francisés : *des ballasts, des biftecks, des toasts...*

Vous irez à ***Sydney*** (deux *y*), mais vous écouterez le sublime musicien américain ***Sidney Bechet*** (un *y*).

▷ Pluriel des noms composés. Seul le second élément prend la marque du pluriel : *des bes**t**-seller**s*** ; *des bo**w**-window**s*** (l'Académie précise : « On dit aussi *oriel* ») ; *des neg**ro**-spiritual**s*** (ne pas mettre **é* sur *ne*g) ; *des pu**ll**-over**s*** (mais *il a de beaux pull**s***) ; *des wee**k**-end**s***.

☒ Acad. : « **Garden-party** ou *garden-partie*. Pl. *garden-par**tys*** ou *garden-par**ties***. *Être invité à une garden-partie.* » Comme on le voit, l'Académie favorise la graphie française dans son exemple. Il en est de même pour *gasoil* où l'Académie nous renvoie à **gazole**.

> ☛ À RETENIR :
>
> Chaque fois que vous le pouvez, évitez d'employer des termes anglais ou anglo-américains qui envahissent notre langue, sans tomber dans le « purisme » cependant. Dans sa 9ᵉ édition, l'Académie a admis nombre de mots venus d'outre-Manche, parce que l'usage les avait adoptés : *best-seller*; *boom* [boum] qualifié de fam. : *un boom sur les mines d'or.* Par ext. *boom économique*; *boomerang*; *bowling*; *boy*, au sens de « domestique » et de « danseur » ; *girl* (au music-hall) ; *golden*; *gospel...*

➠ Mots d'origine allemande

Environ deux cents mots ont été empruntés à l'allemand et, contrairement aux mots anglo-saxons, assimilés à notre graphie. Citons **bivouac** (du suisse all. *Biwacht*) ; **havresac** (de l'all. *Habersack* « sac à avoine ») ; **putsch** (de l'all. *Putsch* « échauffourée », apparu vers 1925). Beaucoup de ces mots concernent le domaine militaire : *fifre, hallebarde, havresac, képi, reître, sabre...*

▷ **Land**. Le pluriel tend à se franciser : *des land**s*** au détriment du pluriel allemand : *länder*. De même ***lied***, *lied**er*** ou *lied**s*** (Acad.). **Leitmotiv** pl. *leitmoti**ve*** (Acad.). *Des leitmoti**v*** ou pl. all. d*es leitmoti**ve*** (R.), *des leitmoti**ves*** ou *leitmoti**ve*** (P.L.I.).

▷ Contrairement au français, les noms communs et les pronoms désignant la personne à qui l'on parle prennent la majuscule à l'initiale.

Noms propres

Prennent la marque du pluriel

- Les noms de peuples : *les Norvégiens, les Turcs...*
- Les noms de familles illustres (français ou francisés) : *les Antonin**s**, les Bourbon**s**, les César**s**, les Condé**s**, les Constantin**s**, les Curiace**s**, les Gracque**s**, les Guise**s**, les Horace**s**, les Plantagenêt**s**, les Scipion**s**, les Sévère**s**, les Stuart**s**, les Tudor**s**...*

  ▷ Il y a hésitation pour *les Montmorency**(s)***. On emploie rarement *les Capet**s***, remplacé par *les Capétiens.*
- Les noms de lieux traditionnellement au pluriel : *les Abruzzes, les Flandres, les deux Carolines.* ☒ L'usage hésite si le pluriel n'est pas traditionnel : *Y a-t-il deux France(s) ? Les deux Allemagne(s). Les deux Vietnam(s).* L'invariabilité semble préférable.

☛ À RETENIR :

Antonomase. « Figure qui consiste à mettre un nom commun ou une périphrase à la place d'un nom propre, ou un nom propre à la place d'un nom commun. Par antonomase, on appelle Paris "la Ville lumière". *Dire d'un avare "c'est un Harpagon", c'est parler par antonomase.* »

S'il n'y a pas de référence au personnage et si le nom sert seulement à rappeler un défaut ou une qualité, le mot devient commun et prend la marque du pluriel : *Plusieurs **m**écène**s** sont intervenus. Les **a**mphitryon**s** se régalaient. Ce sont des **h**arpagon**s** avides.*

▷ L'emploi de la majuscule ou de la minuscule est incertain. Au pluriel, mettre toujours la minuscule. Au sing., on peut préférer la majuscule : *C'est un vrai Harpagon.*

L'Académie indique *des dons juans*[1]. ☒ On trouve souvent *des don juans* (*don* sans *s*).

➠ Ne prennent pas la marque du pluriel

- Les noms de personnages illustres[2] et ceux des familles royales ou princières qui ne sont pas francisés : *les Borgia, les Habsbourg, les Romanov*...
- Les noms désignant l'ensemble des membres d'une famille : *les Dupont et les Durand se réunirent.*
- Les mots désignant des personnages ayant le même nom : *les Crébillon, les frères Goncourt, les Herzen.*
- Les noms de personnes illustres, précédés de « les », désignant, par emphase, une seule personne : *les Voltaire aujourd'hui n'existent plus.*
- Les titres d'œuvres ainsi que leurs auteurs : *Les* Monde *étaient empilés en devanture* (sous-entendu : exemplaires du journal). *Il acheta plusieurs Balzac. Les Picasso ont atteint une cote élevée. Plusieurs Rembrandt seront exposés.* Notons cependant que l'on trouve parfois le pluriel.

---

1. Selon l'Académie, on écrit *des dons Juans, des dons Quichottes* : *Jouer les dons Juans.*

Ne confondez pas *don* et *dom.*
Don, au fém. *doña.* Titre d'honneur en Espagne, réservé aux grands et qui précède le prénom : *don Carlos, doña Sol.* En Italie, titre qui précède le nom d'un ecclésiastique : *don Bosco.*
Dom. Titre donné aux nobles portugais : *dom Manuel.* Titre précédant le nom propre dans plusieurs ordres religieux. ☒ Molière, en 1661, a écrit *Dom Garcie de Navarre* et, en 1665, *Dom Juan ou le Festin de pierre.*

2. **De**, particule nobiliaire. Littré, à **nobiliaire**, nous enseigne l'emploi du *de* et indique deux exceptions : « On laisse le *de*, même sans prénom, qualification ou titre : 1° devant les noms d'une syllabe ou de deux avec un *e* muet : *de Thou a bien écrit ; j'ai vu de Sèze* ; 2° devant les noms qui commencent par une voyelle ou un *h* muet : *l'"Armorial" de d'Hozier ; à moi, d'Auvergne ; le fils d'Orléans.* »
Le heurt de la préposition **de** avec la particule n'entraîne pas obligatoirement l'emploi de la majuscule : *La venue au pouvoir de de Gaulle* et non *de*De Gaulle.* En ce cas, mieux vaudrait écrire... *du général de Gaulle.*
Lorsque la particule n'est pas nobiliaire, la majuscule s'impose : *Cecil B. De Mille, le président De Brosses.*

– Les noms de marques, de modèles, de types d'avions, de voitures... devraient toujours prendre une majuscule et rester invariables : *Il achète alternativement des Renault et des Citroën. Il possède plusieurs Kodak. De belles Cadillac. Trois Mirage ont attaqué. Les Canadair sont intervenus.*

– Pour les noms provenant d'un nom de lieu, il y a hésitation. Par ex. : **canada** est un n. f. inv. (Acad.) mais le même dictionnaire n'indique pas l'invariabilité pour **calville**, de Calleville, nom d'une commune de l'Eure. Pour rester dans les « pommes », on écrira, avec l'Académie (même cas que *calville*) : *des golden***s**.

☛ À RETENIR :

Bien que noms déposés, certains mots sont devenus des mots usuels. **Poubelle** est l'exemple le plus connu, du nom du préfet qui l'imposa en 1884 : *des poubelles.* Citons, plus récent, **tergal**, nom déposé (1955) : *pantalon de tergal, en tergal. Des tergals* (Robert).
Le cas de **frigidaire** ou, mieux, **Frigidaire**, est particulier. Pour R. : Nom déposé (1920), avec, pour ex. : « *Je suis descendu chercher de la glace dans le frigidaire* » (Simenon). « Loc. fam. : *Mettre (qq. ch.) au frigidaire* [...]. *Mettre un dossier, un projet, une réforme au frigidaire.* » Pour H. et P.L.I. : **frigidaire** (avec une minuscule au mot entrée) n. m. (nom déposé). Réfrigérateur de cette marque. – **Abus**. Réfrigérateur (quelle qu'en soit la marque). L'Académie indique : « syn. de *réfrigérateur.* » On écrira donc au pluriel : *Des frigidaire***s**. Il en va de même de **scotch** pour « ruban adhésif ». En revanche, **fermeture Éclair** (nom déposé) a gardé la majuscule à *Éclair* pour désigner une « fermeture à glissière ».

▷ Les mots usuels provenant d'un nom propre (de personne ou de lieu) prennent naturellement la minuscule et la marque du pluriel : *Il avait dans sa cave d'excellents champagnes, des cognacs hors d'âge, des vieux bourgognes. Donnez-moi trois camemberts. Des havanes savoureux.*

De quelques difficultés d'accord

Aucun. Adj. indéfini, indique le singulier. Cependant, il prend la marque du pluriel lorsqu'il est placé devant un nom qui n'admet pas le singulier. *Il n'eut aucun**s** frais supplémentaires à payer. Aucun**es** représailles n'ont été envisagées. Aucun**s** travaux ne sont prévus.* Il en est de même si le pluriel indique un sens particulier : *Ils n'ont aucun**s** moyens d'existence.*

Feu. « Qui est mort depuis peu de temps ; défunt. Précédé d'un déterminant [adj. possessif ou article], s'accorde avec le nom qui suit. *La feu**e** reine. Les feu**s** rois* [...]. Dans les autres cas, *feu* reste invariable. *Fe**u** la reine. Fe**u** sa mère* » (Acad.).

Grand. S'accorde le plus souvent avec l'adjectif ou le participe qui suit. *Des yeux grand**s** ouverts. Des fenêtres grand**es** ouvertes.* Précédé de **tout**, il y a hésitation : *Elle ouvrit tout gran**d** ses yeux* (« grandement »), mais par euphonie on aurait tendance à écrire : *Des fenêtres toutes grand**es** ouvertes.*
Il en est de même pour **frais** et **large**. L'usage préfère : *des roses fraî**ches** écloses. Des fenêtres large**s** ouvertes* (parfois *large*).

Impromptu. Est adjectif au sens de « improvisé ». *L'été, nous aimons les déjeuners impromptu**s**. Une visite impromptue* (Acad.). Est adverbe de manière au sens de « sur-le-champ ». *Répondre impromptu* ou *à l'impromptu.*

Même. Adjectif indéfini et pronom indéfini précédé d'un article, l'accord est de rigueur. *Les mêmes causes, les mêmes effets. Elles seront toujours les mêmes.* Est adverbe devant un verbe ou un nom ayant valeur de gradation : *Mêm**e** les oiseaux chantaient,* ainsi que devant un adjectif, un participe ou un adverbe. *Mêm**e** fatigués, ils travaillaient. Mêm**e** loin de vous, nous ressentons les mêmes sentiments.*
Il y a accord facultatif selon la pensée exprimée. *Ceux-là même**s** qui l'aimaient* (eux-mêmes). *Ceux-là mêm**e** qui l'aimaient* ou, mieux, *Même ceux...*

Nul. Même règle que pour **aucun**. *Nuls frais, nulles représailles.*

Possible. Après *le plus, le moins* suivi d'un nom au pluriel, *possible* a une valeur adverbiale. *Commettez le moins de fautes possibl**e***

(qu'il vous soit possible d'éviter). En revanche, *possible* est variable introduit par *des* ou si on le fait rapporter à un substantif (et non plus à *il*). *Le meilleur des mondes possibles. Il a éprouvé tous les malheurs possibles* (Acad.).

Quelque. Au sens de « environ », est invariable. *Il a quelque vingt ans. Il y avait quelque cinq cents manifestants.* ☒ Faute fréquente.

Quelque... que Est invariable lorsqu'il modifie un adjectif, un adverbe ou un participe[1]. Vous pouvez, pour le reconnaître, le remplacer par « si », « aussi ». *Quelque savants que nous soyons, nous avons toujours à apprendre.* En ce cas, *quelque... que* est toujours suivi du subjonctif.

Tel. Indiquant la comparaison, *tel* s'accorde avec le nom ou le pronom qui le suit : *Il était sur le rivage, telle une épave. Tel que* s'accorde avec le nom qui précède. *Plusieurs langues, telles que le grec, le latin, l'allemand* (Acad.).

Tout. Quelques emplois délicats[2].
– Nom, *tout* ne pose guère de problème. Au pluriel (rare : *les tout*), *les tout-petits.*
– Pronom. Pl. *tous, toutes* n'en pose pas non plus. *Tous sont venus me voir.*
– Adjectif (*tout, tous, toute, toutes*) où *tout* précise le nom ou le pronom et donne une idée de totalité. *Tout le monde est heureux,* c'est-à-dire *toutes les femmes, tous les enfants, tous les hommes.* Au sens de chaque. *Toute médaille a son revers.* Les hésitations commencent pour la suite.

▷ **Tout autre**
– Au sens de « n'importe quel, quelle », *tout* est adjectif. *Toute autre personne que vous...*
– Au sens de « entièrement, tout à fait », *tout* est adverbe. *Il nous faudrait trouver une tout autre solution* (une solution tout à fait autre). *Elle était tout à lui. Des enfants tout plein mignons* (fam.). *Tout entière à son travail. Elles sont tout en pleurs. Ils sont tout oreille* (sans *s*), *tout yeux. Elles sont tout feu, tout flamme* (sans *s*).

---

1. **Élision.** *Quelque* ne s'élide que devant **un, une**. *Quelqu'un de sûr. Quelqu'une de ses robes.*
2. **Tout à coup** signifie « Soudain, sans qu'on s'y attende » ; **tout d'un coup**, « Tout en une seule fois, à la fois, du premier coup » (Littré).

▷ **Tout, toute** devant un adjectif ou un titre
– ***Tout*** est invariable **sauf** devant un adjectif féminin commençant par une consonne ou un *h* aspiré. *Elle était tout**e** timide mais pas tout**e** honteuse car elle était tou**t** émue.*
– Devant un titre d'œuvre, *tout* est invariable lorsque celui-ci commence par un article masculin. *J'ai lu tou**t*** Les Misérables *et tou**t*** Les Faux-Monnayeurs. *Tout* varie généralement lorsque le titre commence par un article féminin. *J'ai lu tout**e*** La Symphonie pastorale, *tou**tes*** Les Feuilles d'automne.

☒ Englobant l'ensemble de l'œuvre, *tout* reste invariable. *J'ai lu tou**t** Hugo* (toute l'œuvre de...).

▷**Au singulier ou au pluriel ?**
Un grand nombre de locutions ou d'expressions se construisent avec *tout* (adjectif). En voici quelques-unes. *Tout* avec le sens de « chaque » ; *tous* lorsque le contexte précise l'idée de nombre.

Singulier (les plus nombreuses) : *à tout hasard, à tout moment, à tout prix, à tout propos, à toute allure, à toute bride* (au sing.), *à toute heure* ; *avant toute chose* ; l'Académie favorise *de tout côté* mais admet *de tous côtés, de toute part, de toute façon, de toute manière, de toute sorte* ; *en tout point, en tout temps, en tout sens, en toute franchise, en toute occasion, de tout temps, de tout cœur, tout compte fait...*

☒ **En tout cas** ne doit jamais s'écrire **en tous cas* (on écrit alors : *dans tous les cas*).

Pluriel : *à tous égards, à tous crins, à toutes jambes* ; *en toutes lettres* ; *de toutes pièces* ; *toutes choses égales, toutes proportions gardées, toutes voiles dehors.*

☒ On trouve *toute affaire cessante* ou *toutes affaires cessantes* ; *à tous coups* (Acad.) mais l'usage privilégie *à tout coup.*

Testez vos connaissances

Singulier, pluriel

Thomas aurait bien aimé que la « réforme » lui simplifiât l'étude des mots au pluriel. Il vous livre ses doutes. À vous de l'éclairer.

Le pluriel de chou est choux. C'est pourquoi j'écris que j'ai des chou-choux. Les vieilles gens sont souvent soupçonneuses. Ma grand-mère m'a tenu dans ses bras à mon baptème et me présenta aux fonds baptismaux. Adolescent, je ressentis les premières prémisses de l'amour. Les bonhommes me jalousait, surtout ceux qui étaient grand-croix de la Légion d'honneur. Je me refuse à prendre partie quand aux mots composés. Le bon sens devrait l'emporter. Au singulier comme au pluriel les brise-lames brisent les lames, les brise-vent brisent le vent. Enfin ! laissons son libre-arbitre à chacun. Je n'ai pas de désidératas et je me plie à la règle qui veut que l'on écrive des whiskys, des matchs, des sandwichs. Doit-on écrire des leitmotives ? Il y a quelques trente ans, en tous cas, les choses étaient plus claires. J'étais tout oreilles aux conseils de mes parents. Ma mère était toute entière attentive à mon éducation.

(Voir solution p. 278.)

5 Les accords
Du participe passé, du participe présent, du verbe, de l'adjectif

Il nous a semblé utile de vous présenter ce chapitre avec simplicité. Simplicité dans la rédaction des règles, avec le souci de vous permettre de surmonter les difficultés – souvent imaginaires – que présente l'accord ou non d'un participe, qu'il soit passé ou présent. L'accord des adjectifs (qualificatifs, de couleur ou numéraux) offre moins de « pièges ». Désormais, il vous sera facile de faire un « sans faute » avec un peu d'attention.

Le participe passé

☛ L'ESSENTIEL :

Le participe passé employé sans auxiliaire s'accorde **toujours** avec le nom qu'il qualifie : *Des vêtements brossés*.
Le participe passé conjugué avec l'auxiliaire **être** s'accorde **toujours** avec le sujet du verbe : *Ils sont arrivés en retard*.
Les interrogations, donc les hésitations, commencent avec le participe passé conjugué avec **avoir**.

➠ Le participe passé conjugué avec *avoir*

Une équipe de correcteurs s'est penchée sur ce délicat problème, et l'un d'eux, Maurice Catel, a même publié un livre[1]. De cette

1. Maurice Catel, *Traité du participe passé*, Grasset.

concertation est née cette rubrique. Nous remercions la direction d'Hachette Éducation qui nous en a autorisé la reproduction[1].

☛ L'ESSENTIEL :

Le participe passé conjugué avec **avoir** s'accorde en genre et en nombre avec son complément direct quand ce complément le précède : *Il décrit la ville qu'il a visitée*. Il reste invariable s'il est suivi de ce complément direct : *Il a vu ses amis*, ou s'il n'en a pas : *Cette chose lui a plu* ; *Ils ont regardé*.

➯ Sont toujours invariables

– Le part. passé **fait**, lorsqu'il est suivi d'un infinitif avec lequel il forme une locution verbale indissoluble. *Les poésies que j'ai fait imprimer* (mais, bien sûr, sans infinitif : *L'armée a été faite prisonnière*). Ou encore, quand **faire** se substitue au verbe *être*. *Quelle belle actrice elle eût fait*.

– En début de proposition, certains part., employés seuls ou inclus dans une expres. figée. Notamment : **accepté**, **approuvé**, **attendu**, **certifié**, **ci-annexé**, **ci-inclus**, **ci-joint**, **compris**, **non compris**, **y compris**, **excepté**, **ouï**, **passé**, **ôté**, **supposé**, **vu**, etc.

– En des cas échappant en fait à toute règle, tels les verbes dans les expres. **manquer**, **échapper** ou **bailler belle**, et **se faire fort**. *Vous nous l'avez baillé belle. Je l'ai manqué, échappé belle. Elle s'est fait fort de nous convaincre.*

– Dans l'expression : **de la façon** (ou **de la manière**) **que j'ai dit**, et uniquement dans ce tour qu'il faut considérer comme une forme adverbiale équivalant à « comme j'ai dit ».

– Dans les tournures telle celle-ci : *Il n'y a sorte de soin qu'il n'ait pris*, parce que tout le sens va à *soin* et non pas à *sorte*.

1. In *Dictionnaire Hachette des difficultés du français*, nouvelle édition, 1996.

– Le part. pas. des verbes intransitifs[1] (neutres) puisque ces verbes ne peuvent avoir de compléments d'objet directs. Il y en a environ trois cents : bornons-nous à une douzaine : **agir**, **briller**, **courir**, **coûter**, **douter**, **peser**, **reposer** (prendre du repos), **régner**, **sembler**, **valoir**, **vivre**, **voler** (dans l'air).

▷ Quelques-uns peuvent être accompagnés de compl. circonstanciels qui ne sont jamais compl. d'objet directs et qui ne doivent donc point abuser : *Les deux heures qu'il a dorm**i**. Les quarante ans qu'il a régn**é*** (il faut ici sous-entendre « pendant lesquels »). *Les 200 mètres qu'il a cour**u**. Les 100 euros que ce chapeau a coût**é**.*

▷ Bien entendu, lorsque certains de ces verbes sont employés au sens figuré ou au sens transitif, ils suivent la règle ordinaire. *La longue vie qu'elle aura vécu**e** avec lui. Les peines que ces travaux m'ont coût**ées**. Vos raisons que j'ai pes**ées**.*

– À la forme pronom., des verbes qui n'ont pas de compl. d'objet direct possible. On retiendra : **se complaire**, **se convenir**, **se déplaire**, **se nuire**, **se parler**, **se plaire**, **se ressembler**, **se rire**, **se sourire**, **se succéder**, **se suffire**, **se survivre**. *Les rois qui se sont succéd**é** sur le trône de France. Elles se sont **ri** de nous. Ces personnes se sont conven**u**.*

– Le part. pas. des verbes unipersonnels ou employés comme tels. *Les huit jours qu'il a pl**u**. Les grandes chaleurs qu'il a fai**t**.*

– Le part. pas. précédé du pronom neutre **l'** équivalant à « cela ». *Cette opinion, je l'ai reconn**u**, est raisonnable* (bien entendu, si le pronom n'est pas neutre et représente un nom, l'accord s'impose. *Cette difficulté, je l'ai reconnu**e** comme insurmontable*).

---

1. **Transitif-intransitif**. Un verbe est **transitif** s'il est accompagné d'un complément d'objet. Les verbes transitifs sont le plus souvent des verbes « d'action », d'où la définition du complément d'objet : c'est le mot qui désigne l'être ou la chose qui subit l'action faite par le sujet. Ce peut être un nom ou un pronom : *Le chien poursuit **le chat**. Il **le** poursuit,* ou un verbe à l'infinitif : *Tu oses **mentir***. Un petit « truc » : Le chien poursuit qui ? *le chat* (c.o.d.). Tu oses quoi ? *mentir* (c.o.d.).
Un verbe est **intransitif** lorsque son sens retombe entièrement sur son sujet et n'appelle aucun complément. *Il erre comme une âme en peine.* Notons que les verbes intransitifs n'admettent que les compléments circonstanciels : *Il erre dans la ville.* Voir la rubrique « L'emploi du verbe *être* ou du verbe *avoir* », p. 158.

– Les part. pas. **dû**, **permis**, **pu**, **voulu**, etc., chaque fois que peuvent être sous-entendus un infinitif ou une proposition supprimés par ellipse ; ces part. présentent alors en quelque façon un caractère d'auxiliaire, l'infinitif étant le compl. dir. réel. *Il a commis toutes les bévues que son étourderie lui a permis* (lui a permis de faire). *Je lui ai rendu tous les bons offices que j'ai dû* (que je devais lui rendre). Dans le cas contraire, il y a accord, évidemment. *Les déboires qui lui sont arrivés, il les a bien voulus*.

– Dans les deux cas, le part. pas. **pu** demeure invariable.

➾ S'accordent toujours

S'accordent en genre et en nombre avec le sujet (ou avec le pronom réfléchi qui représente le sujet) :

– Les part. des verbes essentiellement pronominaux (employés uniquement sous cette forme). Voici les plus usuels des verbes pronominaux : **s'absenter** ; **s'abstenir** ; **s'accouder** ; **s'accroupir** ; **s'adonner** ; **s'agenouiller** ; **s'aheurter** ; **s'arroger** ; **se blottir** ; **se cabrer** ; **se dédire** ; **se démener** ; **se désister** ; **s'ébattre** ; **s'ébrouer** ; **s'écrier** ; **s'écrouler** ; **s'effondrer** ; **s'efforcer** ; **s'élancer** ; **s'emparer** ; **s'empresser** ; **s'en aller ;** **s'enfuir** ; **s'enquérir** ; **s'entraider** ; **s'envoler** ; **s'éprendre** ; **s'esclaffer** ; **s'évader** ; **s'évanouir** ; **s'évertuer** ; **s'exclamer** ; **s'extasier** ; **se formaliser** ; **se gargariser** ; **se gendarmer** ; **s'infiltrer** ; **s'ingénier** ; **s'insurger** ; **se méfier** ; **se méprendre** ; **s'obstiner** ; **s'opiniâtrer** ; **se parjurer** ; **se ratatiner** ; **se raviser** ; **se rebeller** ; **se rebiffer** ; **se récrier** ; **se recroqueviller** ; **se réfugier** ; **se rengorger** ; **se repentir** ; **se soucier** ; **se souvenir** ; **se suicider** ; **se targuer**.

▷ Une seule exception : **s'arroger** (arroger : attribuer à soi). *Ils se sont arrogé des prérogatives*, mais *les prérogatives qu'ils se sont arrogées*.

Remarque. Il arrive qu'à l'infinitif certains de ces verbes s'emploient sans pronom réfléchi après le verbe **faire**. *Ses amis l'ont fait évader.*

– Les part. pas. des verbes non réfléchis à acception passive, où **se** n'a pas de fonction logique. *Ces fleurs se sont bien vendues. La maison s'est construite en six mois.*

– Les part. de certains verbes accidentellement pronom. : **s'apercevoir**, **s'attaquer**, **s'attendre**, **s'échapper**, **s'ennuyer**, **se douter**,

se jouer, **se plaindre**, **se prévaloir**, **se saisir**... lesquels n'ont pas le même sens à la forme pronominale et à la forme transitive. *Ils se sont aperç**us** de leur erreur*, bien que cela ne veuille pas dire « apercevoir soi ». *Elle s'était attend**ue** que cela arriverait*, bien qu'elle n'ait pas attendu elle ; en l'occurrence, à la question qui ? ou quoi ?, rien ne répond car le pronom **se** fait corps avec le verbe ; il n'est ni objet dir. ni objet indir. ; il n'a pas de fonction logique analysable ; l'auxiliaire conserve la valeur du verbe **être**.

– Les part. pas. des verbes réciproques quand le pronom peut être considéré comme objet direct. *Ils se sont batt**us** en duel. Les fruits se sont entrechoqu**és***, mais : *Ils se sont serr**é** la main* (ils ont serré la main à eux : compl. indir.).

– Enfin, les part. pas. de nombre de verbes non essentiellement pronominaux lorsque ces derniers sont employés à la forme pronominale. En voici quelques-uns : **s'acharner** ; **s'acheminer** ; **s'affaiblir** ; **s'affirmer** ; **s'attacher à** ; **s'aviser de** ; **se connaître à** ; **se contenter de** ; **se décider** ; **se dédire** ; **se défier** ; **se départir de** ; **se disputer avec** ; **s'ébahir** ; **s'ébouler** ; **s'échapper** ; **s'écouler** ; **s'endormir** ; **s'en retourner** ; **s'en revenir** ; **s'entendre à** ; **se quereller avec** ; **se rallier à** ; **se rédimer** ; **se refuser à** ; **se résoudre à** ; **se ressentir de** ; **s'étonner** ; **s'étudier à** ; **se flatter de** ; **se garder de** ; **se gausser de** ; **se louer de** ; **se montrer** ; **se passer de** ; **se plaindre de** ; **se prendre** ; **se prévaloir de** ; **se prononcer** ; **se prosterner** ; **se servir** (faire usage de) ; **se taire** ; **se tromper**, etc. *Elle s'est pass**ée** de dîner*, mais : *Ils se sont pass**é** des torts réciproques.*

➯ Participe passé des verbes pronominaux autres que toujours invariables ou qui s'accordent toujours

Une difficulté supplémentaire, peut-être du fait que dans la plupart des cas on ne prend point garde que l'auxiliaire **être** est simplement substitué à l'auxiliaire **avoir** et qu'il faut le considérer comme ce dernier. La banale question *qui ?* ou *quoi ?* permet de reconnaître si l'action se réfléchit ou non sur le sujet.

Accord sur le pronom si celui-ci est compl. d'objet direct. Invariable dans le cas contraire. *Elle s'est coup**ée*** (elle a coupé qui ? – elle-même) ; *Elle s'est coup**é** du pain* (elle a coupé quoi ? – du pain pour elle). Attention aux constructions doubles : *Elle s'est rappel**é** qu'elle devait sortir*, mais *Elle s'est rappel**ée** à votre bon souvenir.*

Avec **s'assurer**, **se persuader**, l'usage hésite quand le part. pas. est accompagné d'une proposition subordonnée introduite par *que* : *Elle s'est persuad**ée*** (ou *persuad**é***) *qu'elle était la plus belle* (elle a persuadé elle, ou à elle).

Nulle difficulté en présence de l'infinitif : *Elle s'est laiss**ée** tomber* (c'est elle qui tombait). *Elle s'est laiss**é** devancer* (ce n'est pas elle qui devançait). *Ils se sont entend**us** crier. Ils se sont entend**u** interpeller. Je les ai regard**és** se battre. Les erreurs que j'ai vu**es** se commettre* (ici anticipation passive).

▷ Nous avons vu que le Conseil supérieur de la langue française énonce la « règle » : « Comme celui de **faire**, le participe de **laisser** suivi d'un infinitif est invariable. » Nous pensons qu'il a raison – cette source d'erreur étant, paraît-il, trop subtile. Cependant, on ne considérera pas comme fautif l'accord lorsque l'acteur commet l'action : *Elle s'est lais**sée** mourir* (c'est elle qui a fait l'action) mais *Elle s'est laiss**é** séduire* (sous-entendu « par quelqu'un », donc invariable). Maurice Catel en écrivant « Nulle difficulté en présence de l'infinitif » ne pensait sûrement pas que l'on supprimerait un jour cette subtilité ! Son exemple montre en effet qu'il est facile de faire ou de ne pas faire l'accord.

➾ Temps surcomposés

Avec les temps surcomposés, il faut considérer que le premier part. pas. est seulement un signe d'antériorité. C'est sur le second que porte l'accord. *Ces fleurs se fanèrent, dès que je les ai eu cueill**ies***.

➾ Avec un sujet collectif, un adverbe de quantité

– Quand le participe passé est précédé d'une locution collective (**la foule de**, **le grand nombre de**, **la multitude de, la moitié de**, **une partie de**, **une masse de**, **la quantité de**, etc.) suivie d'un complément pluriel, l'accord se fait avec le collectif ou avec son complément suivant que le sens ou l'intention s'attache à l'un ou à l'autre. *La foule de personnes que j'ai coudoy**ée*** ou *coudoy**ées***. *La moitié des assistants était part**ie*** ou *étaient part**is*** (voir p. 137). Cependant, il y a des cas où la seule solution possible ne peut faire de doute. *J'ai payé une partie du vin que j'ai b**u***.

– Avec les adverbes de quantité : **autant**, **combien**, **moins, plus**, **que** (mis pour « combien ») accompagnés d'un compl., le part. pas. s'accorde suivant la règle générale. *Que d'efforts j'ai fourn**is***. *Combien de personnes il a rencontr**ées***, mais : *Plus j'ai **lu** de livres…*

Participe passé suivi d'un infinitif

Suivi immédiatement d'un infinitif, le part. pas. s'accorde s'il a pour compl. dir. le substantif ou le pronom qui le précède ; il demeure inv. s'il a pour compl. dir. l'infinitif. Plus simplement, l'accord a lieu si le complément (qui précède) fait l'action exprimée par l'infinitif ; invariable dans le cas contraire. *Les artistes que j'ai entend**us** chanter* (j'ai entendu les artistes qui faisaient l'action de chanter). *Les chansons que j'ai entend**u** chanter* (j'ai entendu que l'on chantait les chansons).

▷ La présence de **lui** ou de **leur** avant le part. pas. substitue un compl. indir. à un compl. dir. et impose donc l'invariabilité. *Ces poèmes, je les lui ai entend**u** réciter. Les boissons que je leur ai **vu** verser.* On notera que ni *poèmes* ni *boissons* ne font l'action indiquée par l'infinitif.

☒ Est invariable également le part. pas. précédé de **que** et accompagné d'une proposition subordonnée complétive à l'infinitif. *Les nouvelles qu'on avait suppos**é** être vraies* (on n'avait pas supposé les nouvelles mais supposé qu'elles étaient vraies).

Participe passé suivi d'un infinitif sous-entendu

Chaque fois que l'on peut sous-entendre un infinitif – omis par ellipse — les part. pas. (notamment **dû**, **permis**, **pu**, **voulu**) restent invariables puisque le compl. dir. réel est l'infinitif supprimé. *Elle a fait tous les voyages qu'elle a voul**u*** (qu'elle a voulu faire).

Participe passé lié à l'infinitif par une préposition

Suivi d'une préposition, le part. pas. s'accorde si le compl. dir. lui appartient ; il est invariable si le complément appartient à l'infinitif. Voilà qui est simple, mais, à l'usage, on ne distingue pas toujours dès l'abord. Ainsi : *Quelle difficulté j'ai eu**e** pour le convaincre* (j'ai eu de la difficulté). *Les couteaux que j'ai donn**és** à repasser* (j'ai donné les couteaux). Mais : *Les affronts que j'ai **eu** à essuyer* (plus que des affronts, j'ai eu à les essuyer). *Les liens que j'ai aidé à défaire* (je n'ai pas aidé les liens, mais à les défaire). On entend bien, ici, que, grammaticalement, le complément se rapporte à l'infinitif qui suit le part. pas.

▷ Il peut être indifférent d'opter pour l'accord ou pour l'invariabilité. *Les leçons que j'ai eu**es** à apprendre* (j'ai eu *que*, c'est-à-dire les leçons, à apprendre) ou *Les leçons que j'ai **eu** à apprendre* (j'ai eu à apprendre *que*).

☒ Il est raisonnable de laisser invariable lorsque l'on n'a pas *eu* véritablement ce dont il s'agit. *Les cours d'eau qu'il a **eu** à franchir.*

➾ Participe précédé de *en*

C'est un des cas réputés difficiles mais qu'on doit résoudre avec un brin de raisonnement. Notons bien que **en**, utilisé pour *de ce, de ceci, de cela, d'eux, de lui, de cette chose, de ces choses*, etc., est toujours compl. indir. puisqu'il contient virtuellement la préposition *de* ; il est aussi tout à fait neutre. On doit donc rechercher si le seul complément possible est **en**. Dans l'affirmative, le part. pas. demeure inv. *J'ai cueilli des cerises et j'en ai mangé* (j'ai mangé quoi ? *de ces cerises* : **en** = de ces, est bien le seul complément possible). *Regardez ces fleurs, en avez-vous cueilli ?* Le part. pas. ne se rapporte qu'à **en**. Mais on fera l'accord comme à l'ordinaire si **en**, précédé d'un complément d'objet direct, n'a aucune action sur le part. pas. *J'ai fait un merveilleux voyage, je n'oublierai jamais les impressions que j'en ai rapport**ées*** (j'ai rapporté quoi ? des impressions ; **en** : de ce voyage).

▷ L'usage est hésitant lorsque **en** est précédé d'un adverbe de quantité ou de comparaison : **autant**, **beaucoup**, **combien**, **moins**, **plus**, **que** (mis pour un adverbe), **tant, trop**, etc. *Des cadeaux, combien j'en ai reç**us*** ou *reç**u***. Si le part. pas. a une prononciation différente au fém., l'usage répugne à faire l'accord. *Des pêches, combien cet arbre en a-t-il produit ?*

▷ Avec **en** précédé d'un adverbe de quantité lui-même accompagné de la prép. **de**, **autant de**, **moins de**, **plus de**, **tant de**, le part. pas. est inv. *Il a gagné autant de parties qu'il en a joué.*

☒ Invariable aussi quand l'adverbe de quantité est placé après **en** : *Des pâtisseries, j'en ai tant mangé que je suis rassasié.*

Participe précédé de *le peu*

L'accord se fait ou non suivant que **le peu** signifie une quantité suffisante ou insuffisante, est soit positif, soit négatif. *Le peu de renforts que l'armée a reçu**s** lui ont permis de repousser l'adversaire,* mais : *Le peu d'approbation qu'il a recueill**i** ne l'a pas encouragé.*

Participe précédé de *un de, un de ces, un des, un de ceux,* etc.

Là encore, il faut raisonner et voir si l'idée de pluralité, de collectivité, l'emporte ou non. On écrira donc : *J'ai lu un des ouvrages que vous m'avez prêt**és*** (vous m'avez prêté plusieurs ouvrages), en regard de : *C'est un des plus robustes que l'on a désign**é** pour disputer ce match* (on n'en a désigné qu'un seul).

Participe suivi d'un attribut d'objet

Accord du part. pas. avec l'attribut d'objet si cet objet précède le part. L'attribut, lui, n'est ni sujet ni complément et n'a aucune influence sur le part. *Le travail et l'épargne l'ont rendu**e** riche. On les a présum**és** innocents.*

▷ Certains tours, pourtant, ne laissent point d'embarrasser ; ainsi il paraît préférable de ne pas faire l'accord dans : *Son écharpe qu'on eût di**t** verte,* car il est bien certain qu'on a moins dit l'écharpe que dit qu'elle était verte.

Participe placé entre *que* et *que*

Invariable si le premier pronom **que** est complément du verbe placé après le part. pas. *Les nouvelles que j'ai demand**é** qu'on me donnât* (j'ai demandé qu'on me donnât des nouvelles). Accord si **que** est compl. dir. du part. *Mes amis que j'ai avis**és** que j'arrivais* (j'ai avisé mes amis).

▷ Invariable s'il est précédé de **que** et suivi d'une proposition relative introduite par **qui**. *Voilà des idées que j'aurais pens**é** qui vous plairaient.*

Avec deux ou plusieurs antécédents joints par *ni* ou par *ou*

Dans ce cas, et lorsqu'il n'y a pas addition évidente, l'usage a longtemps imposé l'accord avec le dernier antécédent. Aujourd'hui, on s'attache plutôt à celui sur lequel porte la pensée – avec, d'autre part, une tendance nette en faveur du masculin. De toute façon, il est, en fait, indifférent d'écrire : *C'est ce jeune homme ou sa sœur qu'on aura chargé**e** –* ou *chargé* – *de vous prévenir.* Nulle difficulté, bien sûr, lorsque les antécédents s'additionnent. *Ce n'est ni l'or ni la puissance que nous avons ambitionn**és***.

➠ Avec deux ou plusieurs antécédents joints par des expressions diverses

S'il se rencontre des substantifs compl. directs unis par : **ainsi que**, **aussi bien que**, **autant que**, **comme**, **de même que**, **non moins que**, **non plus que**, etc., l'accord se fera avec le premier substantif seulement si l'expression n'a que valeur de conjonction comparative. *C'est sa sottise, non moins que son entêtement, qu'on lui a reproch**ée***.
Si, au contraire, il y a addition l'accord porte sur les deux substantifs. *Son chapeau ainsi que son ombrelle qu'elle lui a demand**és***.
C'est toujours le premier complément qui gouverne l'accord avec **moins que**, **plus que**, **plutôt que**, **non**, **et non**, **et non pas**. *C'est moins leur entraîneur que les joueurs qu'on a récompens**és***.
L'accord porte toujours sur le dernier substantif complément avec **non seulement**. *C'est non seulement un dédommagement, mais encore des excuses qu'il a exig**ées***.

☛ À RETENIR :

Accord dans une gradation. Retenez bien cette règle sur la gradation, source d'erreurs fréquentes. L'accord porte sur le dernier terme seulement et sans distinction de genre : *La surprise, le dépit, la colère qu'il a ressenti**e***.

Le participe présent

Le participe présent est une forme mi-verbale, mi-adjective. Comme verbe, c'est proprement le part. prés. ; comme adjectif, c'est l'adj. verbal. Autrefois tous ces participes étaient traités comme des adjectifs. Mais, le samedi 3 juin 1679, l'Académie française décida que l'on ne déclinerait plus les participes actifs. Il fallut bien, toutefois, distinguer les cas où l'on se trouve en présence de l'adjectif verbal.

☛ L'ESSENTIEL :

Le participe présent, toujours de sens actif et toujours terminé en **-ant**, est invariable. Il tient la place d'un autre mode du verbe précédé de *qui, comme, puisque*, etc. Il exprime l'action : *Nos braves s'accroch**ant** se prennent aux cheveux* (Boileau) ; une action ou un état momentanés nettement délimités, en cours, coïncidant avec ceux que marque le verbe personnel voisin. Il peut recevoir un compl. d'objet direct : *Une jeune fille aim**ant** la lecture*, et aussi un compl. indirect ou circonstanciel.
Il peut marquer la cause, la manière, la simultanéité, l'opposition, la condition. On le trouve à la forme pronominale : *Ces personnes se ri**ant** de nos efforts* ; employé avec *aller* ou *s'en aller* : *Un couplet qu'on s'en va chant**ant**...* (Musset) ; accompagné de *ne* ou de *ne pas* : *Ils demeuraient impassibles, ne souri**ant** jamais* ; modifié par un adverbe qui le suit : *Une terre fum**ant** toujours du sang des malheureux* (Fénelon) ; précédé de *en*, et c'est alors un gérondif, forme impersonnelle qui vient du latin : *On progresse en s'entraîn**ant**. En* peut être sous-entendu : *Ils arrivaient, mont**ant** quatre à quatre.*

☒ À noter cependant, en construction absolue : *La grâce aid**ant**, nous y parviendrons.*

– Le gérondif[1] devant obligatoirement compléter un autre verbe, vous écrirez : *J'attends votre réponse, et je vous prie d'agréer...* et non **En attendant votre réponse.*

☒ Comment reconnaître le gérondif et le participe présent ? Le gérondif est toujours précédé de la préposition *en*, alors que le participe présent ne l'est jamais.

Notons que, en ancien français, le gérondif était employé sans la préposition *en*. On rencontre encore cette forme dans les expressions : *argent comptant, ce disant...* Aujourd'hui le gérondif ne peut être employé avec

1. **Le gérondif**. « Nom donné à une forme verbale invariable jouant le rôle de complément circonstanciel du verbe principal, et composée du participe présent précédé de la préposition *en*. Dans *"c'est en forgeant qu'on devient forgeron", "je l'ai rencontré en sortant, en vous quittant"*. »

un verbe impersonnel, on le rencontre cependant dans deux expressions : *L'appétit vient en mangeant*; *La fortune vient en dormant.*

▷ **En** peut être renforcé par **tout**.

▷ **En** se répète, en principe, quand il y a deux participes : *en courant et en marchant.*

▷ On ne confondra pas le gérondif avec **en**, signifiant « comme », suivi d'un substantif : *Ils se présentent en suppl**iants**.*

▷ Enfin, l'emploi d'autrefois subsiste en certaines expressions figées, consacrées par l'usage, ou du langage juridique : *les ayants droit, les ayants cause*; *les tenants et aboutissants* ; *toutes affaires cessantes*; *médecin consultant*; *personne bien portante*; *à sept heures sonnantes*; parfois toute valeur verbale disparaît et l'on a affaire à de véritables substantifs : *un croyant, des croyants ; les assistants ; les allants et venants.*

➠ L'adjectif verbal

L'adjectif verbal se forme à partir du radical de l'infinitif en ajoutant **-ant**. *Parler* ➠ *parlant.* Souvent accompagné du verbe *être*, il exprime, comme un véritable adjectif, un état durable, une qualité permanente, une habitude. Il s'accorde donc en genre et en nombre avec le nom auquel il se rapporte : *Me voici donc tremblant**e** et seule devant toi* (Racine). *Nous partirons à la marée montant**e**. Les portraits de Fénelon sont parlant**s**. Elle a une figure souriant**e**.*

▷ Dans certaines locutions consacrées par l'usage, l'adjectif verbal revêt une signification passive ou neutre, exprimant non une action faite par le mot qu'il qualifie, mais une action qui se fait à propos de telle chose, comme dans *couleur voyante, thé dansant, place payante*, etc.

▷ Il peut être attribut : *ils sont réjouissant**s*** ; ou épithète ou en apposition (il ne peut avoir de compl. d'objet direct) : *une personne obligeant**e**.*

▷ Il peut être précédé d'un adverbe (autre que *ne*) qui le modifie (sans être non plus suivi d'un compl. d'objet direct) : *des personnes bien pensant**es**. Des gens si riant**s**.*

▷ Enfin, quelques noms ont une orthographe différant (ou différente) de celle du part. présent ; ainsi :

Participe présent	adhérant, affluant, fabriquant, résidant
Nom	adhérent, affluent, fabricant, résident

☛ L'ESSENTIEL :

Ne confondez pas **résidant, e**, personne qui demeure dans un lieu : *Les résidants d'une maison de retraite*, avec **résident, e**, personne qui réside dans un autre pays que celui dont elle est originaire. À l'époque coloniale, haut fonctionnaire dans les protectorats (Tunisie, Maroc). *Le résident général conseillait souvent le souverain.*
Ne confondez pas non plus (faute fréquente) *un fabri**cant*** (nom) qui peut être *un trafi**quant*** (nom) avec le part. présent : *En fabri**quant** ce modèle, il se blessa.*

☒ Les adjectifs terminés par **-ent** que l'on trouve à côté des participes en **-ant** sont plutôt des adj. simples que des adj. verbaux. Ainsi, *excellent, influent, négligent, violent,* etc.

☒ Avec un compl. indirect ou circonstanciel, l'emploi dépend surtout de l'idée que l'on veut exprimer : *Elle restait hésitant**e*** (ou *hésitan**t***) *au seuil de la pièce.*

☛ À RETENIR :

Afin de ne pas commettre une erreur, visualisez les finales suivantes. Ne confondez pas le participe présent avec l'adjectif verbal. Vous écrirez :

PARTICIPE PRÉSENT		ADJECTIF VERBAL
	Finales en -quant et en -cant	
*En communi**quant** des informations…*	mais	*Les vases communi**cants***
*C'est en le convain**quant**…*	mais	*Cela me paraît convain**cant***
*C'est en le provo**quant** qu'il…*	mais	*Il fit un discours provo**cant***
*En suffo**quant**, il dégrafa…*	mais	*Il fait une chaleur suffo**cante***
*En va**quant** à ses occupations…*	mais	*Il reste une seule place va**cante***
	Finales en -guant et -gant	
*En extrava**guant**, il faisait peur…*	mais	*C'est un homme extrava**gant***
*Ce travail le fati**guant** énormément…*	mais	*Un travail fati**gant***
*En intri**guant**, il réussit…*	mais	*C'est un vil intri**gant***
*En navi**guant** jour et nuit…*	mais	*Le personnel navi**gant***
*En zigza**guant**, il arriva à…*	mais	*Un ivrogne zigza**gant***

▷ Ne faites plus d'erreur. Le part. présent est toujours précédé de **en**. En ce cas, finale en **-quant**. Vous reconnaîtrez l'adjectif en vous disant : « Les vases qui communiquent »...

☛ À RETENIR :

Pour les heures, vous écrirez : *À midi tap**ant*** (ou *précis* et non **précise*). Sur le modèle *À huit heures **juste*** (emploi adv.), on écrit le plus souvent *À huit heures tapant* ou mieux *sonnant*, mais *tapantes*, *sonnantes* sont admis.

Accord du verbe

☛ L'ESSENTIEL :

Le verbe s'accorde en genre et en nombre avec son sujet. En posant la question : « Qui est-ce qui ? », vous trouverez quel accord convient. *L'enfant est parti* (c'est *l'enfant*, donc *parti*).

☛ À RETENIR :

Attention, le sujet peut se trouver après le verbe. *Dans les sombres plaines dormaient, insouciant**s**, les soldats de la Garde* (qui est-ce qui dormait ? *les soldats*).

➠ Le sujet à sens collectif

Le sujet peut être un groupe de mots ayant un sens collectif. *Une armée de, une foule de, une nuée de, une infinité de*... En ce cas, l'accord se fait selon que l'on veut insister sur le collectif (le verbe est alors au singulier) ou sur le complément.

➪ Lorsque le collectif est précédé de **un**, **une**, l'accord se fait avec le collectif singulier ou son complément pluriel selon le sens. *Une*

La **syllepse** consiste à faire l'accord d'un mot selon le sens et non selon les règles grammaticales.

colonne de fourmis zigzagante, mais *une colonne de fourmis rouges*.

➡ Après **une foule de**, on trouve *Une foule de fidèles se pressait* ou *se pressaient sur le parvis* mais *La foule des fidèles se pressait sur le parvis* et, au sing., *cette foule de fidèles suppliait*. *Une foule de manifestants courait* ou *couraient vers la Bastille* mais *La foule des admirateurs se précipita* (voir « Sujet collectif », p. 128).

➡ Après **un grand nombre**, l'accord est facultatif : *Un grand nombre de soldats périt* ou *périrent*.

➡ Après **la plupart**, **peu**, **assez de**, le verbe se met au pluriel : *La plupart des spectateurs applaudirent. La plupart sont arrivés en retard.*

➡ Après **plus d'un, le peu, le plus grand nombre**, le verbe est au sing. ou au pluriel, selon la volonté du locuteur.

Singulier. *Plus d'un d'entre nous viendra. Le peu de confiance que vous m'avez témoigné (Littré). Le peu d'euros qui nous reste. Plus d'un **a** regretté votre absence.*
Pluriel. *J'en connais plus d'un qui se **sont** réjouis à cette nouvelle. Peu de provinciaux **viennent** à Paris.*

➡ Avec les adverbes *assez, beaucoup, combien, moins, tant, trop...*

Le verbe est au pluriel. *Beaucoup d'élèves **sont** étourdis. Combien d'entre eux pourraient faire mieux. Moins de trente personnes vinrent l'applaudir.*

➡ Avec des nombres

*Huit heures **sonnèrent** au clocher. Minuit sonna* ou *sonnèrent. Une heure et demie sonna. Deux livres et demie de viande suffisent pour six personnes.*

➡ Avec un pronom neutre

Avec **ce, c'**, le verbe est au singulier. *C'est elle. C'est nous.*
Avec **eux**, **elles** ou un nom pluriel, le pluriel est recommandé. *Ce sont eux, c'étaient eux. Ce seront, ce furent des discussions sans fin.*
Avec **on**, le verbe est à la troisième personne du sing. *On oubliait tous ses soucis.* **On** peut désigner une personne de sexe féminin,

plusieurs personnes. En ce cas, on peut, à la rigueur, faire l'accord. Des femmes parlent : *On allait, frémissan**tes**, manifester.*

▷ L'emploi de **on** à la place de **nous** est fam. *On peut venir demain ?* est à éviter.

▷ Devant une voyelle, ne pas oublier le **n'** élidé de la négation : *On n'entend plus rien* (faute fréquente).

☛ À RETENIR :

Ne vous laissez pas piéger lorsque le pronom relatif désigne la même personne que son antécédent. *Le matin, avant le lever des grandes personnes, c'est moi qui prépara**is** le petit déjeuner.* L'antécédent de qui est « moi » (qui est-ce qui préparait ? c'est moi), donc première personne du singulier. La faute est plus fréquente que vous ne le pensez ! Il est même préférable, parfois, d'ajouter un pronom. *Mes sœurs et moi **nous** souhaitons vous rencontrer.*

Gradation. Lorsqu'il y a gradation (voir p. 132), le verbe s'accorde avec le dernier sujet. *Et un dégoût, une tristesse immense l'envahi**t*** (Flaubert). *Son calme, sa courtoisie, sa bonne humeur constante **fait** de cet homme un mari idéal.*

➠ Lorsqu'il y a plusieurs sujets

➪ S'ils sont coordonnés par **et**, le verbe est au pluriel[1]. *Marc et Marie **sont** venus.*

➪ S'ils sont coordonnés par **ou** ou par **ni**, le verbe est au singulier s'il y a exclusive. *Jean ou Paul **a** menti* (c'est l'un ou c'est l'autre. On n'envisage pas que ce puisse être les deux). *Un livre ou un disque me fe**ra** plaisir.*

▷ Le verbe est au pluriel quand il n'y a pas d'exclusive. *Ni l'or ni la grandeur ne nous ren**dent** heureux* (La Fontaine).

1. Avec ou sans virgules, il y a ou non accord avec **ainsi que**, **comme**, **de même que** ayant le sens de « et ». *Pierre, ainsi que Paul, **est** mon ami. Pierre ainsi que Paul **sont** mes amis.*

Accord de l'adjectif

☛ L'ESSENTIEL :

Quelle que soit sa fonction – apposé, attribut, épithète –, l'adjectif qualificatif s'accorde en genre et en nombre avec le nom ou le pronom auquel il se rapporte[1]. *Le cheval est brun. Les juments grises…*
L'adjectif peut modifier le sens d'un verbe, d'un adjectif ou d'un adverbe. En ce cas, il ne se rapporte ni au nom ni au pronom et reste invariable. *Ces asperges sont chères* mais *elles coûtent cher. Des soles meunière* (à la meunière).

L'adjectif qualificatif

☛ À RETENIR :

N'oubliez pas que deux singuliers valent un pluriel. *Une écharpe et un chapeau neufs*… et que le masculin l'emporte sur le féminin.
Un substantif pluriel peut introduire des adjectifs au singulier. *Les littératures anglaise et française se sont développées dès le XVIIe siècle*[2].

– Lorsque deux substantifs sont reliés par **et**, on distinguera : *Un homme et une femme assis* (tous les deux le sont) et *un homme et une femme assise* (seule la femme l'est). *Il éprouvait une paresse et un ennui profond* (à moins que vous ne pensiez que la paresse et l'ennui se conjuguent ; en ce cas, *profonds*).

– Le bon sens l'emporte lorsque les substantifs sont unis par **ou**. *Prendrez-vous un thé ou de l'eau fraîche ?* En ce cas, l'adjectif s'accorde avec le dernier. *Recherchons un homme ou une femme âgés pour gardiennage* (en ce cas, il n'y a pas une idée d'opposition).

---

1. Pour l'accord des adjectifs composés, reportez-vous p. 99, « Mots composés avec trait d'union ».
2. **Siècle**. Vous écrirez : *Les XVe et XVIe siècles* (accord avec *les*) ; *le XVe et le XVIe siècle* (*le XVe*, sous-entendu *siècle*, accord avec *le*).

– Le sens décide également de l'accord lorsque deux substantifs sont unis par **de**. *Un chapeau de paille troué* (le chapeau est troué) mais *un chapeau de paille fine*.

– Avec des substantifs de sens analogue ou si le dernier les résume, l'adjectif ne s'accorde qu'avec le dernier exprimé. *Que d'esprit, que d'à-propos, que d'imagination déployée*.

– Avec **il n'y a pas plus... que**, **il n'y a de... que**, **tout ce qu'il y a de plus**..., l'adjectif est au masculin s'il précède le substantif. *Il n'y a pas plus* ***beau*** *que cette cathédrale*... Lorsque le féminin est exprimé avant l'adjectif, le genre est facultatif. *Cette cathédrale, il n'y a pas plus* ***beau*** (ou ***belle***) *qu'elle.*

– Avec **des plus**. Au sens de « parmi les plus », l'adjectif qui suit exige le pluriel : *Il est des plus agréables* ; mais si l'adjectif se rapporte à un pronom neutre ou à un verbe, il demeure invariable. *Ceci est des plus pénible. Il lui est des plus pénible de travailler* (*il* est impersonnel).

– Pluriel de modestie ou de majesté. L'adjectif reste au sing. *La présidente déclare : Nous sommes* ***fière*** *d'inaugurer ce monument. Le président : Nous sommes fier.*

Les adjectifs de couleur

– Lorsque la couleur est représentée par un adjectif, celui-ci s'accorde naturellement : *Ces livres ont une couverture bleue. La robe baie d'une jument* (Acad.).

– Lorsque la couleur est représentée par un nom, celui-ci reste invariable : *Les robes orange. Des vestons marron. Des yeux noisette. Des tenues kaki. Des rideaux garance.*

> EXCEPTIONS. Sont considérés comme de vrais adjectifs : *écarlate, fauve, incarnat, mauve, marengo, pourpre* et *rose. Des reflets écarlates. Des teintes fauves*...

– Restent invariables les adjectifs précisant une variation. *Des robes gris perle. Des jupes jaune citron. Des corsages bleu clair.* ☒ En ce cas, pas de trait d'union.

– Deux termes de couleur désignant une seule nuance sont invariables et sont reliés par un trait d'union. *Des yeux **bleu**-**vert**.*

– Lorsque l'expression est elliptique, il y a invariabilité. *Des robes jaun**e** pâl**e**.* Il en est de même lorsque les adjectifs sont reliés par **et**. *Des chattes gri**s** et noi**r*** (toutes les chattes sont gris et noir). *Des chattes gris**es** et noi**res*** signifie qu'il y a des chattes complètement grises et d'autres complètement noires.

Particularités

Avoir l'air. Pour les personnes, l'adjectif qui suit cette locution verbale s'accorde avec le mot *air* si celui-ci précise l'expression de la physionomie. *Ces femmes ont l'air sérieux = leur visage est grave.* Avec le sens de « paraître », l'adjectif devient attribut et s'accorde avec le sujet. *Ces femmes ont l'air décid**ées** à travailler.* Accord aussi lorsque le sens est évident : *Cette enfant a l'air gentill**e**.* Pour les choses, l'accord se fait avec le sujet (et non avec *air*). *Ces poires ont l'air bon**nes**.*

Châtain, **e** adj. « Rare au féminin », nous dit l'Académie : *des cheveux châtain**s**. Elle n'est ni blonde ni brune, mais châtain**e**.*

Chic adj. inv. Au sens de « élégant », l'Académie, H., R. indiquent l'invariabilité. *Une toilette chi**c**. Des gens chi**c**.* Le P.L.I. donne cependant : « *De chic**s** types* ».

Feu, e : voir p. 118.

Les adjectifs numéraux

L'ESSENTIEL :

Les adjectifs numéraux cardinaux sont invariables à l'exception de **vingt** et de **cent** qui prennent la marque du pluriel **lorsqu'ils ne sont pas suivis d'un autre nombre**. *Quatre-vingt**s** euros. Trois cent**s** euros.* Suivis d'un autre nombre, **vingt** et **cent** demeurent invariables. *Rédiger un chèque de : quatre cen**t** deux euros, quatre-ving**t**-deux euros, quatre cen**t** ving**t**-deux euros.*
Employés comme adjectifs numéraux simples, ils demeurent invariables. *L'article trois cen**t** du Code pénal (trois centième). La page quatre-ving**t**.*

▷ On écrit couramment *l'an mil* ou *l'an mille*. ☒ « Dans l'énoncé en toutes lettres des dates de l'ère chrétienne, l'usage prévalait de préférer la graphie *mil*, dans le cas où l'adjectif numéral désignant le millésime est suivi d'un ou de plusieurs autres nombres. On écrivait donc : *En l'an de grâce mil trois cent quarante-six, l'an mil trois cent* au lieu des formes couramment admises aujourd'hui : *mille trois cent quarante-six, mille trois cent* » (Acad.).

▷ On emploie de plus en plus *onze cents, douze cents...* pour *mille cent, mille deux cents...*

☒ **Mille** est un adj. numéral et reste toujours invariable : *Des mille et des cents. Trois cent mille euros.*
Millier, **million**, **milliard** étant des noms prennent normalement la marque du pluriel. *Plusieurs milliers d'euros. Six millions d'euros. Six milliards d'euros.*

À RETENIR :

Lorsque le chiffre est **inférieur à cent**, il prend un trait d'union : *dix-sept, dix-huit, dix-neuf, quatre-vingt-dix-sept...*
Lorsqu'il est **supérieur à cent**, pas de trait d'union : *cent dix, mille neuf cent quatre-vingt-dix-sept.* Il en est de même avec la conjonction **et** : *vingt et un, trente et un...*

La « nouvelle » orthographe

Nous avons vu dans l'Avertissement la règle proposée par le Conseil supérieur de la langue française : « Les numéraux composés sont systématiquement reliés par des traits d'union. » L'usage n'ayant pas ratifié cette « règle », nous maintenons « l'ancienne » orthographe, en attendant qu'elle soit consacrée par l'usage.

5

Testez vos connaissances

Les accords

Corrigez les fautes du texte suivant :

Les poésies que Thomas avait faits imprimer n'eurent aucuns succès, y comprises dans les petites librairies. Les 600 euros que cette publication lui avait coutés ne le découragea pas malgré les ennuis pécunières qui s'étaient succédés. À vrai dire, les déboires dûs à cette publication, il les avait voulu. Ces poèmes, souvent je les lui ai entendus réciter avant qu'il ne parte en voyage. Au retour, il n'oublia jamais les impressions qu'il en avait rapporté : le dépaysement, le folklore, le soleil qu'il avait ressentis, il les évoquait avec bonheur. Il avait rencontré un fabricant de poterie fort astucieux. À force de parlote, il réussit, en le convaincant, à lui faire baisser les prix, et ce, malgré une chaleur suffoquante. Il faut dire que ce fabriquant était un peu extravaguant, un vrai intrigant même. Que d'esprit, que d'à-propos, que d'imagination il avait déployés ! Il y a sur terre des gens vraiment chics, qui dépensent des milles et des cents pour nous complaire.

(Voir solution p. 278.)

6 Le verbe

Quelques rappels grammaticaux

Vous le savez, le verbe est le « moteur », le « noyau », disent certains, de la phrase. Il s'allie étroitement avec son sujet, puisque l'un comme l'autre varient en personne et en nombre. *Je suis heureuse. Elles sont heureuses.* Les *je, nous, ils* indiquent le singulier ou le pluriel, ce qui va déclencher la terminaison du verbe et ensuite l'accord de l'adjectif. Vaugelas s'exprimait clairement : le sujet est le mot « qui donne la loi au verbe ».
Les verbes sont indiqués dans les dictionnaires à l'infinitif et sont classés en trois groupes qui demandent des conjugaisons différentes.

➡ Les trois groupes

1er groupe. Ce sont les plus nombreux (4 000 environ). Leur terminaison est en **-er**.

2e groupe. Leur terminaison est en **-ir** (environ 300 verbes) et leur participe présent en **-issant**. *Finir* ➡ *finiss**ant***.

3e groupe. Tous les autres, soit environ 150 verbes. On les appelle *verbes irréguliers*.

➡ Le radical

Le radical du verbe s'obtient le plus souvent en enlevant à l'infinitif sa terminaison. *Chant| er, cour| ir, travaill| er, vend| re.*

☛ À RETENIR :

Avant d'aborder le problème de la conjugaison, sachez distinguer les finales de l'infinitif des verbes du 3e groupe. Bien des fautes vous seront épargnées.

Finales en *-eindre* et en *-aindre*. La plupart de ces vingt-huit verbes ont leur terminaison en **-eindre** à l'exception de trois d'entre eux : *craindre, contraindre* et *plaindre.*

☒ Attention à deux verbes de sens proches, mais aux finales différentes : *astr**eindre***, et *contr**aindre** quelqu'un à des travaux forcés.*

Finales en *-endre* et en *-andre*. Vingt-sept verbes ont leur finale en **-endre** et **-andre** : *répandre, épandre* (*épandre,* c'est « jeter çà et là ». *Épandre du fumier,* d'où *ép**a**ndage*...).

Finales en *-ir* et en *-ire*. Quatre-vingt-onze verbes ont leur finale en **-ir** ; vingt-neuf en **-ire**. *Acquérir, cueillir, dormir*... Mais *confire, écrire, maudire*...

Finales en *-oir* et en *-oire.* Ces verbes s'écrivent en **-oir**, sauf *boire* et *croire.*

Finales en *-uire*. Ces verbes s'écrivent en **-uire**, à l'exception de *fuir* et ses composés.

Finales en *-indre* et en *-soudre*. Ces verbes ne gardent le *d* qu'au futur et au cond. présent. À l'ind. présent, le *d* tombe. Il est remplacé, à la troisième personne du sing., par un *t. Je plains, il plain**t***. *Je résous, il résou**t***. ☒ Faute fréquente, car les verbes en **-dre** gardent le *d* au présent de l'ind. et à l'impératif. *Je cou**ds**, il cou**d**, cou**ds**.*

▷ Quelques verbes ont deux radicaux, par ex. **finir** ➟ **fini** : *Je fini*|*s, tu fini*|*s, il fini*|*t* et ➟ **finiss** : *nous finiss*|*ons, vous finiss*|*ez, ils finiss*|*ent.*

➩ Modifications graphiques du radical

Les verbes en **-cer** remplacent, lorsque la terminaison commence par un ***a*** ou un ***o***, leur ***c*** en ***ç***. *Je balance, je balan**ç**ais. Je place, nous pla**ç**ons.*

Les verbes en **-ger** intercalent un ***e*** entre le radical et les terminaisons avec ***a*** et ***o***. *Je mange, nous mang**e**ons. Je mang**e**ais.*

Les verbes en **-yer** transforment ***y*** en ***i*** devant ***e***. *Ennuyer* ➟ *j'ennu**i**e* mais *nous ennu**y**ons. Noyer* ➟ *je no**i**e* mais *nous no**y**ons.*

☒ Les verbes en **-eyer** gardent toujours le ***y***. *Il grasse**y**e.* Les verbes en **-ayer** peuvent conserver le ***y*** devant ***e*** mais on suivra de préférence la règle des verbes en **-yer**. *Il bala**i**e* plutôt que *il bala**y**e.*

☛ À RETENIR :

Aux première et deuxième personnes du pluriel de l'imparfait de l'ind. et du subj. présent, le *y* est suivi d'un *i*. *Nous pa**yi**ons. Que nous bala**yi**ons.*

• Sauf pour les verbes **avoir** et **être** : *Que vous **ayez**, que vous **soyez*** (voir p. 156).

Autre curiosité. Les verbes dont le radical est terminé par *i* se retrouvent avec deux *i* à ces mêmes temps et personnes. *Nier* ➟ *je niais, nous n**ii**ons ; que vous n**ii**ez.*

➟ Les modes

Le verbe a des modes : les manières de présenter ou de penser le fait, l'acte, l'état. Il a des temps qui indiquent les moments du fait, de l'acte, de l'état.

– **L'infinitif** est, bien sûr, invariable. Il peut prendre le temps passé : *être* (présent) et *avoir été* (passé).

– **L'indicatif** marque l'action en train de s'accomplir (*Je chante*), des faits (*Les ouvriers déblayaient la route*), une action à venir (*il partira demain*) ou une action très proche du passé ou du futur (*Nous venons de vivre un moment heureux. Nous passons à table*).

– **Le subjonctif** exprime un doute, un regret, une supposition, mais aussi un désir, un souhait, un ordre... (voir p. 154).

– **Le conditionnel**. « Mode du verbe qui, dans une proposition principale, présente l'action comme une éventualité ou comme la conséquence d'une condition hypothétique » (voir p. 167).

– **L'impératif** permet de donner un ordre ou un conseil.

➠ Le problème des accents

Vous le savez, les verbes dont l'avant-dernière syllabe est en ***e*** à l'infinitif prennent dans la conjugaison un accent grave devant une syllabe muette. *L**e**ver* ➠ *que je l**è**ve*, mais que *vous l**e**viez. M**e**ner* ➠ *je m**è**nerai*, mais *nous m**e**nions.*

Les verbes dont l'avant-dernière syllabe est en ***é*** à l'infinitif transforment dans la conjugaison ce ***é*** en ***è*** devant une syllabe muette, y compris au futur et au conditionnel. *Op**é**rer* ➠ *j'op**è**re, j'op**è**rerai, j'op**è**rerais.*

▷ Rappelons cette décision de l'Académie : « Les six formes du futur de l'indicatif et les six formes du conditionnel du verbe *céder* et des verbes dont la conjugaison suit ce modèle, comme *alléger*, prennent normalement un accent grave : *je c**è**derai, nous c**è**derons ; je c**è**derais, nous c**è**derions.* »

☒ Les verbes **agréer, créer, gréer,** conservent toujours **é.** *Je cr**é**e, je cr**é**erai.*

Les verbes **déclore** et **enclore** prennent désormais un ***ô*** à la troisième personne du sing. de l'ind., comme les autres verbes de cette terminaison (*clore* ➠ *il cl**ô**t, enclore* ➠ *il encl**ô**t*). L'Académie, en supprimant cette irrégularité, a mis fin à bien des incertitudes.

Les verbes en **-aître** et en **-oître** prennent un accent circonflexe sur le ***i*** qui précède le ***t***. *Je conna**î**trai, il conna**î**t, il cro**î**t.*

☒ **Croître**, afin d'éviter une confusion avec **croire**, prend également un ***î*** aux formes suivantes ; *je cro**î**s, tu cro**î**s* ; et au passé simple : *je cr**û**s, tu cr**û**s*..., ainsi qu'au subj. imparfait : *que je cr**û**sse* ; part. pas. *cr**û**, cr**ue***.

➠ La forme interrogative

Elle se construit classiquement par le rejet du pronom personnel sujet après le verbe, auquel il est relié par un trait d'union. *Viendrez-vous ? Parle-t-il ?*
Verbes monosyllabiques. On a le plus souvent recours à ***est-ce que***, par souci d'euphonie. *Est-ce que tu pars ?* plutôt que *pars-tu ? Est-ce que je pars ?* (on ne dira pas *pars-je ?*).

☛ À RETENIR :

Lorsque le pronom *je* est placé après le verbe, le ***e*** final se change désormais en ***è*** dans la forme interrogative. *Parlè-je ?*

Terminaisons (ou désinences) des temps simples

Terminaison. « LING. Fin d'un mot, manière dont il se détermine. *Terminaisons masculines, féminines.* » **Désinence.** « LING. Terminaison qui sert à marquer le cas, le nombre, le genre, la personne, etc. » Ces deux définitions (*Dictionnaire Hachette encyclopédique*) vous permettent de choisir le terme que vous préférez. Sachez que *désinence* a toutes les faveurs des grammairiens. Rappelons d'abord les conjugaisons types.

➡ 1er groupe

Verbes à l'infinitif en **-er** (sauf *aller*).

PRÉSENT *(radical + désinence)*	**INDICATIF**		**SUBJONCTIF**	
	je parl	*e*	(que) je parl	*e*
	tu parl	*es*	tu parl	*es*
	il, elle parl	*e*	il, elle parl	*e*
	nous parl	*ons*	nous parl	*ions*
	vous parl	*ez*	vous parl	*iez*
	ils, elles parl	*ent*	ils, elles parl	*ent*

PASSÉ *(radical + désinence)*	**INDICATIF IMPARFAIT**		**INDICATIF PASSÉ SIMPLE**	
	je parl	*ais*	je parl	*ai*
	tu parl	*ais*	tu parl	*as*
	il, elle parl	*ait*	il, elle parl	*a*
	nous parl	*ions*	nous parl	*âmes*
	vous parl	*iez*	vous parl	*âtes*
	ils, elles parl	*aient*	ils, elles parl	*èrent*

FUTUR (*infinitif + désinence*)	INDICATIF FUTUR		CONDITIONNEL PRÉSENT	
	je parler	*ai*	je parler	*ais*
	tu parler	*as*	tu parler	*ais*
	il, elle parler	*a*	il, elle parler	*ait*
	nous parler	*ons*	nous parler	*ions*
	vous parler	*ez*	vous parler	*iez*
	ils, elles parler	*ont*	ils, elles parler	*aient*

☒ Les verbes du 3ᵉ groupe **assaillir**, **cueillir**, **offrir**, **ouvrir**, **tressaillir** suivent le modèle de ce présent : *je cueil**le**, que j'ouv**re**, je tressail**le**...*

▷ **Verbes en -eler et en -eter**. L'Académie a finalement renoncé à unifier les terminaisons en **-èle** et en **-ète** pour ces verbes. Si bien que l'on doit se souvenir (ou consulter son dictionnaire) que, devant une syllabe muette, il y a transformation soit par un accent, *j'achè**te***, soit par un redoublement de la consonne : *je je**tte**, j'amonce**lle***.

▷ Verbes en **-er** avec ***e* fermé** [é] : voir p. 275.

☒ Notez les quelques verbes usuels qui ne redoublent pas les consonnes :
-eter : *acheter* (et composés), *compléter, fureter, haleter, végéter*, auxquels vous pouvez ajouter *bégueter* (*La chèvre bégu**è**te*), *corseter, crocheter, fileter* : *je compl**è**te, je fur**è**te, il hal**è**te...*
Becqueter v. t. « Piquer à coups de bec ». *Il becquette.* Argot : « manger ». « Dans ce sens, on écrit *becter* », signale l'Académie.
-eler : *celer, ciseler, démanteler, écarteler, geler, harceler* (Acad.), *marteler, modeler, peler.* N'oubliez pas les composés : *congeler, déceler, dégeler, surgeler... Je c**è**le, je cis**è**le, je déman**tè**le...*
Soit une quinzaine de verbes sur cent environ ayant une terminaison « anormale ».

➠ 2ᵉ groupe

Verbes à l'infinitif en **-ir** et participe présent en **-issant**.

PRÉSENT (*radical + désinence*)	INDICATIF		SUBJONCTIF [que]	
	je fin	*is*	je fin	*isse*
	tu fin	*is*	tu fin	*isses*
	il, elle fin	*it*	il, elle fin	*isse*
	nous fin	*issons*	nous fin	*issions*
	vous fin	*issez*	vous fin	*issiez*
	ils, elles fin	*issent*	ils, elles fin	*issent*

PASSÉ *(radical + désinence)*	INDICATIF IMPARFAIT		INDICATIF PASSÉ SIMPLE	
	je fin	*issais*	je fin	*is*
	tu fin	*issais*	tu fin	*is*
	il, elle fin	*issait*	il, elle fin	*it*
	nous fin	*issions*	nous fin	*îmes*
	vous fin	*issiez*	vous fin	*îtes*
	ils, elles fin	*issaient*	ils, elles fin	*irent*

FUTUR *(infinitif + désinence)*	INDICATIF FUTUR		CONDITIONNEL PRÉSENT	
	je finir	*ai*	je finir	*ais*
	tu finir	*as*	tu finir	*ais*
	il, elle finir	*a*	il, elle finir	*ait*
	nous finir	*ons*	nous finir	*ions*
	vous finir	*ez*	vous finir	*iez*
	ils, elles finir	*ont*	ils, elles finir	*aient*

☒ Suit cette conjugaison le verbe du 3ᵉ groupe **maudire** (mais part. pas. : *maudit*).

▷ Pas de problèmes ni d'irrégularités. Observons au présent (pluriel), à l'imparfait de l'indicatif, au subjonctif présent (voir p. 154), l'interposition de **-iss-** entre le radical et la désinence.

➠ 3ᵉ groupe

Tous les verbes qui n'appartiennent pas aux deux premiers. Peu nombreux, ils sont souvent employés, et pour la plupart irréguliers.

PRÉSENT	INDICATIF	SUBJONCTIF
	s	*e*
	s	*es*
	t	*e*
	ons	*ions*
	ez	*iez*
	ent	*ent*

PASSÉ	INDICATIF IMPARFAIT	INDICATIF PASSÉ SIMPLE		
	ais	*is*	ou	*us*
	ais	*is*		*us*
	ait	*it*		*ut*
	ions	*îmes*		*ûmes*
	iez	*îtes*		*ûtes*
	aient	*irent*		*urent*

FUTUR	INDICATIF FUTUR	CONDITIONNEL PRÉSENT
	ai	*ais*
	as	*ais*
	a	*ait*
	ons	*ions*
	ez	*iez*
	ont	*aient*

Irrégularités

Au présent de l'indicatif : *je peux, je veux, je vaux ; tu peux, tu veux, tu vaux ; il vainc, il convainc ; il mord, il vend* (*d* à tous les verbes en **-dre**, autres que ceux en **-eindre** et **-aindre**, en **-indre** et **-soudre**). Voir « Finales en **-indre** et en **-soudre** », p. 146.

Au passé simple, seul l'usage permet de choisir entre les terminaisons en **-i** et celles en **-u** (or, nous n'avons guère cet usage : le passé simple est un temps écrit mais non parlé). Globalement, font **-us** :

- les verbes en **-oir**, **-oire**, sauf *voir* ;
- les verbes en **-aître** ;
- les verbes en **-oudre**, sauf *coudre* ;
- les verbes *courir* et *mourir*.

Notons le cas particulier des verbes *venir, tenir* et composés : le ***n*** du radical s'intercale entre les deux premières lettres de la terminaison : *je vi**n**s, tu vi**n**s, il vi**n**t, nous vî**n**mes, vous vî**n**tes, ils vi**n**rent.*

▷ Attention au futur qui ne se forme pas toujours sur l'infinitif :

j'acquerrai	j'enverrai	il pleuvra	je tiendrai
j'apercevrai	il faudra	je pourrai	je vaudrai
je courrai	je ferai	je recevrai	je voudrai
je cueillerai	j'irai	je saurai	je verrai
je devrai	je mourrai		

Les verbes dont l'infinitif se termine par **-re** forment le futur sur le **r** : *cuire, je cuirai.*

Très nombreuses modifications de radical à tous les temps (voir p. 146).

Dans les verbes **croire**, **fuir**, **traire**, **voir** et composés, le ***i*** du radical devient ***y*** devant les voyelles **a, i** et **o** des désinences : *il tra**y**ait, nous cro**y**ions* (imparfait), *que vous vo**y**iez, nous fu**y**ons*... Mais : *Ils tra**i**ent, ils cro**i**ent, ils vo**i**ent*...

Croître (et composés) perd son accent circonflexe devant *ss*. Les verbes en **-aître** ne conservent le leur que devant un ***t*** (voir p. 161).

À la 3e personne du singulier du présent de l'indicatif, le ***i*** devient ***î*** : *il g**î**t, il pla**î**t* (*dépla**î**t, compla**î**t*) (voir « Le problème des accents », p. 148).

En résumé

La 2e personne du singulier prend, à tous les temps de tous les modes de tous les verbes, un **s**, sauf : *tu peux, tu veux, tu vaux*. Il en va de même à l'impératif de tous les verbes, à l'exception de ceux du premier groupe, des verbes *assaillir, cueillir, offrir, ouvrir, tressaillir* et composés, ainsi que des verbes *aller* (*va*), être, savoir.

☒ Voir p. 157 l'adjonction d'un ***s*** à certains impératifs par souci d'euphonie.

La 2e personne du pluriel est marquée à tous les temps de tous les verbes par **-ez**.

☒ Sauf : *vous dites, vous faites*, et les passés simples de l'indicatif **-âtes, -îtes, -ûtes**.

La 3e personne du pluriel est toujours marquée par **-nt**.

Pas de *t* après la désinence ***a***, sauf à la 3e personne du singulier de l'imparfait du subjonctif, ex. : *parlât.*

Les terminaisons :
– imparfait de l'indicatif : **-ais**, **-ais**, **-ait**, **-ions**, **-iez, -aient** ;
– futur de l'indicatif : **-ai**, **-as**, **-a**, **-ons**, **-ez**, **-ont** ;

– conditionnel présent : **-ais**, **-ais**, **-ait**, **-ions**, **-iez**, **-aient** ;
– subjonctif présent : **-e**, **-es**, **-e**, **-ions**, **-iez**, **-ent** (sauf *avoir* et *être*) sont les mêmes pour tous les verbes des trois groupes.

Le subjonctif imparfait

Il ne figure pas dans les tableaux des pages précédentes, car c'est un temps dont l'emploi ne correspond plus qu'à la nécessité de « concordance des temps » et est souvent considéré (à tort) comme désuet.

L'ESSENTIEL :

Quand le verbe de la proposition principale est à un temps passé quelconque, il convient que celui de la subordonnée au subjonctif soit à l'imparfait pour un évènement présent ou futur ou au plus-que-parfait pour un évènement antérieur.

Lorsque la principale est au présent, la subordonnée est au subj. présent : *Elle ne veut pas* (principale) *que nous nous couchions tard* (subordonnée). Mais les principales au passé : *Elle ne voulait pas, ne voulut pas, n'a pas voulu, n'aurait pas voulu, n'eût pas voulu,* demandent le subj. imparfait dans la subordonnée : … *que nous nous* ***couchassions*** *tard.*

Ce « couchassions » (et autres sonorités du même genre) heurte notre oreille et fait apparaître son auteur comme pédant. Aussi l'emploie-t-on rarement, sauf à la troisième personne du singulier. Loin d'être « pédant », cet emploi est tout à fait à encourager et nos plus grands écrivains y ont recours. Rappelez-vous le :
« Que vouliez-vous qu'il fît contre trois ? — Qu'il mourût !
Ou qu'un beau désespoir alors le secourût ! »

En ce cas, attention à ne pas commettre une faute d'orthographe. N'oubliez pas la distinction à la troisième personne du singulier entre *l'indicatif passé simple : il parl****a****, il fin****it****, il cour****ut*** et *le subjonctif imparfait : qu'il parl****ât****, qu'il fin****ît****, qu'il cour****ût***. Le subjonctif imparfait se forme aux autres personnes en ajoutant à la 2e personne du sing. du passé simple de l'indicatif **-se**, **-ses**, **-sions**, **-siez**, **-sent**. Ce qui donne :

[que]	[que]	[que]
je parlass**e**	je finiss**e**	je couruss**e**
tu parlass**es**	tu finiss**es**	tu couruss**es**
il parl**ât**	il fin**ît**	il cour**ût**
nous parlass**ions**	nous finiss**ions**	nous couruss**ions**
vous parlass**iez**	vous finiss**iez**	vous couruss**iez**
ils parlass**ent**	ils finiss**ent**	ils couruss**ent**

Verbes auxiliaires et semi-auxiliaires[1]

Conjugaisons

AVOIR / **ÊTRE**

INDICATIF

AVOIR – Présent	AVOIR – Imparfait	ÊTRE – Présent	ÊTRE – Imparfait
j'ai	j'avais	je suis	j'étais
tu as	tu avais	tu es	tu étais
il (elle, on) a	il avait	il (elle, on) est	il était
nous avons	nous avions	nous sommes	nous étions
vous avez	vous aviez	vous êtes	vous étiez
ils (elles) ont	ils avaient	ils (elles) sont	ils étaient
Passé simple	**Futur**	**Passé simple**	**Futur**
j'eus	j'aurai	je fus	je serai
tu eus	tu auras	tu fus	tu seras
il eut	il aura	il fut	il sera
nous eûmes	nous aurons	nous fûmes	nous serons
vous eûtes	vous aurez	vous fûtes	vous serez
ils eurent	ils auront	ils furent	ils seront

1. **Semi-auxiliaires**. Ces verbes construits le plus souvent avec un infinitif, plus rarement avec un participe ou un gérondif, perdent leur signification propre pour exprimer des nuances, notamment de temps, mais aussi des modalités de l'action. Les plus courants sont **aller** et **venir de**. *Il va mourir. Il vient de sortir.* Citons : *faillir, manquer, laisser, paraître, pouvoir, risquer, savoir, vouloir...*

AVOIR		ÊTRE	
	CONDITIONNEL		
Présent		Présent	
j'aurais tu aurais il aurait nous aurions vous auriez ils auraient		je serais tu serais il serait nous serions vous seriez ils seraient	

SUBJONCTIF

Présent	Imparfait	Présent	Imparfait
[que] j'aie tu aies il ait nous ayons vous ayez ils aient	[que] j'eusse tu eusses il eût nous eussions vous eussiez ils eussent	[que] je sois tu sois il soit nous soyons vous soyez ils soient	[que] je fusse tu fusses il fût nous fussions vous fussiez ils fussent

IMPÉRATIF

Présent : aie, ayons, ayez || **Présent** : sois, soyons, soyez

PARTICIPE

Présent : ayant || **Passé** : eu || **Présent** : étant || **Passé** : été

☒ Rappel. Plus jamais vous ne commettrez cette faute trop fréquente qui consiste à adjoindre un ***i*** superflu au subjonctif présent des verbes **avoir** et **être** : *Que nous a**y**ons, que vous a**y**ez. Que nous so**y**ons, que vous so**y**ez.*

ALLER		VENIR	
	INDICATIF		
Présent	Imparfait	Présent	Imparfait
je vais tu vas il va nous allons vous allez ils vont	j'allais tu allais il allait nous allions vous alliez ils allaient	je viens tu viens il vient nous venons vous venez ils viennent	je venais tu venais il venait nous venions vous veniez ils venaient

ALLER — **VENIR**

INDICATIF

Passé simple	Futur	Passé simple	Futur
j'allai	j'irai	je vins	je viendrai
tu allas	tu iras	tu vins	tu viendras
il alla	il ira	il vint	il viendra
nous allâmes	nous irons	nous vînmes	nous viendrons
vous allâtes	vous irez	vous vîntes	vous viendrez
ils allèrent	ils iront	ils vinrent	ils viendront

CONDITIONNEL

Présent		Présent	
j'irais		je viendrais	
tu irais		tu viendrais	
il irait		il viendrait	
nous irions		nous viendrions	
vous iriez		vous viendriez	
ils iraient		ils viendraient	

SUBJONCTIF

Présent	Imparfait	Présent	Imparfait
(que) j'aille	(que) j'allasse	(que) je vienne	(que) je vinsse
tu ailles	tu allasses	tu viennes	tu vinsses
il aille	il allât	il vienne	il vînt
nous allions	nous allassions	nous venions	nous vinssions
vous alliez	vous allassiez	vous veniez	vous vinssiez
ils aillent	ils allassent	ils viennent	ils vinssent

IMPÉRATIF

Présent : va, allons, allez || **Présent** : viens, venons, venez

PARTICIPE

Présent : allant **Passé** : allé || **Présent** : venant **Passé** : venu

▷ À l'impératif, **en** et **y** se placent après le verbe : *finissez-en, prends-en, venons-y.*

▷ À la 2e personne du singulier, il y a parfois adjonction d'un ***s*** par souci d'euphonie. Comparer ***Va*** *chercher* et ***vas*** *-y, penses -y…*

➟ L'emploi du verbe *être* ou du verbe *avoir*

Les verbes auxiliaires *avoir* et *être* s'emploient devant un participe passé afin de permettre la formation des temps composés.

Avoir. C'est l'auxiliaire :
- des verbes transitifs (voir p. 125) ou employés transitivement, à la voix active : *J'ai rencontré mon amie*;
- de la plupart des verbes intransitifs ;
- de tous les verbes impersonnels.

Être. C'est l'auxiliaire :
- des verbes pronominaux ;
- de tous les verbes à la voix passive ;
- d'une vingtaine de verbes intransitifs exprimant un changement de situation, un semi-état : *aller, arriver, décéder, devenir, échoir, éclore, entrer, intervenir, mourir, naître, partir* (et *repartir*), *parvenir, rester, retourner* (au sens d'« aller de nouveau »), *revenir, survenir, tomber* (et *retomber*), *venir*.

➩ Principaux verbes conjugués avec *avoir* ou *être*

Le plus souvent *avoir* marque l'action, *être* l'état résultant de l'action ou un changement de situation. *Elles ont accouru à son appel. Elles étaient accourues sur les remparts pour défendre la ville. J'ai descendu l'escalier. Je suis descendu à l'hôtel.*
C'est le cas pour : *augmenter, baisser, changer, chavirer, crever, croupir, débarquer, déborder, déchoir, dégeler, dégénérer, descendre, diminuer, disparaître, échapper, échouer, éclater, embellir, empirer, enlaidir, expirer, faillir, grandir, monter, passer, pourrir, ressusciter, sonner, stationner, trépasser, vieillir...*

▷ Selon le sens, quelques verbes prennent l'un ou l'autre auxiliaire.

Changer. *Il est bien changé. Il a bien changé.*
Échoir. *Elle est échue. Elle lui a échu.*
Rentrer. *On est rentré. On a rentré la moisson.*
Sortir. *Il est sorti. Il a sorti son chien.*

À RETENIR :

Accoucher. Aujourd'hui ne s'emploie plus guère qu'avec *avoir*.

Convenir. Si, aux temps composés, *convenir **à** quelqu'un, convenir **à** quelque chose* est toujours précédé du verbe *avoir*: *Ces propositions vous ont-elles convenu ?*, il n'en est pas de même pour *convenir **de** quelque chose*. Avec **avoir**, *convenir* a le sens de « être approprié, plaire » ou de « admettre, concéder » ; avec **être**, le sens de « décider ensemble, tomber d'accord ». Vous direz donc : *J'ai convenu que j'avais tort*, mais *Nous sommes convenus de nous revoir*. Et ce, malgré l'emploi fréquent de l'auxiliaire *avoir* (y compris par des écrivains pointilleux !). Le tour *comme convenu* est familier.

Demeurer. Au sens de « rester », se conjugue avec **être**. *Il est demeuré à son poste malgré l'ordre de repli* (Acad.). Au sens de « habiter, loger », se conjugue avec **avoir**. *Il avait demeuré trois ans à Madrid* (Acad.).

Divorcer. *Elle a divorcé de son mari, d'avec son mari* (Acad.). « Divorcer se conjugue avec l'auxiliaire *avoir*, quand on veut exprimer l'action. *Cette femme a divorcé hier*; avec l'auxiliaire *être* quand on veut exprimer l'état. *Cette femme est divorcée depuis longtemps* » (Littré).

Paraître. En édition, se conjugue avec *être* si le livre est récemment paru. *Le Goncourt est paru en juin et a été couronné hier.* Avec *avoir* si le livre a paru il y a longtemps. La Peste *a paru en 1947.*

Les temps composés

À tout temps simple, quel que soit le verbe (sauf les verbes défectifs[1]), correspond un temps composé. Comme son nom l'indique, le temps composé comprend deux éléments : auxiliaire au temps simple + participe passé correspondant.

Ces temps portent les noms suivants :

1. **Verbes défectifs**. On appelle ainsi les verbes dont la conjugaison est incomplète. Ainsi, **accroire** ne s'emploie plus qu'avec les verbes *faire* ou *laisser*. *Ce n'est pas un homme à qui l'on puisse en faire accroire.*

INDICATIF

Passé composé	j'ai marché	je suis parti
Plus-que-parfait	j'avais marché	j'étais parti
Passé antérieur	j'eus marché	je fus parti
Futur antérieur	j'aurai marché	je serai parti

SUBJONCTIF

Passé	(que) j'aie marché	(que) je sois parti
Plus-que-parfait	(que) j'eusse marché	(que) je fusse parti

CONDITIONNEL

Passé	j'aurais marché	je serais parti

☒ *Avoir* et *être* se conjuguent avec l'auxiliaire *avoir*: j'ai eu, j'avais eu ; j'ai été, j'avais été.

▷ **Les temps surcomposés**. Il s'agit de temps composés dans lesquels l'auxiliaire est lui-même à un temps composé. Ex. *Quand j'**ai eu fini** mon travail, je suis parti.*

🕮 Verbes irréguliers

☛ À RETENIR :

Asseoir et **surseoir** ont les mêmes terminaisons sauf au futur et au conditionnel où *surseoir* garde le *e* de l'infinitif : *Demain je sur**se**oirai. Si vous ne m'obéissiez pas, je sur**se**oirais*... Aux mêmes temps *as**se**oir* donne : *j'as**soi**rai, j'as**soi**rais* (faute fréquente).

Courir fait à l'imparfait *je cou**r**ais* (un *r*) mais au futur et au cond. présent : *je cou**rr**ai(s)* (deux *r*). Il en est de même pour **mourir**.

Haïr. Avec **ï** pour toute la conjugaison, sauf aux trois personnes du sing. du présent de l'ind. (*je h**ai**s, tu h**ai**s, il h**ai**t*) et à la 2e personne du sing. de l'impératif (*h**ai**s*).

Pourvoir : ne pas mettre de *e* au futur et au cond. *Je pour**vo**irai, je pour**vo**irais.*

INDICATIF					SUBJONCTIF	PARTICIPE
Verbe	Présent	Imparfait	Passé simple	Futur (et **conditionnel** avec *s* entre parenthèses)	Présent	Passé
osoudre	j'absous n. absolvons	j'absolvais	inusité	j'absoudrai(s)	(que) j'absolve	absous, te
cquérir	j'acquiers, n. acquérons	j'acquérais	j'acquis	j'acquerrai(s)	j'acquière	acquis
percevoir	j'aperçois n. apercevons	j'apercevais	j'aperçus	j'apercevrai(s)	j'aperçoive n. apercevions	aperçu
pprendre verbes **-endre**	j'apprends il apprend n. apprenons	j'apprenais	j'appris	j'apprendrai(s)	j'apprenne n. apprenions	appris
sseoir	j'assois n. assoyons ou j'assieds n. asseyons	j'assoyais n. assoyions ou j'asseyais n. asseyions	j'assis	j'assoirai(s) n. assoirons (rions) ou j'assiérai(s) n. assiérons (rions)	j'assoie n. assoyions ou j'asseye n. asseyions	assis
ttre et mposés	je bats	je battais	je battis	je battrai(s)	je batte	battu
oire	je bois n. buvons	je buvais	je bus	je boirai(s)	je boive n. buvions	bu
uillir	je bous	je bouillais	je bouillis	je bouillirai(s)	je bouille n. bouillions	bouilli
aire	il brait ils braient	il brayait	inusité	il braira (it)	inusité	brait
uire	il bruit	il bruissait	inusité	inusité	bruisse	inusité
re	je clos tu clos il clôt	inusité	inusité	je clorai(s)	je close	clos
nclure	je conclus il conclut ils concluent	je concluais	je conclus il conclut ils conclurent	je conclurai(s)	je conclue n. concluions	conclu
nfire	je confis n. confisons	je confisais	je confis	je confirai(s)	je confise	confit
nnaître verbes **-aître**	je connais il connaît	je connaissais	je connus n. connûmes	je connaîtrai(s)	je connaisse il connaisse n. connaissions	connu
udre et mposés	je couds il coud n. cousons ils cousent	je cousais	je cousis n. cousîmes	je coudrai(s)	je couse	cousu
aindre verbes **-aindre**	Je crains n. craignons ils craignent	je craignais	je craignis n. craignîmes	je craindrai(s)	je craigne	craint
oire	je crois n. croyons	je croyais n. croyions	je crus n. crûmes	je croirai(s)	je croie n. croyions	cru
eillir et mposés	je cueille	je cueillais	je cueillis	je cueillerai(s)	je cueille	cueilli
ire et verbes **-uire**	je cuis n. cuisons	je cuisais n. cuisions	je cuisis n. cuisîmes	je cuirai(s)	je cuise	cuit
choir	je déchois	je déchoyais n. déchoyions	je déchus	je déchoirai(s) je décherrai(s) (vieilli)	je déchoie	déchu

INDICATIF						SUBJONCTIF	PARTICIPE
Verbe	Présent	Imparfait	Passé simple	Futur (et **conditionnel** avec *s* entre parenthèses)		Présent	Passé
devoir	je dois n. devons	je devais n. devions	je dus	je devrai(s)		(que) je doive n. devions	dû, due dus, dues
dire	je dis n. disons v. dites	je disais	je dis n. dîmes v. dîtes	je dirai(s)		je dise	dit
dormir	je dors n. dormons	je dormais	je dormis	je dormirai(s)		je dorme	dormi
écrire	j'écris n. écrivons	j'écrivais	j'écrivis	j'écrirai(s)		j'écrive	écrit
faillir	inusité	inusité	je faillis	je faillirai(s)		inusité	failli
faire	je fais n. faisons v. faites	je faisais	je fis	je ferai(s)		je fasse	fait
falloir	il faut	il fallait	il fallut	il faudra(it)		il faille	fallu (inv.)
frire	je fris il frit pas de pl.	inusité	inusité	je frirai(s)		inusité	frit
fuir	je fuis n. fuyons	je fuyais n. fuyions	je fuis	je fuirai(s)		je fuie n. fuyions	fui
joindre et verbes en **–oindre**	je joins il joint n. joignons	je joignais	je joignis n. joignîmes	je joindrai(s)		je joigne n. joignions	joint
lire et composés	je lis n. lisons	je lisais	je lus	je lirai(s)		je lise	lu
luire et composés	je luis	je luisais	je luisis	je luirai(s)		je luise	lui (inv.)
mentir, sentir et composés	je mens n. mentons	je mentais	je mentis	je mentirai(s)		je mente	menti
mettre	je mets n. mettons	je mettais	je mis	je mettrai(s)		je mette	mis
moudre	je mouds il moud n. moulons	je moulais	je moulus	je moudrai(s)		je moule	moulu
mourir	je meurs n. mourons	je mourais	je mourus	je mourrai(s)		je meure	mort
mouvoir	je meus n. mouvons	je mouvais	je mus	je mouvrai(s)		je meuve n. mouvions	mû, mue, mus, mues
naître[1]	je nais n. naissons	je naissais	je naquis	je naîtrai(s)		je naisse	né
paître[2] et *repaître*	je pais il paît	je paissais	inusité	je paîtrai(s)		je paisse	sans part. pa (mais repu)
paraître	je parais	je paraissais	je parus	je paraîtrai(s)		je paraisse	paru
peindre et verbes en **-eindre**	je peins il peint n. peignons	je peignais	je peignis n. peignîmes	je peindrai(s)		je peigne n. peignions	peint

1. *Renaître* n'a pas de participe passé.
2. *Paître* n'a pas de participe passé.

	INDICATIF				SUBJONCTIF	PARTICIPE
Verbe	Présent	Imparfait	Passé simple	Futur (et conditionnel avec *s* entre parenthèses)	Présent	Passé
ire	je plais il plaît	je plaisais	je plus	je plairai(s)	(que) je plaise	plu
urvoir	je pourvois n. pourvoyons	je pourvoyais n. pourvoyions	je pourvus	je pourvoirai(s)	je pourvoie n. pourvoyions	pourvu
evoir	je reçois n. recevons	je recevais	je reçus	je recevrai(s)	je reçoive n. recevions	reçu
oudre	je résous il résout	je résolvais	je résolus	je résoudrai(s)	je résolve	résolu
	je ris n. rions	je riais n. riions	je ris n. rîmes	je rirai(s)	je rie n. riions	ri
npre et *mposés*	je romps il rompt	je rompais	je rompis	je romprai(s)	(que) je rompe	rompu
voir	je sais n. savons	je savais	je sus	je saurai(s)	je sache	su
vir	je sers n. servons	je servais	je servis	je servirai(s)	je serve	servi
rtir	je sors n. sortons	je sortais	je sortis	je sortirai(s)	je sorte	sorti
ffire	je suffis n. suffisons ils suffisent	je suffisais	je suffis ils suffirent	je suffirai(s)	je suffise	suffi (inv.)
vre	je suis n. suivons	je suivais	je suivis	je suivrai(s)	je suive	suivi
seoir	je sursois n. sursoyons	je sursoyais n. sursoyions	je sursis	je surseoirai(s)	je sursoie n. sursoyions	sursis (ayant sursis)
e	je tais n. taisons	je taisais	je tus	je tairai(s)	je taise	tu
ir, venir *composés*	je tiens n. tenons	je tenais	je tins n. tînmes	je tiendrai(s)	je tienne n. tenions	tenu
re et *mposés*	je trais n. trayons	je trayais	inusité	je trairai(s)	je traie n. trayions	trait
ncre et *vaincre*	je vaincs il vainc n. vainquons	je vainquais	je vainquis	je vaincrai(s)	je vainque	vaincu
oir	je vaux tu vaux il vaut n. valons	je valais	je valus n. valûmes	je vaudrai(s)	je vaille n. valions	valu
r	je vêts n. vêtons	je vêtais	je vêtis	je vêtirai(s)	je vête	vêtu
e et *mposés*	je vis n. vivons	je vivais	je vécus n. vécûmes	je vivrai(s)	je vive	vécu
	je vis n. voyons	je voyais n. voyions	je vis	je verrai(s)	je voie n. voyions	vu
loir	je veux tu veux il veut n. voulons	je voulais	je voulus n. voulûmes	je voudrai(s)	je veuille n. voulions ils veuillent	voulu

Particularités

Notez encore quelques « pièges » qu'il vous sera facile d'éviter.

Asservir se conjugue sur *finir* et non sur *servir.*

Assortir et **ressortir à** se conjuguent sur *finir.*

Battre son plein. Cette expression devrait être employée au singulier : *La marée bat son plein.* Lorsque l'usage l'emploie au pluriel, il convient de dire *leur plein* : *Les enchères battent leur plein.*

Contacter. « L'emploi de ce terme est à déconseiller en dehors du langage international, du renseignement ou de la clandestinité » (Acad.). On pourra employer *se mettre en rapport avec, prendre contact avec, rencontrer, s'entretenir avec.*

Débuter est un verbe intransitif : *Ce programme débute par un concert* et non **Nous débutons ce programme par un concert.* L'emploi transitif est critiqué. *Il a mal débuté sa journée* (H.). Préférez : *commencé.*

Forfaire et **parfaire** se conjuguent sur *faire.*

Gésir n'est plus utilisé qu'à l'ind. prés. : *je gis, tu gis, il gît*... et imparfait : *je gisais, tu gisais, il gisait.* Part. présent : gisant. ***Ci-gît***.

▷ Les verbes suivants ne s'emploient qu'à certains modes, temps et personnes. **Accroire** à l'infinitif : *faire accroire, s'en laisser accroire* (voir « Verbes défectifs », p. 159). **Chaloir** dans l'expres. *peu m'en chaut, peu me chaut.* **Choir** à l'infinitif précédé de *laisser, faire* ; au part. pas. *chu, chue* ; au présent de l'ind., *il choit* ; au passé simple *il chut* ; au futur seulement dans l'expres. *La bobinette cherra.* **Férir** dans l'expres. *sans coup férir* et au part. pas. pris adjectivement : *être féru de...* **Occire** à l'infinitif et aux temps composés (part. pas. *occis, e*). **Quérir** à l'infinitif après les verbes *aller, envoyer, faire, venir* (ne pas oublier l'accent sur le *e*).

☛ À RETENIR :

S'ensuivre n'est usité qu'à la 3e personne du singulier et du pluriel, ainsi qu'à l'infinitif. Favorisez ***Il s'est ensuivi*** au détriment de *Il s'en est ensuivi* (fam.). Si la phrase est affirmative, ce verbe est toujours suivi de l'indicatif : *Il s'ensuit que j'ai rompu avec lui.* Si la phrase est interrogative ou négative, il est suivi du subjonctif : *S'ensuit-il que vous ayez raison ?* ou *Il ne s'ensuit pas que vous ayez raison.*

Présenter. *On se présente à un examen.* ☒ Faute fréquente : **Pré-senter un examen.*

Sanctionner. Est souvent employé abusivement dans le sens de punir. *On punit un individu, on sanctionne sa faute.*

Vous avez désormais acquis les bases essentielles afin de ne plus faire de fautes, mais nous n'avons pu traiter les cas les plus rares. Heureusement, il existe de nombreux ouvrages spécialisés qui vous donneront la solution. N'hésitez pas à les consulter.

Quel mode employer : l'indicatif ou le subjonctif ?

Comparons *Je vois qu'il cour**t*** et *Je doute*[1] *qu'il cou**re*** ; *Je sus qu'il par**la*** et *Il fallut qu'il parl**ât***.
Vous voyez que le subjonctif est un mode qui exprime des faits dont la réalité n'est pas certaine.
On a recours obligatoirement au subjonctif dans les subordonnées conjonctives commençant par :

à condition que	en admettant que	quel… que
afin que	en attendant que	quelque… que…
à moins que	en dépit que	quoique
au lieu que	jusqu'à ce que	quoi que
avant que	loin que	sans que
bien que	non que	si… que…
de manière que	pour peu que	soit que
de peur que	pour que	supposé que
de sorte que	pourvu que	

… et à la suite de la conjonction **que**, chaque fois qu'elle a le sens de « si bien que, sans que ». *S'il fait beau, et que nous puissions partir.*

1. **Douter** offre des nuances intéressantes. Après ***douter que***, le verbe est au subj. *Je doute qu'il veuille venir*, mais dans une phrase négative, *douter que* peut être suivi d'un verbe à l'indicatif s'il exprime une réalité. *Je ne doute pas que ce professeur me passionnera* (j'en suis certain). ***Se douter que*** entraîne l'indicatif ou le conditionnel. *Je me doute bien qu'elle m'aimera un jour. Je me doutais bien qu'elle m'aimerait un jour.*
Le ***ne*** explétif. En principe le *ne* accompagne le subj. *Je ne doute pas qu'il ne réussisse.* Dans une phrase nettement affirmative, le *ne* peut être omis. *Doutes-tu qu'on t'ait dérobé ton portefeuille ?* Dans les propositions comparatives, vous avez le choix. *Il est autre que je croyais* ou *que je ne croyais.* (Voir p. 216.)

☛ À RETENIR :

Après que demande l'indicatif ; **avant que**, toujours le subjonctif.

N'eût été est toujours au subjonctif.

Lorsque le verbe de la principale exprime le doute, un désir, un souhait, un regret, une supposition, un conseil, un ordre, la crainte, l'interdiction, le verbe de la subordonnée est toujours au subj. *Je doute qu'il **veuille** venir. Supposons qu'il **vienne**. Je souhaite qu'il **soit** reçu...*

Le subjonctif est aussi obligatoire dans la subordonnée conjonctive quand elle précède la principale. *Je sais qu'il vient* (ind.), mais *Qu'il vien**ne**, je le sais* (subj.).

Le subjonctif s'emploie aussi pour exprimer des nuances de pensée.
- Dans les subordonnées conjonctives. *Croyez-vous qu'il viendra ?* (à l'ind., on pense qu'il va arriver bientôt). *Croyez-vous qu'il **vienne** ?* (au subj., on en doute fortement).
- Dans les subordonnées relatives. *Je cherche l'outil qui convient* (il existe sûrement, je vais le trouver). *Je cherche un outil qui convien**ne*** (le subj. marque que l'on doute qu'il y en ait un).
- Dans les propositions indépendantes pour exprimer :
  - un ordre : *Qu'il **sorte** !*
  - un souhait : ***Puissiez**-vous partir !*
  - une indignation : *Que je **fasse** une si pauvre chère !*
  - une concession : *Soit ! Qui m'aime me **suive**...*

▷ **Un petit « truc »**. En cas de doute, remplacez le verbe par « venir ». Si vous obtenez *vient*, il faut l'indicatif. Si vous obtenez *vienne*, il faut le subjonctif. *Je crois qu'il **court*** (*je vois qu'il **vient***, donc ind.). *Je doute qu'il **coure*** (*je doute qu'il **vienne***, donc subj.).

➠ L'imparfait ou le passé simple ?

☛ L'ESSENTIEL :

À l'écrit, nous avons souvent recours au passé simple dès lors que nous avons à situer, à dater un moment du passé. En effet, dans le récit du passé, le passé simple exprime l'évènement qui survient dans une situation (un décor, une circonstance) décrite à l'imparfait. En d'autres termes, l'imparfait est le temps de la description des faits antérieurs au moment où je parle, et le passé simple le temps de l'action.

– **L'imparfait**. On l'emploie pour marquer l'habitude, un état durable ou un évènement en train de se dérouler : *J'allais tous les jours au bureau. Hier, à neuf heures, il pleuvait* (il était en train de pleuvoir).

– **Le passé simple**. Il marque l'exception ou un évènement qui survient soudainement : *Un jour, je n'y allai pas. Hier, à neuf heures, il plut* (il se mit à pleuvoir).

▷ À la première personne du singulier des verbes du premier groupe, l'imparfait est en **-ais** ; le passé simple en **-ai**. Un petit « truc » pour ne pas vous tromper : Si je peux remplacer le verbe par « j'étais en train de » ou par « j'avais l'habitude de », c'est l'imparfait. J'écris donc **-ais**.

➠ Futur ou conditionnel ?

Le futur exprime le projet, par rapport à maintenant, alors que le conditionnel est le mode de la possibilité soumise à condition, de l'éventualité et de l'imaginaire. Il se comporte comme le « cinquième » temps simple de l'indicatif lorsqu'il exprime un futur par rapport au passé.

Comparez : *Il m'affirme qu'il viendra* et *Il m'affirma qu'il viendrait* et reportez-vous aux tableaux des pages suivantes.

N'oubliez pas ce que vous avez lu. Terminaison **-rai** (si vous transposez à la 1re personne du pluriel, vous obtenez **-rons**, c'est donc un futur), terminaison **-rais** (donnerait **-rions**, donc cond.). Et n'oubliez pas la formule magique (et mnémotechnique) que l'on enseignait jadis : « Les *si* n'aiment pas les *ré* » (c'est-à-dire le **-rais** du conditionnel). Cela vous évitera d'écrire **Si j'aurais su* sur le modèle ironique du personnage de Pergaud : « Si j'aurais su, j'aurais pas venu. »

EMPLOI DE L'INDICATIF ET DU CONDITIONNEL

	INDICATIF		CONDITIONNEL
	Fait certain	**Fait probable**	**Fait possible ou éventuel**
Présent	*Il fait beau.* *Je* ***sors*** *!* Constat, et sa conséquence	*S'il fait beau,* *je* ***sors*** *!* Valeur exclamative. Décision impérative concernant le futur immédiat	*S'il faisait beau* (maintenant), *je* ***sortirais****.* Impossibilité présente. L'éventualité est exprimée à l'imparfait
Futur	*Il fait beau.* *Je* ***sortirai****.* *Il fera beau.* *Je* ***sortirai****.* Certitude	*S'il fait beau demain,* *je* ***sortirai****.* C'est probable ou fort possible. La probabilité est exprimée au présent	*S'il faisait beau demain, je* ***sortirais****.* C'est improbable. L'éventualité, quasi impossible, est exprimée à l'imparfait
Présent ayant forme de futur	*Je vous* ***serai*** *obligé de me faire savoir…* Ordre		*Je vous* ***serais*** *reconnaissant de me faire savoir…* Atténuation { politesse, supplique
Futur	*Tu* ***logeras*** *là ?* Question		*Tu* ***logerais*** *là ?* Doute, étonnement

➪ Les nuances du conditionnel

Si je ne te savais pas si étourdi (mais je le sais), *je te confierais cette lettre* ➞ impossible dans le présent.

Si tu me donnais ton adresse (tu vas peut-être me la donner), *j'irais te voir* ➞ possible dans l'avenir.

Si j'avais su que tu étais à Paris (mais je ne le savais pas), *je serais allé chez toi* ➞ condition non réalisée.

EMPLOI DES TEMPS (INDICATIF)

AVANT			MAINTENANT		APRÈS	
ENCORE AVANT	AVANT	LIAISON ENTRE AVANT ET MAINTENANT	JUSTE AVANT	JUSTE APRÈS	CONDITION DU PROJET	PROJET
Situation						
*Il **avait** dépéri* (*plus-que-parfait.*)	*Il **était** malade* (imparfait)	*Il **a souffert*** (passé composé)	*Il **vient de se rétablir*** (passé immédiat) *Je le **rencontre*** (présent du reporter : instantané)	*Il **va reprendre** ses activités* (futur immédiat)	*Quand il **aura retrouvé** un emploi* (futur antérieur)	*Il **gagnera** sa vie* (futur)
Évènement						
*Quand il **eut consulté*** (pas. antérieur)	*On le **soigna*** (pas. simple)	*Il **guérirait*** (conditionnel)	*Il se **porte** bien, il **mange**, il **dort*** (présent de description : situation)			
*La santé **est** le plus précieux des biens.* (présent permanent)						

Simple rappel : les temps composés marquent l'antériorité. Si vous souhaitez parler d'un fait qui s'est passé *avant un autre*, vous aurez recours à un temps composé. Ex :

Moment		**Avant**
Indicatif présent		Passé composé
Je sors	←→	*J'ai fini*
Imparfait		Plus-que-parfait
Je sortais	←→	*J'avais fini*
Passé simple		Passé antérieur
Je sortis	←→	*Quand j'eus fini*
Futur		Futur antérieur
Je sortirai	←→	*Quand j'aurai fini*
Conditionnel présent		Conditionnel passé
Je sortirais	←→	*J'aurais fini*
Subjonctif présent		Subjonctif passé
Pour que je sorte	←→	*Il faut que j'aie fini*

Le fait exprimé par le temps composé s'antériorise dans le passé surcomposé : *J'aurais eu fini* plus tôt si *j'avais été* plus vif.

🕮 Concordance des temps

Avec un présent ou un futur dans la principale, le verbe de la subordonnée est :

1. Au présent du subjonctif pour désigner un fait présent ou futur : *J'attends qu'il parte, j'attendrai qu'il parte.*

2. Au passé du subjonctif pour désigner un fait passé : *Je doute qu'il ait dormi cette nuit.* ☒ Avec un passé dans la principale, il se mettra : soit à l'imparfait du subjonctif pour marquer un fait présent ou futur : *Je faisais le vœu qu'il vînt,* soit au plus-que-parfait du subjonctif pour indiquer un fait passé : *Je déplorais qu'il fût venu.*

Avec un conditionnel présent dans la principale, la subordonnée est à l'imparfait ou au présent du subjonctif : *Il faudrait qu'il fît* ou *qu'il fasse.*

Testez vos connaissances
Le verbe

Corrigez les fautes du texte suivant :

Thomas a abordé ce chapître avec appréhension. Mais dussé-je y passer mes nuits, se promit-il, plus jamais je n'hésiterais à bien employer un temps, un mode à bon escient. Je ne céderai pas à la facilité. Mariée il y a peu, mon épouse ne voulait pas que nous nous couchions trop tard. Il faut que nous soyions raisonnables, me disait-elle. Ces propositions m'ont-elles convenues ? me direz-vous. Je sursoierais ma réponse, en attendant de voir si elles me conviennent. En attendant, je m'assoierai dans un profond fauteuil, après que j'aurais lu ce livre si passionnant. Peut-être même prendrai-je le temps de contacter mon ami Pierre. En attendant, j'évoque le temps où je présentais l'examen de philo.

(Voir solution p. 278.)

7 Des mots à ne pas confondre

Homonymes, homophones, barbarismes, solécismes, impropriétés, paronymes, pléonasmes, la liste est longue, mais, heureusement, il vous sera aisé de déjouer les pièges suscités par ces rubriques que nous avons voulu rendre attrayantes. Ne plus commettre un barbarisme, une impropriété, c'est respecter les règles du « savoir écrire », donc du savoir-vivre.

☛ L'ESSENTIEL :

Les **homonymes** sont des mots de prononciation identique mais de sens différent. *Le soutien-gorge maintient les* ***seins*** *et* ***ceint*** *la poitrine. Après avoir* ***conté*** *une belle histoire, il se remit à* ***compter*** *ses sous.*
« *"Verre", "vair", "ver", "vers"* et *"vert"* sont des homonymes » (Acad.).

Les **homographes** sont des mots de sens différent mais de graphie identique. *Après avoir été* ***pêcher*** *dans la rivière, il alla cueillir des pêches sur le* ***pêcher*** *de son ami.*
« Les mots *"mule"*, animal, et *"mule"*, chaussure, sont à la fois homonymes et homographes » (Acad.).

Les **homophones** sont des mots de sens et de graphie différents mais qui ont, à l'oral, la même prononciation. *La* ***mer*** *est bleue. La* ***mère*** *allaite son enfant. Le* ***maire*** *a été élu à l'unanimité.*
« Les mots *"saut"* et *"sot"* sont homophones » (Acad.).

Les **paronymes** sont, le plus souvent, des « faux frères ». Les mots s'écrivent « presque » de la même façon mais ont un sens différent. *Un enfant* ***prodige*** *est un enfant doué et précoce. Un enfant* ***prodigue*** *est celui qui revient au domicile familial après l'avoir quitté.*

Les homonymes

Les homonymes homographes

Les homonymes n'offrent que rarement l'occasion de se tromper, car le sens est fixé par le genre. Voici les principaux homonymes « masculins-féminins » (homonymes homographes) qui peuvent vous induire en erreur.

MASCULIN	FÉMININ
Un...	**Une...**
aide. Adjoint, celui qui aide[1].	**aide**. Celle qui aide, qui porte du secours.
aigle.	**aigle**. Voir « Le genre », p. 74.
aria vx., pour « souci, tracas ».	**aria**. Mélodie.
barde. Poète celte.	**barde**. Mince tranche de lard, armure pour les chevaux.
cache. Qui fait écran	**cache**. Lieu où l'on se cache.
carpe. Os du poignet.	**carpe**. Poisson d'eau douce.
cartouche. Ornement servant d'encadrement à une inscription.	**cartouche**. Projectile, recharge d'encre, *cartouche de cigarettes*.
coche vx., grand chaland, voiture.	**coche** vx., pour « entaille ».
couple. Un homme et une femme unis par l'amitié, le mariage. Par ext. : *Un couple de pigeons...*	**couple**. Lien servant à attacher deux animaux de la même espèce. Ensemble de deux choses de même espèce : *Une couple d'heures.*
crêpe. Étoffe de laine ; de deuil.	**crêpe**. Pâtisserie.
critique. Personne qui juge une œuvre. *Un critique littéraire.*	**critique**. Jugement, article. *Une critique acerbe.*

1. On écrit avec trait d'union : **aide-chimiste**, **aide-soignante**... mais **aide de camp**. Au pluriel, les deux éléments prennent *s*, sauf *des aides de camp.* ☒ *Un, des aide-mémoire* (inv., valeur verbale). Voir « Le nombre », p. 87 *sq.*

Ne confondez pas **un final** : partie musicale qui clôt une œuvre, avec **une finale** : *la finale du championnat ; la lettre finale d'un mot.*

MASCULIN	FÉMININ
enseigne. Porte-drapeau ; officier de marine. *Un enseigne de vaisseau.* ☒ Emploi toujours au masc. même si c'est une femme qui a ce grade, qui correspond à sous-lieutenant (2e classe) ou lieutenant (1re classe).	**enseigne**. Panonceau, drapeau. *Enseigne publicitaire lumineuse.*
espace. *Un espace restreint.*	**espace**. En TYPO. *Une espace fine.*
foudre. Grand tonneau. *Un foudre de guerre* (vx.) mais, moderne : *Ce n'est pas un foudre de guerre* (péj.).	**foudre**. Décharge électrique. Reproches. *S'attirer les foudres de quelqu'un.*
garde. Personne qui garde, qui a la charge de garder. *Un garde forestier.*	**garde**. Action de garder ; corps de troupe. *La Garde impériale.*
garenne. Lapin vivant dans une garenne. *Un garenne en civet.*	**garenne**. Lieu où vivent les lapins à l'état sauvage.
gîte. Lieu où l'on demeure ; lieu où s'abrite le lièvre.	**gîte**. Inclinaison d'un navire. *Donner de la gîte.*
greffe. Bureau où sont gardés les actes de procédure. *Le greffe du tribunal.*	**greffe**. Insertion d'un greffon (plante, homme). *La greffe a bien pris.*
guide. Personne qui montre le chemin, fait visiter un monument. ☒ n. masc. pour l'Académie : *Cette femme est un excellent guide*. Emploi au fém. : *La guide est très cultivée.* L'usage au fém. gagne du terrain.	**guide**. Jeune fille pratiquant le scoutisme. Au pluriel le plus souvent : lanières de cuir servant à diriger un cheval. *Lâcher les guides.*
hymne. Chant national ou poème antique. *Les hymnes homériques. Un hymne dédié à la nature.*	**hymne**. Cantique religieux. *Une hymne d'action de grâces.*
livre. Volume broché ou relié. *Un livre de chevet, de cuisine, de comptes…*	**livre** VX., unité de poids. *La livre se divisait en onces*. Un demi-kilo. *Acheter une demi-livre de beurre.* Unité monétaire anglaise. *Des livres sterling* (inv.).

L'expression **être en bras de chemise**, « sans veste », est entrée dans l'usage au détriment de *être en manches de chemise* qui était plus conforme à la logique.

Horloge. D'abord masc. ; le féminin apparaît au XIIIe siècle mais ne s'impose qu'au XVIIe siècle. Stendhal, Hugo l'emploient encore au masc. Le masc. subsiste dans **le Gros-Horloge** à Rouen.

MASCULIN	FÉMININ
manche. *Un manche à gigot, un manche de pioche.*	**manche**. D'un vêtement. *Une manche raglan. Des manches ballon* (inv.).
manœuvre. Ouvrier. *Faire appel à un manœuvre spécialisé.*	**manœuvre**. Action de manœuvrer. *Exécuter une manœuvre. Faire une fausse manœuvre* (sans -). Exercice d'une troupe. *Un champ de manœuvres.*
mémoire. Écrit. *Rédiger un mémoire.* Souvenirs : *Rédiger ses mémoires* (au pluriel).	**mémoire**. Faculté de se rappeler le passé. *Elle a une excellente mémoire.*
mode. Forme d'un verbe. *Le mode indicatif, le mode subjonctif.* Manière d'être. *Un mode de vie…*	**mode**. Usage passager. *La mode est une fille à qui sa mère veut survivre* (L.-P. Fargue).
moule. Empreinte, modèle. *Un moule à cire perdue.*	**moule**. Mollusque bivalve. *Manger des moules marinière* (inv.).
mousse. Apprenti marin.	**mousse**. Plante, écume, crème.
œuvre. Murs d'une construction. *Le gros œuvre est achevé.* Recherche de la pierre philosophale. *Le grand œuvre.* Ensemble de la production d'un artiste. *Tout l'œuvre de Balzac* (voir p. 81).	**œuvre**. Fruit d'un travail manuel ou intellectuel. *Il a fait là une œuvre magistrale. Une œuvre pieuse.* ☒ Au pluriel, œuvres est toujours féminin. *Que tes œuvres sont belles !*
office. Emploi, fonction, service divin, bureau. *L'office de tourisme.* Personnel de l'office (voir ci-contre). *L'office est très nombreux* (Acad.).	**office**. « Lieu où l'on prépare ou resserre le matériel pour la table ».
ombre. Poisson ressemblant au saumon. ☒ À ne pas confondre avec l'*omble chevalier.*	**ombre**. Zone obscure.
page. Jeune noble placé auprès d'un roi, d'un seigneur, d'une grande dame.	**page**. Chacun des deux côtés d'une feuille. *Tourner les pages d'un livre.*
paillasse. Bouffon, bateleur (vx.).	**paillasse**. Matelas grossier ; meuble de cuisine, de laboratoire.
parallèle. Comparaison. *Faire un parallèle entre deux propositions.*	**parallèles**. Lignes qui ne se coupent pas.
pendule. Balancier. *Un pendule de radiesthésiste.*	**pendule**. Horloge. *Une pendule murale.*
physique. Aspect. *Il a un beau physique.*	**physique**. Science. *La physique et la chimie forment la physico-chimie.*

MASCULIN	FÉMININ
platine. Métal précieux.	**platine**. Pièce d'horlogerie. Plateau d'un électrophone. *Platine radio, laser.*
poêle. Fourneau, drap mortuaire. *Tenir les cordons du poêle.*	**poêle**. Ustensile de cuisine. *Une poêle à frire.*
politique. Homme qui exerce des responsabilités dans la politique. *C'est un fin politique. C'est un politique, pas un militaire.* Ce qui se rapporte à la politique. *Le politique et le social.*	**politique**. Art de gouverner un pays. *Ne songer qu'à soi et au présent, source d'erreur dans la politique* (La Bruyère). Manière de mener une affaire. *La politique commerciale d'une société.* Expres. : *La politique de l'autruche.*
pupille. Orphelin placé en tutelle. *Un pupille de la Nation.*	**pupille**. Ouverture de l'iris par laquelle passe la lumière. Orpheline.
romance. Poème en espagnol et chanson espagnole composés en octosyllabes.	**romance**. Chanson sentimentale. *Une romance napolitaine.*
solde. En comptabilité. *Un solde positif*. Marchandises vendues au rabais. *Soldes permanents particulièrement intéressants. Solde de tout compte* au sing.	**solde**. Traitement versé aux militaires et à certains fonctionnaires civils. Expres. : *Être à la solde de quelqu'un* (péj.).
somme. Temps court consacré au sommeil. *Faire un petit somme*.	**somme**. Total, argent ; charge d'un animal. *Une bête de somme.*
tour. Machine ; promenade ; farce. *Un tour de potier. Il lui a joué un bon tour.*	**tour**. Bâtiment construit en hauteur et qui domine le plus souvent l'ensemble architectural. *Les tours de Notre-Dame.*
trompette. Celui qui joue de la trompette[1] dans un régiment (de cavalerie le plus souvent).	**trompette**. Instrument à vent. Expres. : *Partir sans tambour ni trompette*, partir discrètement.
vague. Ce qui est imprécis.	**vague**. Mouvement de l'eau.
vapeur. Navire mû par la vapeur (vx.).	**vapeur**. Buée. Expres. : *à la vapeur*, mode de cuisson.
vase. Récipient. *Les vases communicants.*	**vase**. Boue. *S'enliser dans la vase.*
voile. Morceau d'étoffe. *Un voile transparent*. Au fig. *Lever le voile sur une affaire.*	**voile**. Toile pour faire avancer un navire. *Un bateau à voiles. La grand-voile* (avec -).

1. **Trompette**. On appelle **trompettiste** le musicien qui en joue (depuis 1821). A donné un nom de champignon, *trompette-des-morts* (1845) puis *trompette-de-la-mort* (1923).

Des homonymes avec ou sans accent

Grâce à l'accent, vous éviterez des fautes impardonnables.

à : prép.	**a** : 3e personne de l'ind. présent du verbe *avoir*
là : adv.	**la** : article défini
çà : adv.	**ça** : contraction de *cela*
où : adv.	**ou** : conjonction (*ou bien*)

À RETENIR :

Ça, pronom démonstratif, ne doit s'employer que pour désigner des choses non animées. *Il n'y a pas de mal à ça.* Tour fam. ou ironique, voire péj., pour désigner des personnes. En parlant d'un enfant : *Ça a déjà un an et ça nous fait enrager.* Marque l'étonnement. *Ça, par exemple!* L'indignation. *Ah, ça, alors !* (ou *Ah ! ça alors*). Bien que peu élégante, l'élision entre dans l'usage. *Ça a été formidable* ou *C'a été.* **Çà**, adverbe de lieu. *Viens çà, que je te voie.* Interj. (vx.) *Çà, partons !*

Les homophones[1]

Vous reconnaîtrez aisément, d'après le sens, les homophones monosyllabiques : *le père, le pair, la paire* ; *le poids, le pois, la poix.* D'autres peuvent être source d'erreurs, dues le plus souvent à l'inadvertance, notamment dans les mots suivants.

Accord. *Il a passé un accord avec lui* ; **accort** : C*'est une jeune fille accorte.*

Acquit. *Pour acquit. Par acquit de conscience* ; **acquis** : *fait acquis, avantages acquis* (adj.) ; subst. pour désigner ce qui est acquis : *Ces diplômes lui constituent un acquis exceptionnel.*

Agate. Pierre précieuse ; **Agathe** : prénom (*agate* vient du grec *Akhatês*, nom d'une rivière de Sicile ; *Agathe* est une vierge et martyre de Sicile).

1. Les écrivains aiment jongler avec les homophones. *Le grand Dieu fit les* planètes, *et nous faisons les* plats nets (Rabelais). *Je te salue,* geai *d'eau d'un noir de* jais (Prévert).

Air. *Un air de musique. Il a l'air méchant. L'air est irrespirable*; **aire** indique la surface, le nid d'un oiseau de proie, le soubassement d'une construction, en aviation *l'aire d'atterrissage* et encore *une aire de jeux, l'aire d'un triangle, une aire d'influence, d'activité...* ; **ère** marque une époque : *l'ère chrétienne, l'ère industrielle, l'ère primaire*; **erre** indique qu'un navire avance grâce à la vitesse acquise, moteurs stoppés ; **erres** : traces d'un animal ; **ers** : variété de lentilles ; **haire** : étoffe grossière. *Porter la haire en signe de mortification*; **hère** : homme pitoyable. *Un pauvre hère.*

Amande. *Une amande douce*; **amende** : *Sous peine d'amende. Faire amende honorable.*

Autel. Table où l'on célèbre la messe par allusion à la table de pierre sur laquelle, dans l'Antiquité, on offrait des sacrifices. On écrit **maître-autel** (avec -) ; **hôtel** : établissement où l'on loge.

Au temps. *Au temps pour les crosses. Au temps pour moi*; **autant** adv. : *J'ai autant de chances pour moi.*

Baccara. Jeu ; **baccarat** : cristal.

Bailler. Dans l'expression *Vous me la baillez belle*; **bâiller** : *bâiller d'ennui, de fatigue, de faim*; **bayer** : *bayer aux corneilles* (prendre son temps, rêvasser).

Bal. Réunion dansante ; **balle** : *jouer à la balle. Une balle de fusil. Une balle de coton. Une paillasse en balle d'avoine.* Argot. *T'as pas cent balles ?* (emploi toujours au pluriel). ☒ La variante **bale d'avoine* n'est plus admise, y compris par l'Académie.

Balade. Promenade ; **ballade** : poème à forme fixe. Récit en vers. *Les « Odes et Ballades » de V. Hugo. Les ballades écossaises.* Morceau de musique *Les « Ballades » de Chopin.* ☒ Faute la plus fréquente – et la plus grossière. Retenez : **balade** avec un *l* n'a qu'une seule acception ; avec deux *l* en a plusieurs.

Ban. Proclamation solennelle. *Publier les bans.* Roulement de tambour : *ouvrez, fermez le ban.* Expres. : *le ban et l'arrière-ban. Être en rupture de ban*; **banc** : siège ; amas : *banc de sable, de roches.* Rassemblement : *banc de poissons, d'huîtres.*

Brocard. Raillerie. *Essuyer les brocards de quelqu'un.* Chevreuil mâle, spécialement jeune chevreuil (moins d'un an). *Vieux brocard* (plus de deux ans) ; **brocart** : étoffe de soie brochée d'or ou d'argent. ☒ Lorsque vous écrivez ce mot, pensez au verbe *brocarder.* En ce cas, écrivez *brocard.*

Buter. Se heurter. *Buter contre un obstacle* (pensez à *buteur, butin*) ; **butter** : garnir de terre. *Butter des pommes de terre.* ☒ Argot. L'Académie privilégie **buter** (*se buter,* se suicider) mais admet *butter.*

Cahot. Saut fait par une voiture ; **chaos** : désordre.

Cane. Femelle du canard ; **canne** : bâton et sucre de canne ; **Cannes** (la ville de).

Catarrhe. Rhume ; **cathare** : secte. *L'hérésie cathare.*

Céans adv. vx., pour « ici dedans ». *Le maître de céans,* du logis ; **séant** n. m. : *se dresser sur son séant* et fam. « derrière » ; **séant, e** adj. : qui est convenable.

Censé signifie « supposé, réputé ». *Nul n'est censé ignorer la loi* ; **sensé** : qui a du bon sens. *Un homme sensé n'ignore pas la loi.*

Censément. Par supposition. *Censément, c'est lui l'assassin* ; **sensément** : d'une manière sensée. *Agir sensément.*

Cep. Pied de vigne ; **cèpe** : champignon. ☒ Au sing., ne pas mettre de *s* à *cep.*

Cession. Abandon, vente ; **session** : *session extraordinaire. Échouer à la session de juin.*

Chair. Enveloppe du squelette. *Être bien en chair. En chair et en os.* Nourriture. *Chair à saucisse* ; **chaire** : tribune, estrade, siège. *Parler du haut de la chaire* ; **cher** : aimé. *Un être cher.* Coûteux. *Cela coûte cher* ; **chère** : nourriture. *Aimer la bonne chère.*

☛ À RETENIR :

Ne confondez pas **chair** et **chère**, vous risqueriez des ennuis si vous orthographiez *J'aime la bonne *chair et m'en régale quand elle est fraîche.*

Champ. Terrain cultivable ; **chant** : poème, mélodie. ☒ On écrit : *Mettre de chant des pierres, des solives.*

Chemineau. Auj. vagabond, rôdeur ; vx. : ouvrier qui parcourait la campagne pour trouver du travail ; **cheminot** : employé des chemins de fer.

Cor. *À cor et à cri* (sans *s*) ; **corps** : *À corps perdu.*

Cote. On écrit sans accent sur le *o* : *la cote foncière ; une cote mal taillée ; la cote de niveau, la cote 304 ; la cote d'alerte ; les cotes d'une pièce* ; *valeurs admises à la cote, la cote des voitures d'occasion, d'un cheval, la cote de popularité.* Expres. fam. : *Avoir la cote* ; **côte** : la prononciation vous fera mettre un accent au sens de *côte de bœuf, avoir mal aux côtes, les côtes du Rhône.* ☒ On écrit : *Boire un côtes-du-rhône* (Acad.). *La côte en bord de mer.* Expres. fam. : *Être à la côte,* c'est être ruiné ; **cotte** : désigne un vêtement ; **quote** : ne s'emploie que dans **quote-part**.

Cour. Dans les nombreuses acceptions : *cour de récréation, la cour* (le tribunal), *la cour* (du souverain), *faire la cour à quelqu'un* ; **courre** dans *chasse à courre* ; **cours** dans *un cours d'eau, un cours de physique, le cours des évènements, le cours Jean-Jaurès, le cours de la bourse* ; **court** adj. : *c'est un peu court* et **court** n. m. : terrain de tennis. *Le court central.* ☒ Bien visualiser : *le court en terre battue.*

Crack (angl.). Champion (fam.) ; favori dans une course de chevaux ; drogue ; **krach** : chute brutale des valeurs boursières.

Cuisseau. Partie du veau (**veau**, donc *cuiss**eau***) ; **cuissot** : cuisse du gros gibier. *Cuissot de chevreuil, de sanglier.* ☒ *Cuisseau* est recommandé pour les deux acceptions par la « réforme ». L'Académie fait la distinction.

Dessein. Intention de faire quelque chose, projet. *Former, poursuivre un dessein, avoir des desseins sur…* ; **dessin** : représentation. *Dessin figuratif, les dessins de Picasso.*

Détoner. Faire explosion. *Faire détoner des explosifs. La nitroglycérine détone au choc* (Acad.) ; **détonner** MUS. : sortir du ton. *Ce chanteur détonne à tout moment.* Produire un effet désagréable : *Ces deux couleurs détonnent. Cet homme détonne dans cette assemblée.* ☒ Ne pas penser à *tonnerre* s'il y a explosion. Écrire **détoner**.

Différend n. m. Conflit. *Avoir un différend*; **différent** adj. : *Il est différent de moi.*

Égailler (s'). Se disperser; **égayer** : rendre gai, agréable; **s'égayer** : s'amuser.

Entrain. Ardeur. *Jouer avec entrain*; **en train de** : en cours de. ☒ Ne pas écrire cette locution en un mot.

Exaucer. Répondre à un vœu; **exhausser** : surélever. *Exhausser cette maison d'un étage.*

Filtre. Tamis; **philtre** : breuvage magique. *Un philtre d'amour.*

Flan. Crème. *Tarte au flan.* Disque : *Le flan d'une monnaie.* Carton pour prendre une empreinte (imprimerie). Fam. *En rester comme deux ronds de flan*; **flanc** : côté. Loc. *Être sur le flanc* et fam. *Tirer au flanc.*

Foi n. f. *Être de bonne foi.* Professer la foi chrétienne; **foie** n. m. : viscère. *Avoir mal au foie*; **fois** : *Il était une fois*; **Foix** (la ville de).

Fond. Partie basse. *Le fond d'une bouteille, de la mer, d'une culotte. Faire fond sur qq. ch. Le fond de ma pensée. Aller au fond des choses. Un fond de vérité. Un ouvrage de fond*; **fonds** : au sens propre désigne « une propriété, le sol d'une terre, un capital ». *Un fonds de commerce, un fonds de roulement. Prêter à fonds perdu* (notez le sing. à *perdu*). Au fig. : se rapporte à la moralité, au savoir. *Il a un bon fonds, un fonds de probité. Le fonds de cet éditeur est d'une grande richesse.*

For. *Le for intérieur*; **fors** prép. : vx. Pour « excepté », surtout dans : *Tout est perdu, fors l'honneur*; **fort** n. m. : fortification; **fort** adj. : puissant.

Forêt. Bois; **foret** : outil. *Foret à bois, à métaux.*

Fratrie. Frères et sœurs d'une même famille; **phratrie** ETHNOL. Groupe de clans au sein d'une tribu.

Frite. *Un bifteck frites*; **fritte** : mélange de sable et de soude servant à la fabrication du verre.

Gallon. Mesure anglo-saxonne de capacité; **galon** : ruban.

Geai. *Le geai est un oiseau gris-bleu*; **jais** : lignite. *Noir comme du jais.*

Golf. Sport ; **golfe** : grande baie en cul-de-sac.

Héraut. *Un héraut d'armes.* Au fig. porte-parole ; **héros** : homme remarquable.

Heur. *J'ai l'heur de vous plaire*; **heure** : marque le temps. *Il est trois heures.*

Lac. Étendue d'eau ; **lacs** : fin cordon et (vx.) corde avec nœud coulant. Auj. *Tomber dans le lacs,* « ne pas réussir ». ☒ En ce cas, ne pas écrire **lac* (faute fréquente).

Maire. Magistrat municipal[1] (voir « Le genre », p. 72) ; **mer** : vaste étendue d'eau salée ; **mère** : génitrice.

Mari. Époux ; **marri** vx. Contrit, fâché. *J'en suis tout marri.*

Marocain. Relatif au Maroc ; **maroquin** : peau de chèvre ou de mouton tannée et souvent grenée. *Un in-quarto relié en maroquin bleu.* Vieilli au sens de « portefeuille ministériel ».

Martyr. Substantif, désigne une personne. *Un martyr, une martyre. La liste des martyrs. Il joue au martyr. Les martyrs de la Résistance*; **martyre** n. m.: *souffrir le martyre. Le martyre enduré par les saints.*

Mil. Céréale ; **mille** (ou **mil**) : vaut dix fois cent (voir p. 142) ; **mille** : *Le mille romain équivalait à mille pas (1 481,5 m). Le mille marin à 1 852 m. Le* **mile** *anglais vaut 1 609 mètres.*

Miliaire adj. Qui ressemble à un grain de mil, et n. f. Inflammation ; **milliaire** adj. et n. m. *Bornes milliaires,* bornes placées tous les milles dans l'Antiquité romaine.

Mite. Petit papillon ; **mythe** : récit fabuleux, symbole, légende. *Le mythe de don Juan. Le mythe napoléonien. Le mythe du bon sauvage.*

Panser. Appliquer un pansement ; **penser** v. : raisonner, avoir pour idée. *Penser, c'est juger*; **penser** n. m. (vx.) : *Sur des pensers nouveaux faisons des vers antiques* (A. Chénier) ; **pensée** : réflexion, idée, rêverie, fleur.

---

1. Le 25 février 1848, Lamartine propose à Victor Hugo d'être maire de son arrondissement, « pour que vous puissiez dire que, du jour au lendemain, vous avez été pair et maire », lui dit Armand Marrast.

Parti. Association, faction, coalition, profit, option, opinion, personne à marier. *Prendre le parti de..., prendre parti, en prendre son parti, avoir un parti pris* (sans -), *adhérer à un parti*, etc. ; **partie** : élément d'un tout, plaideur, compétition, jeu. *Une grande partie des joueurs s'est levée* ou *se sont levés* (voir « Accords », p. 128). *La partie adverse. Ce fut une rude partie. Être juge et partie.*

> ☛ À RETENIR :
>
> *On prend par**ti** pour, on tire par**ti** de quelque chose,* mais *On prend quelqu'un à par**tie**, on fait par**tie** d'une association.*

Pause. Repos, interruption. *Cinq minutes de pause. La pause de midi* ; **pose** : mise en place, attitude, photographie. *La pose d'une moquette, d'une prothèse. Le modèle garde la pose. Temps de pose.*

Pécher. Commettre une faute, un péché. *Pécher par orgueil, pécher par ignorance* ; **pêcher** v. : prendre dans l'eau. *Pêcher à la ligne* ; **pêcher** n. m. : arbre fruitier. *Un pêcher en fleur.*

Peine. Sanction, douleur, effort, souffrance morale ; **pêne** : pièce d'une serrure ; **penne** : plume, extrémité supérieure d'une antenne.

Plain VX., pour « plat, uni ». HÉRALD., adj. Se dit d'un écu d'un seul émail. *Le plain de l'eau* : la haute mer ; **plein** : complet, rempli. On écrit *le trop-plein.*

> ☛ À RETENIR :
>
> Vous distinguez sûrement ces deux mots. Méfiez-vous cependant des mots composés : *pl**a**in-chant* et *de pl**a**in-pied* (***a*** et non ***e***).

Plan. Dessin, surface plane, projet... *Le plan de la maison. Un toit à plan incliné. Tirer des plans sur la comète* ; **plant** : végétal jeune, bon à être repiqué. *On achète les plants chez les pépiniéristes.*

Près adv., **près de** loc. prép. *Il habite près d'ici. Naviguer au plus près.* Loc. fam. *Être près de ses sous, à peu de chose près.* À côté de ; **prêt** adj. : disposé. *Il est prêt à vous recevoir. Être fin prêt. Tout est prêt pour la fête* ; **prêt** n. m. : *un prêt sans intérêt.*

☛ À RETENIR :

Ne confondez pas *Je suis* ***prêt*** *à partir*: Je suis disposé à partir, avec *Je suis* ***près*** *de partir*: Je suis sur le point de partir. Avec ressentiment pour une action mauvaise vous écrirez : *Je ne suis pas* ***près*** *d'oublier cette offense*; avec mélancolie, après un décès par ex. : *Je ne suis pas* ***prêt*** *à oublier ma douleur.*

Rai. Rayon lumineux. *Un rai de lumière, de soleil.* ☒ Pas de *s* au sing. (faute fréquente) ; **raie** : rayure, sillon, poisson. *Des raies blanches se détachaient. La raie des fesses. Une raie au beurre noir*; **rets** : filet, piège (vx.). *Le lion fut pris dans les rets. Prendre quelqu'un dans ses rets.* ☒ Pas d'accent circonflexe sur le *e*. On écrit *rez-de-chaussée.*

Rainette. Petite grenouille. *La rainette verte d'Europe a les doigts munis de ventouses*; **reinette** : variété de pommes. *La reinette du Mans est jaune, la reinette du Canada, verte.*

Raisonner. Faire usage de sa raison. *Il faut raisonner avant d'agir*; **résonner** : retentir. *Tous les matins, il faisait résonner les cloches.*

Reine. Souveraine ; **rêne** : lanière. *Lâcher les rênes*; **renne** : mammifère. *Un troupeau de rennes.*

Repaire. Tanière, refuge. *Un repaire de brigands*; **repère** : marque, critère. *Tracer des repères. Manquer de repères.*

Ris. Plaisirs, dans l'expres. *les jeux et les ris.* Bande horizontale d'une voile. *Larguer les ris.* Mets recherché. *Ris de veau, d'agneau* (le plus souvent au pluriel) ; **riz** : céréale.

Sain. En bonne santé, sans danger. *Des gens sains de corps et d'esprit. Un climat sain.* En vènerie : graisse du sanglier, du renard ; **saint** : parfait, pur, sacré ; **sein** : mamelle de la femme, poitrine. *Donner le sein. Serrer un ami sur son sein*; **ceint**, part. pas. : qui est enserré ; **seing** : signature. *Acte sous seing privé.*

Satire. Écrit qui censurait les mœurs publiques, les vices (litt.). *Les satires de Juvénal.* Moquerie. *Une satire pleine d'humour*; **satyre** : divinité. *Pan et les satyres poursuivaient les nymphes.* Homme lubrique, voyeur. *C'est un vrai satyre.*

Septique. Sujet à la putréfaction. *Une fosse septique.* ☒ Pensez à **septicémie**, « infection », et vous éviterez une faute grave si vous pensiez écrire *sceptique*; **sceptique** : qui doute, qui est incrédule. *Il est sceptique sur ce point.*

Serein adj. Pur et calme. *Un ciel serein*; n. m. Humidité qui se produit le soir. *Le serein avait humidifié tous les coussins*; **serin** : oiseau.

Sot. Idiot, stupide ; **saut** : bond. *Un saut à pieds joints*; **sceau** : cachet officiel, estampille. *Apposer son sceau sur un document*; **seau** : récipient. *Un seau en métal.* ☒ *Pleuvoir à seaux* (toujours au pluriel) ; **Sceaux** (la ville de).

Souffre. *Il souffre beaucoup*; **soufre** : métalloïde de couleur jaune.

Tache. Marque naturelle ou improvisée. *Des taches de rousseur. Il a fait des taches sur son tablier.* Ce qui atteint la réputation. *Jusqu'à ce jour sa réputation était sans tache*; **tâche** : travail. *Une tâche pénible. Travail à la tâche.* Ce qu'on doit faire par devoir ou par nécessité. *C'est une rude tâche que vous me demandez là.*

Tic. Contraction involontaire. *Elle est atteinte de tics nerveux depuis son enfance.* Manie. *Différents tics s'étaient accumulés au cours des années comme porter son index sur sa moustache*; **tique** : acarien. *Ce chien a plein de tiques.*

Tome. Livre, volume. *Ce livre réunit les deux tomes de l'édition précédente*; **tomme** : fromage. *J'apprécie la tomme de Savoie.*

Tribu. Clan, groupe ethnique. *Les tribus nomades. Les douze tribus d'Israël.* Emploi péj. : *Il a débarqué avec toute sa tribu*; **tribut** : contribution, imposition. *Il a payé un lourd tribut.* ☒ *Une trib**u*** (sans *e*). Faute fréquente.

Plutôt, plus tôt. Adverbe, **plutôt** indique la préférence : *Je goûte plutôt le poisson que la viande* et a aussi le sens de « assez, passablement ». *Il est plutôt bête.* À ne pas confondre avec **plus tôt** qui s'oppose à *plus tard* et signifie « plus vite ». *Je n'eus pas plus tôt terminé mon devoir que le professeur m'interrogea.* Littré indique que cette distinction est récente. Pour rectifier une erreur, dites ***plus exactement*** et non *plutôt*.

Vair n. m. Fourrure de petit-gris. *Une pantoufle de vair.* ☒ Dans son œuvre, Perrault écrit *pantoufle de verre*; **ver** n. m. Métazoaire, parasite. *Un ver de terre. Le ver solitaire.* Loc. fig. *Tirer les vers du nez à qqn*; **vers** prép. : en direction de. *Il alla vers lui*; **vers** n. m. en poésie : *Je préfère un vers de Vigny à toute l'œuvre poétique des petits versificateurs d'aujourd'hui*; **verre** n. m.: matière, récipient. *Verre à vitre. Un service de verres*; **vert** adj. et n. m. : couleur. *J'aime ce vert, intermédiaire entre le bleu et le jaune.* ☒ On écrit *Des robes bleu-vert* (avec -) mais *Des robes bleu ciel* (voir p. 140).

Veau. Petit de la vache. *Après un an, le veau mâle s'appelle bouvillon ou taurillon ; le veau femelle, génisse*; **vau** (pl. *vaux*) : pièce porteuse d'un cintre dans l'édification d'une voûte.

☛ À RETENIR :

Écrivez : *Aller par monts et par* ***vaux*** ; *aller à* ***vau****-l'eau*; *aller au diable* ***Vauvert*** et non **au diable vert*; *les* ***Vaux****-de-Cernay.*

➠ Des sources d'erreurs... faciles à éviter

☛ À RETENIR :

Ne confondez pas *quand*, adv. et conjonction, et la loc. prép. *quant à* (faute fréquente).

Quand, conjonction, peut être remplacé par « lorsque ». *Quand à Paris il fait beau, il pleut sur la Côte d'Azur. Quand*, adv. interrogatif, signifie « à quel moment ». *Quand viendrez-vous ?* N'usez pas d'un langage relâché et malheureusement assez courant. Dites *Quand viendras-tu ?* et évitez le *Quand est-ce que tu viendras ?*

Quant à signifie « à l'égard de, en ce qui concerne ». *Quant à moi, je partirai dès demain matin.* On trouve la graphie *quant* dans le substantif **quant-à-moi, quant-à-soi**. *Tenir, garder son quant-à-soi, son quant-à-moi*, c'est « garder son indépendance, ses distances ».

Ces est le pluriel de *ce, cet, cette*, pronom démonstratif qui ne doit pas être confondu avec **ses**, pluriel de *son, sa,* adj. possessif. Pour cela, ayez recours à un vieux « truc ». Écrivez ***ses*** si l'on peut dire

« les siens, les siennes » : *Il revint sur* ***ses*** *pas.* Ou bien mettez le mot au singulier : ***Ces*** *fleurs sont plus belles en été (cette).*

Leur adj. possessif (variable) ne doit pas être confondu avec **leur**, pronom personnel (invariable). *Ils ont perdu leur livre* (le livre qu'ils possédaient en commun) ou *leurs livres* (plusieurs livres), mais *Elle leur* (inv.) *a dit.*

Quel(s), **quelle(s)** ; **qu'elle(s)**. **Quel**, **quelle** est un adj. interrogatif ou exclamatif, donc variable en genre et en nombre. À ne pas confondre avec **qu'elle** où il faut mettre l'apostrophe. Encore un vieux « truc ». Si vous pouvez remplacer **elle** par **il**, il faut l'apostrophe. *Quelle belle femme* mais *Qu'elle est belle, cette femme.*

Quelque, **quel que**, source d'erreurs peu pardonnables. Il faut éviter la confusion entre : **quelque** adj. indéfini et adv., et **quel que** adj. relatif.
N'oubliez pas que l'adj. indéfini ne s'élide que devant *un* et *une. Quelqu'un, quelqu'une.* Et que, au pluriel, il « peut être précédé de l'article défini. *Les quelques heures que nous avons passées ensemble* » (Littré).
Adjectif, **quelque** est suivi d'un substantif. *J'ai vu quelques soldats passer.*
Adverbe, **quelque** a le sens de « environ ». *Elle a quelq**ue** trente ans.*

Quelque... que est adverbe. *Quelq**ue** savants que vous soyez, ne négligez pas l'accord du participe passé.*
Petit « truc ». Ayez recours à « si, aussi ». En ce cas, il y a invariabilité.

Quel que (en deux mots) est un adjectif relatif lorsqu'il précède le verbe *être*, et l'accord est obligatoire. *Quelles que soient les circonstances, il viendra nous voir.* ☒ N'oubliez pas que, en ce cas, le verbe est toujours au subjonctif et qu'il s'accorde avec le nom auquel il se rapporte.

Quelquefois est adverbe. *Il m'arrive quelquefois d'aller à la campagne* = parfois. Mais : *Les quelques fois où je n'y suis pas allé* = plusieurs.

Quoique ; **quoi que**. **Quoique**, conjonction de subordination, est l'équivalent de « bien que, encore que ». À ne pas confondre avec

quoi que, pronom relatif, équivalant à « quelle que soit la chose ». *Quoique le vent souffle, nous irons nous promener. Quoi que tu fasses, je t'approuverai.*

▷ Le *e* de *quoique* ne s'élide que lorsqu'il est suivi de *il, ils, elle, elles*; *on, un, une*. Mais on écrit sans apostrophe : « *Quoique amis, ils ne se voient pas souvent* » (Littré). *Quoique avare* et non **quoiqu'avare*.

☛ À RETENIR :

Quoique marque le plus souvent la concession et régit par conséquent le subjonctif : *Il partit, quoiqu'on le lui eût interdit*, parfois le conditionnel mais jamais l'indicatif.
Quoi qu'il en ait équivaut à « bien qu'il en ait » et signifie « quelque peine qu'il en ait ». Toujours suivi du subjonctif : *Quoi que j'en aie, que j'en eusse, qu'il en eût, que nous en eussions.*

Barbarismes, solécismes, impropriétés

Bien orthographier un mot est votre principal souci. Mais ce n'est pas le seul. Vous souhaitez également vous exprimer en un français correct. Cette rubrique vous y aidera car elle dénonce bien des inexactitudes, bien des déviations de sens. Vous pouvez noter sur un « carnet de mémoire » les fautes qui vous paraissent les plus graves.

☛ L'ESSENTIEL :

Le **barbarisme** (du grec *barbarismos*, de *barbaros*, « barbare, étranger ») est une faute grossière « qui consiste à forger des mots ou des formes qui ne respectent pas les règles morphologiques d'une langue ». « *Nominer*[1] pour "nommer, citer" est un barbarisme » (Acad.).

1. **Nominer**. L'Académie précise : « Aucun verbe français autre que *Nommer* ne correspond à *Nomination*, on s'interdira d'employer l'américanisme *Nominer*. » On emploiera *sélectionner, présélectionner*.

☛ À RETENIR :

Solécisme. C'est une faute de grammaire qui concerne la syntaxe. *Il faut *pallier à ce manque* relève du solécisme, la bonne forme étant *Il faut pallier ce manque*.
Impropriété. C'est une faute qui concerne le sens détourné d'un mot. Vous connaissez sûrement cet exemple : *Une route passante* et non **passagère*.

Voici une liste non exclusive des barbarismes et des solécismes qui montrent notre non-respect de la grammaire, et des impropriétés qui nous font rougir de honte.

VOUS AVEZ TORT	VOUS AVEZ RAISON
Achalandé. « Ne signifie pas approvisionné en marchandises mais fréquenté par de nombreux clients. » L'Académie précise : « Par ext. et par abus de langage, bien approvisionné en marchandises. »	Un magasin offrant un grand choix de marchandises est un magasin bien **approvisionné.**
Agoniser d'injures (agoniser, c'est être à l'article de la mort).	**Agonir** *d'injures*.
Au plan économique.	**Sur** *le plan…*
Des avatars *incroyables me sont arrivés.*	Des **mésaventures** (*avatar* signifie « métamorphose, changement »).
L'hypothèse s'est ***avérée*** *fausse.*	**Avérer** v. t. Avérer une hypothèse. Emploi du verbe pr. « 1. Être reconnu pour vrai, confirmé. *La nouvelle s'avéra bientôt*. 2. Se révéler en réalité. *Il s'est avéré un excellent homme d'affaires* […]. »

▷ Respectons les sens indiqués par l'Académie et suivons son conseil : « On évitera le non-sens *Cette nouvelle s'est avérée fausse.* »

Du pain béni	*Du pain* **bénit.**
Être en but à…	*Être* **en butte à.**
Carapaçonné.	**Caparaçonné** (voir p. 265).
Il a ***causé*** *longtemps* ***à*** *mon frère.*	*Il a* **causé** *longtemps* **avec**… (*On cause avec qqn ; on parle à qqn*).

▷ On admet (fam.) **causer affaires** ou **d'affaires** mais l'on emploie **parler** allemand et non **causer*. L'expres. *Être peu causant* est pop. Préférez : **être peu bavard**.

Vous avez tort	Vous avez raison
Circonscrire *un incendie* pour l'*éteindre*.	*Les pompiers ont* **circonscrit** *l'incendie* : ils l'ont empêché de s'étendre.
Pour clôturer le débat...	*Pour* **clore** *le débat* (L'Académie précise : « *clôturer* s'emploie trop souvent à la place de *clore* »).
Commémorer *un anniversaire.* L'Académie précise : « *Commémorer* ne s'applique pas à un anniversaire, mais à l'évènement lui-même, que l'on commémore en *célébrant* ou *fêtant* l'anniversaire. »	**Célébrer, fêter** *un anniversaire.*
Un travail ***conséquent***.	*Un travail* **important**. *Conséquent* ne signifie pas « important, considérable » mais « qui vient à la suite », « qui est conforme à la logique ». *Une personne* ***conséquente*** est celle qui agit ou qui raisonne avec un esprit de suite.
Commettre une action héroïque.	**Commettre**, c'est se rendre coupable d'un acte répréhensible. On **accomplit** une action héroïque.
Contacter quelqu'un (de l'anglais *to contact* à éviter).	**Établir la liaison**, **mettre en rapport**, **prendre contact**, **entrer en contact**, **toucher**. L'Académie précise : « L'emploi de ce terme est à déconseiller en dehors du langage du commerce international, du renseignement ou de la clandestinité. »
Je suis ***courbaturé***.	*Je suis* **courbatu.**
Il nous ***déblatère***.	v. t. indir. : *Il* **déblatère contre nous**, *il* **déblatère sur**... v. t. : *Déblatérer des injures.*
Débuter *qq. ch.*	Voir p.164.
En définitif, *que voulez-vous ?*	**En définitive**, *que voulez-vous ?*
Démarrer *une voiture.*	**Faire démarrer** *une voiture*. L'Académie nous met en garde, on ne doit pas dire non plus, au sens fig., « **démarrer une émission de radio, de télévision*, mais la *commencer* ».
Un cruel ***dilemne*** (influence de *indemne*).	*Un cruel* **dilemme**.

VOUS AVEZ TORT	VOUS AVEZ RAISON
Un regard **émotionnant**.	*Un regard* **émouvant**.
Le spectacle de l'accident l'avait **émotionné** (l'Académie admet ce verbe, en le traitant de fam.).	*Le spectacle de l'accident l'avait* **troublé, ému, bouleversé.**
Ils travaillent **à l'envie** (comme pour rivaliser l'un avec l'autre).	*Ils travaillent* **à l'envi** (loc. adv.).
Un espèce de...	**Une** *espèce* **de** (*espèce* est fém.).
Cette condition est **plus essentielle.**	*Cette condition est* **essentielle** (essentiel = primordial, capital).
C'est **la faute** *à Paul.*	*C'est* **la faute de** *Paul.*
Fixer quelqu'un.	**Fixer ses yeux, ses regards sur quelqu'un**. L'Académie nous met en garde : « L'emploi elliptique est à éviter. »
Un homme **frustre**.	*Un homme* **fruste** (faute fréquente).

▷ **Fruste**. « À ne pas confondre avec **rustre**, qui est sans doute à l'origine de ce sens, et a même inspiré la forme fautive **frustre* » (Acad.).

▷ **Grâce à**. L'Académie nous rappelle : « *Grâce à* ne doit s'appliquer qu'à ce qui produit des effets heureux, mais on pourra dire, par ironie : *Grâce à son étourderie, grâce à sa négligence, il a tout perdu.* »

Indifférer. *Tout le restant m'indiffère* est fam. pour *Tout le reste m'est indifférent.*	Ne doit être employé qu'avec un pronom compl. **Cela m'est indifférent.**
Un **infractus** *pulmonaire après embolie.*	*Un* **infarctus**...
Jouir *d'une mauvaise réputation, santé.*	**Jouir**, c'est tirer une grande joie, éprouver un vif plaisir. *Il jouit d'une bonne réputation, santé.*
Sur les *midi.*	**Sur le coup de** *midi*, **sur le** *midi*.
J'ai saisi cette **opportunité.**	*J'ai saisi cette* **occasion**. Le calque sur l'anglais *opportunity* est à éviter. Mieux, à proscrire.
Jeter **l'opprobe** *sur quelqu'un.*	*Jeter* **l'opprobre** (faute fréquente).
Pallier aux *défaillances*...	**Pallier les** *défaillances* (la construction indir. est proscrite).
Panacée universelle.	La panacée est un remède universel ou ce qu'on croit capable de tout résoudre. *Universel* fait pléonasme.
*Il n'***arrête** *pas de parler.*	*Il ne* **cesse** *de parler.*
Cette mesure **vous bénéficie**.	*Vous bénéficiez de cette mesure.*

▷ **Bénéficier** ne peut avoir pour sujet que la personne ou la chose qui bénéficie.

VOUS AVEZ TORT	VOUS AVEZ RAISON
Elle va de mal ***en pire.***	*Elle va de mal en* **pis**.

▷ « On entend parfois dire *plus pire.* C'est une faute grave, *pire* étant par lui-même un comparatif » (Littré).

Il est ***plus bon.***	Au comparatif, la forme régulière de *plus bon* est **meilleur**.
Elle me ***rabat*** *les oreilles.*	*Elle me* **rebat** *les oreilles.*
Je m'en ***rappelle.***	*Je m'en* **souviens**.

▷ **Se rappeler** étant un verbe trans. direct, on dira *Je me rappelle cela* et non **de cela.* Lorsque le complément est un infinitif, le *de* est aujourd'hui proscrit : *Je me rappelle avoir vu, avoir fait telle chose* (Acad.) et non **d'avoir.*

Risquer *sa chance au jeu.*	**Tenter** *sa chance au jeu.*

▷ L'Académie nous met en garde : « *Risquer* c'est "courir un danger". » Il est donc impropre s'il s'agit d'un évènement heureux, à moins qu'il ne s'agisse d'un emploi ironique. « *On risque d'échouer et non d'être reçu.* » Bien sûr, l'emploi avec un inanimé pour sujet est correct. *Cette pierre risque de tomber.*

Ces affaires ***ressortent de*** *juridictions différentes.*	*Ces affaires* **ressortissent à** *des juridictions...* (*ressortir à* est toujours trans. indirect).
Vous n'êtes pas ***sans ignorer*** = « Vous ignorez certainement ».	*Vous n'êtes pas* **sans savoir** = « Vous savez certainement ».
Je ***me suis en allé.***	*Je* **m'en suis allé.**

➠ Méfiez-vous encore...

☛ À RETENIR :

Dans les phrases affirmatives, *ignorer* se construit avec le subjonctif : *J'ignorais qu'il fût arrivé* (Acad.) ou avec l'indicatif pour souligner la réalité d'un fait, ainsi que dans les phrases négatives. *Je n'ignore pas que vous êtes français.*

Ne confondez pas **adjurer quelqu'un** = supplier et **abjurer**. *On abjure une hérésie* = on y renonce.

Loin s'en faut. Cette expression est fautive ; elle provient d'une confusion entre les expressions ***loin de là*** et ***tant s'en faut*** (Acad.).

Accoutumé signifie « Habituel, ordinaire. *Faire sa sieste accoutumée* » (Acad.), d'où la loc. adv. **à l'accoutumée** « à l'ordinaire. *Il en a usé à l'accoutumée. Il est arrivé en retard comme à l'accoutumée* » (Acad.). L'expression *comme à l'accoutumée* rejoint ainsi *comme d'habitude* et n'est plus critiquable.

Affabulation, **fabulation**. **Affabulation**. C'est la trame d'un récit ou d'une pièce, par ext. construction de l'intrigue dans une œuvre d'imagination. *Voici en deux mots l'affabulation de ce roman* (Acad.). **Fabulation**, c'est un récit de pure invention fait par une personne qui finit par croire ses propres paroles.

Amener/ramener ne doivent être utilisés au sens propre que dans le sens de « conduire en menant ». On ne dira donc pas *J'ai ramené une montre de Suisse* mais *J'ai rapporté une montre de Suisse* (Acad.). Cette remarque est valable aussi pour **emmener** et **emporter**. On dira : *J'emporterai une bonne bouteille* et non **j'emmènerai.*

Baser. Emploi prohibé au sens figuré. Employer **fonder**, **établir**. *Ses dires sont fondés sur des témoignages douteux,* non **basés sur.*

Bélître n. m. Péj. Homme négligeable. *Vous n'êtes qu'un bélître*; **bellâtre** n. m. Péj. Homme d'une belle prestance, à la personnalité prétentieuse et ridicule.

Ceci/cela pronom démonstratif. **Ceci** sert, en opposition avec **cela**, à distinguer nettement deux choses en question, **ceci** désignant celle qui est la plus proche. *Ceci est à moi, cela est à vous. Ceci est beau, cela est laid* (Acad.). **Ceci** annonce, sans opposition à *cela*, ce qui suit : *Que veut dire ceci ? Dites ceci.* **Cela** est seul admis pour indiquer une période passée : *Il y a de cela deux jours.* ☒ Erreur regrettable mais fréquente : **Ceci dit* pour **Cela dit**. Cette remarque est valable pour **celui-ci**, **celui-là**, **voici**, **voilà** (voir p. 221).

Fantasmer. Emploi déconseillé dans le sens d'« avoir des fantasmes, rêver ». Un fantasme c'est une vision hallucinatoire (PATHOL.) ou qui reflète une scène imaginaire d'une manière consciente ou inconsciente (PSYCHOL.).

Impact. L'Académie nous met en garde : « C'est par une extension abusive qu'on emploie *impact* en parlant d'une influence diffuse ou générale. »

Impassible/impavide. **Impassible** : qui ne laisse pas paraître ses souffrances ou ses émotions. *Cette triste nouvelle le laissa impassible.* En théologie, « Qui n'est pas susceptible de souffrance. *Les corps glorieux sont impassibles* » (Acad.). **Impavide** : « qui n'éprouve ou ne semble éprouver aucune peur ; imperturbable. *Un héros impavide. Demeurer impavide au milieu du danger* » (Acad.).

Insupporter v. t. « Fam. Être insupportable à quelqu'un. *Cette façon de parler m'insupporte.* » L'Académie précise : « Il est plus correct de dire : *Cette façon de parler m'est insupportable.* »

Mappemonde/globe. Une mappemonde représente une carte plane de la surface terrestre. Ayez recours à *globe* pour désigner une représentation sphérique.

Mental, ale, aux adj. *Calcul mental.* ☒ « L'emploi substantivé de *mental* dans le sens de "disposition d'esprit, moral", qui se rencontre dans le langage des sports, est fautif » (Acad.).

Mis à jour/mis au jour. *On met **à** jour un livre de comptes, ses affaires,* etc., mais *On met **au** jour une statue antique, un trésor.* ☒ Faute fréquente.

Moyen-Orient/Proche-Orient. *Moyen-Orient* désigne les pays non limitrophes de la Méditerranée. *Proche-Orient* comporte les pays riverains ou voisins de la partie orientale de la Méditerranée.

Notable/notoire. *Notable* : « Digne d'être signalé, qui est important ». *Un évènement, une personne notable. Notoire,* « qui est à la connaissance de tous, qui est manifeste », ne s'emploie qu'avec un nom de chose, à l'exclusion des personnes. *Un fait notoire.* L'usage tend à transgresser cette distinction sous l'effet de l'expression : *Un criminel notoire.* ☒ *Un fait notable* mérite d'être signalé. *Un fait notoire* est connu de chacun.

Pécuniaire. Qui se rapporte à l'argent. *Des ennuis pécuniaires.* L'Académie rappelle que *pécunier* n'existe pas.

Péripétie s'emploie surtout au pluriel. L'Académie nous rappelle que ce mot « désigne un évènement qui change le déroulement des choses et non un évènement mineur ». On ne peut donc dire « une simple péripétie » pour désigner un fait sans importance. Ayez recours à *incident, épisode.*

Plainte. *On dépose* ***une*** *plainte contre X*; *on porte plainte contre X* mais on proscrit **déposer plainte* sans article défini.

Point de vue (au)/du point de vue. Ces expressions suivies immédiatement d'un substantif sont incorrectes. On les fera suivre d'un adjectif ou d'un complément introduit par *de*: *Au point de vue éducatif.* On n'écrira pas : **Au point de vue éducation*, mais *Au point de vue de l'éducation.*

Soi-disant /prétendu. « *Soi-disant* ne doit s'appliquer qu'aux êtres doués de la parole et capables, en conséquence, de s'exprimer » (Acad.). *De soi-disant historiens.* Par ext. peut s'appliquer aux « choses que l'on peut présenter comme personnifiées » (Le Bidois). *Une amourette soi-disant passagère.* Malgré une tendance fâcheuse, évitez l'emploi de *soi-disant* avec des noms de choses en ayant recours à *prétendu. De prétendus chefs-d'œuvre.* ☒ **Soi-disant** est un adj. inv. *Les soi-disant marquises*; **prétendu**, **e** est un adjectif.

Solutionner/résoudre. *Solutionner une question, un problème,* c'est rechercher une solution à cette question, à ce problème, ce qui n'implique nullement qu'on va les résoudre. Ayez recours à *apporter une solution à cette question, à ce problème.*

Stupéfait/stupéfié. **Stupéfait, e** est un adjectif. *Je suis stupéfait de son courage.* **Stupéfié** est le part. passé du verbe *stupéfier. La foule fut stupéfiée. Je suis stupéfiée par votre audace.* ☒ Le verbe **stupéfaire* n'existe pas. Écrivez : *Ces paroles nous avaient stupéfiés* et non **stupéfaits.*

Valable. L'Académie nous rappelle que ce mot « ne doit pas s'employer dans le sens de remarquable, d'efficace mais de digne d'être pris en considération. Ex. : *Une excuse, un interlocuteur valables* ».

➠ Des pléonasmes à éviter

La répétition d'un mot dont le sens est identique, si elle est parfois voulue afin de renforcer le sens du premier mot, est le plus souvent à exclure[1].

1. La **tautologie** est « la répétition inutile de la même idée sous une autre forme » (G.R.). Elle se distingue en cela du **pléonasme**. La plus célèbre est celle de Molière : *Je l'ai vu, dis-je, de mes propres yeux vu.* En ce cas, il y a bien une figure de style.

Les lambrusques *sauvages. *Lambrusque* : vigne sauvage.

Le monopole *exclusif *d'une banque.* Cette redondance est à proscrire.

Avoir le choix entre ***deux alternatives**. On choisit entre les deux termes d'une alternative. On dira : *Je me suis trouvé face à cette alternative* : *ou rompre ou rester.* ☒ Faute trop fréquente.

Une illusion *trompeuse. Du latin *illusio*, de *illudere*, « se jouer de ». On dira : *Le mirage est une illusion de la vue.*

Secousse sismique. Mieux vaudrait employer *séisme, secousse tellurique, tremblement de terre.*

Réunir ensemble. Redondance à éviter. *On se réunira demain, tous ensemble* (à la rigueur).

Abîmer signifie « jeter dans un précipice ». Ne pas dire **s'abîmer dans un précipice.*

Apanage. *Vous n'avez pas l'apanage de la sagesse.* Vous n'en avez pas l'exclusivité. Pléonasme : *apanage *exclusif.*

D'autres pléonasmes sont entrés dans notre langue quotidienne. Mieux vaudrait ne pas contribuer à les répandre !

Assez satisfaisant (*satis* = assez, en latin) ; *car en effet* (redondance courante mais inadmissible) ; *abolir entièrement* ; *monter en haut* ; *descendre en bas* ; *sortir dehors* ; *préparer d'avance.* Dire : *J'ai préparé mes affaires depuis longtemps. Puis ensuite* (redondance inadmissible, *puis* étant synonyme de *ensuite*) ; *la panacée universelle* ; *s'entraider mutuellement* (redondance inutile. *On s'aide mutuellement*) ; *hasard imprévu* (le hasard est toujours imprévu. En revanche, *Par le plus grand des hasards* est tout à fait correct) ; *refaire encore* ; *hémorragie de sang.*

Coupe sombre, **coupe claire**. En sylviculture, la **coupe claire** consiste à abattre beaucoup d'arbres pour favoriser la pousse des jeunes plants. **Coupe sombre**, où on ne coupe que quelques arbres, le sous-bois restant obscur. ☒ Au fig., **faire des coupes sombres**, c'est pratiquer, contrairement au sens propre, d'importantes suppressions. *L'éditeur a exigé des coupes sombres dans mon manuscrit. Des coupes sombres sont prévues dans l'industrie textile.*

🕮 Les paronymes

Vous en avez rencontré déjà au détour de ce livre. Nous les incluons cependant dans cette liste non exhaustive.

Abduction. ANAT. Mouvement qui écarte un organe, un membre et le porte en dehors. *Maintenir une jambe en abduction.*	**Adduction**. ANAT. Mouvement inverse. *L'adduction s'oppose à l'abduction.* Autre sens : acheminement des eaux.
Abjurer. Abandonner solennellement une opinion religieuse. Par ext. politique.	**Adjurer**. Sommer quelqu'un en faisant appel à sa conscience.
Abonner. Souscrire un abonnement. *S'abonner à une revue.*	**Abonnir**. Améliorer la qualité. *Une cave à température constante abonnit le vin.*
Abstergent VX. pour « Qui est propre à nettoyer les plaies » (R.). *L'eau oxygénée est un abstergent.*	**Astringent**. Qui resserre les tissus vivants. *Une lotion astringente.*
Abstrait. Séparé de ce qui est uni par une vue ou une opération de l'esprit. *Terme abstrait. Nombre abstrait* s'oppose à *concret. Raisonner dans l'abstrait.*	**Abstrus**. Ce qui est difficile, voire impossible à saisir par l'esprit. *Avoir un raisonnement abstrus.*
Acceptation.	**Acception** (voir p. 272).
Accident. Ce qui advient « de manière imprévue, en bien ou en mal. *Un heureux accident, un funeste accident* » (Acad.). Évènement fortuit.	**Incident**. Évènement de peu d'importance. *Ce n'est qu'un incident de parcours. Un incident d'audience au cours d'un procès.* Évènement pouvant avoir des suites fâcheuses. *Un grave incident diplomatique.*
Adjudicataire. Celui, celle qui bénéficie d'une adjudication.	**Adjudicateur, trice.** Qui prononce l'adjudication. En apposition : *notaire adjudicateur.*
Adventice. « Qui provient d'une action ou d'une circonstance accidentelle [...] BOT. *Plante adventice*, venue dans un lieu sans y avoir été semée » (Acad.).	**Adventif, ive**. « Qui se développe en un point de la plante où l'on ne trouve pas normalement d'organe de cette nature. *Racines adventives* » (Acad.).
Affidé, e adj. (vx.) Personne en qui l'on a confiance. *Il sut s'entourer de collègues affidés.* ☒ Le subst., qui ne s'emploie qu'au masc., est péj. Espion, complice. *Arrêté, le chef de bande ne dénonça pas ses affidés.*	**Affilié, e** adj. et n. Personne qui fait partie d'une association, d'un groupement. Par ext. Qui est rattaché à un organisme administratif. *De nombreux travailleurs, affiliés à ce syndicat, se sont mis en grève. Les affiliés à la Sécurité sociale.*

Affleurer v. t. Qui atteint un certain niveau. *L'eau est venue affleurer le seuil des portes* ; v. i. Ce qui apparaît à fleur de terre, à la surface de l'eau. *Le granit affleure souvent en Bretagne.*

Effleurer v. t. vx. au sens de « dépouiller une plante de ses fleurs. Égratigner, toucher légèrement. *La balle a effleuré le mur*. Au fig. *Les calomnies n'ont pas effleuré sa réputation.* Examiner superficiellement. *Il a seulement effleuré le sujet* » (Acad.).

Affluent. n. m. Cours d'eau qui se jette dans un autre, plus important. *La Marne est un affluent de la Seine.*

Confluent n. m. Lieu où se joignent deux cours d'eau. *Le confluent du Rhône et de la Saône.*

Affriander vx. au sens de « Attirer par quelque chose d'agréable au goût ». *On affriande les poissons par l'appât.* Fig. et litt. Attirer par quelque chose d'agréable, d'avantageux. *Il était affriandé par les promesses de son directeur.*

Affrioler VX. au sens de « Attirer par des friandises ». *Cette tarte nous affriole.* Moderne : *Attirer par l'espoir de choses agréables, par des promesses*. Spécialement. Exciter le désir amoureux. *Elle l'affriolait avec ses mines langoureuses.*

Amoral, e adj. Qui n'a pas la notion des usages de la morale. *Il est complètement amoral.* Qui se situe hors du domaine des lois et des jugements. *Une œuvre amorale.*

Immoral, e adj. Qui connaît les règles de la morale mais les viole sciemment. Qui est contraire à la morale. Contraire aux bonnes mœurs. *C'est un pervers, un immoral licencieux.*

Anoblir. Donner un titre de noblesse.

Ennoblir. Donner de la noblesse morale, de la dignité.

Anomal, e adj. Qui présente des particularités par rapport à la normale. Qui s'écarte de la norme. *Cette maladie est anomale* : son évolution n'est pas conforme à l'évolution habituelle. *Plantes anomales*, « irrégulières ». LING. Aller *est un verbe anomal.*

Anormal, e adj. Non conforme à la loi de l'espèce. *La température est anormale pour la saison. Un enfant anormal.* Subst. *Un anormal, des anormaux.*

Ataraxie. PHIL. Quiétude de l'âme qui n'éprouve ni crainte ni désir. *L'ataraxie est le propre des stoïciens.*

Ataxie. MÉD. Absence de coordination dans les mouvements. Par ext. Dérangement psychique.

Attention. *À l'attention de…* est la mention généralement utilisée en tête d'une lettre, pour préciser son destinataire.

Intention. Ce mot ne peut être employé en tête d'une lettre. Se proposer un but. *Avoir les meilleures intentions du monde.*

Calandre. Grille qui protège le radiateur de certaines voitures. Machine qui sert à lustrer les étoffes. Alouette de grande taille. Insecte. *La calandre du blé.*

Calanque. Baie, crique rocheuse, étroite et profonde, en Méditerranée. *Les calanques de Corse.*

☒ On ne confondra pas non plus ces deux mots avec **calendes**, n. f. pl., qui désigne, dans le calendrier romain, le premier jour de chaque mois. *Renvoyer aux calendes grecques*, c'est remettre à jamais, puisque le calendrier grec n'avait pas de calendes.

Coasser. *La grenouille coasse.*

Croasser. *Le corbeau, la corneille croassent.*

Coléreux, euse. « Prompt à se mettre en colère, très irritable. *Un homme coléreux* » (Acad.).

Colérique. « Enclin à la colère. *Un tempérament colérique* » (Acad.).

Colorer. Donner de la couleur.

Colorier. Mettre un dessin en couleur.

Conjecture. Hypothèse, supposition : *Se perdre en conjectures.*

Conjoncture. Résultat d'une rencontre de circonstances. *La conjoncture actuelle.*

Continu, e. Qui ne connaît pas d'interruption. *Une douleur continue.* Expres. fig. et fam. *À jet continu.* De façon incessante et le plus souvent lassante.

Continuel, elle. « Qui ne cesse pas ou ne s'interrompt que pour reprendre aussitôt […]. » Qui se répète souvent, trop souvent. *Des cris continuels.*

Démythifier. « Dépouiller de sa valeur mythique. *Démythifier l'idée de progrès, de bonheur universel. Démythifier un personnage historique* » (Acad.).

Démystifier. « Détromper la victime d'une mystification. *Démystifier le peuple abusé* » (Acad.).

Désaffectation. Indique que l'édifice, le monument perd sa destination d'origine. *La désaffectation d'une église, d'une gare.*

Désaffection. Perte de l'affection, de l'intérêt que l'on éprouvait pour un être cher, pour quelque chose.

Détoxication. En MÉD. Élimination des substances toxiques, en particulier par le foie.

Désintoxication. Action ayant pour but de faire cesser la dépendance de quelqu'un envers la drogue, l'alcool.

Ébaubir. Rendre muet de stupéfaction. Pronom. S'étonner grandement.

Ébaudir vx. Mettre en joie. Surtout à la forme pronominale. Se réjouir.

Effarer v.t. Troubler profondément jusqu'à créer un état de stupeur. *La violence des eaux effarait les riverains.* Pronom. S'alarmer. *Elle s'effare pour un rien.*

Effaroucher v. t. Faire fuir en créant la peur. *Les rabatteurs effarouchaient le gibier.* Faire peur, inquiéter une personne. *Il ne faut pas effaroucher les enfants.* Pronom. *Elle s'effarouche au moindre contact.*

Efficacité. Concerne les personnes aptes à accomplir un travail avec succès. Montre ce qui est efficace. *L'efficacité des maires pour lutter contre la pollution. L'efficacité d'un médicament.*

Efficience. Capacité d'agir en produisant un effet attendu. *L'efficience d'un réseau de communication.* Rendement, effet utile d'une machine. Et l'Académie de conclure : « Pour définir la compétence ou la qualité professionnelle d'une personne, on emploiera *Efficacité*. »

Égailler (s'). Se disperser.

Égayer (s'). Se distraire.

Égaler. Devenir égal, être égal. *2+2 égale 4* (le sing. est de règle).

Égaliser. Rendre égal.

Ennuyant. Qui cause de l'ennui actuellement. *Une circonstance ennuyante.*

Ennuyeux. Qui cause de l'ennui d'une manière constante. *Un livre ennuyeux.*

Exciter. Pousser fortement à agir. *Exciter la colère de quelqu'un.* Augmenter une activité (physique ou intellectuelle).

Inciter. Stimuler, provoquer à. *Inciter quelqu'un à la vengeance.*

Explicite. Qui ne peut laisser de doute. Qui est réellement exprimé. *Une clause explicite*.

Implicite. Qui est virtuellement formulé sans être formellement exprimé. *Volonté implicite d'un testament.*

Gourmand VX. au sens de « Gros mangeur ». MOD. « 1. Qui prend plaisir à manger et mange avec avidité, avec excès [...]. 2. Qui apprécie la bonne chère, qui recherche le plaisir de manger des mets délicats, des friandises [...]. Dans cette acception, *Gourmand* se rapproche de *Gourmet* » (Acad.).

Gourmet. « 1. Anciennt. Dégustateur de vins [...]. 2. Personne qui apporte dans les plaisirs de la table une recherche de délicatesse et de raffinement. *Un fin gourmet* » (Acad.). Un gourmet ne mangera pas avec excès et le raffinement s'étendra même au décor.

Gradation. Évolution, en plus ou en moins. Augmentation.

Graduation. Division. *La graduation du baromètre.*

Habileté. Qualité de celui qui est habile. Adresse.

Habilité. Terme de droit. Aptitude légale.

Habitat. Lieu qui convient à une espèce, végétale ou animale. Par ext. Ensemble des conditions d'habitation de l'homme.

Habitation. Lieu où résident les hommes.

Hiberner. Passer l'hiver dans un état d'engourdissement. *Les marmottes hibernent*.

Hiverner v. i. Passer l'hiver à l'abri (hommes ou animaux) ; v. t. *Hiverner un champ*, « le labourer avant l'hiver ».

Impavide. « Qui n'éprouve ou ne semble éprouver aucune peur. »

Impassible. Non susceptible de souffrance. Par ext. Qui parvient à dissimuler ses émotions.

Impudence. Effronterie, cynisme. *Il a eu l'impudence de venir vous voir.*	**Impudeur**. Manque de retenue aussi bien sexuelle que psychologique. *Elle s'offrit avec une rare impudeur.*

☒ **L'impudicité** marque un degré supérieur dans le comportement frisant le dévergondage, la lascivité, voire la lubricité : *L'impudicité de Messaline.*

Inadvertance. L'inadvertance est presque toujours un fait isolé.	**Inattention**. L'inattention peut être un état habituel.
Inanité. État de ce qui est vide. Caractère d'inutilité. *L'inanité d'un espoir.*	**Inanition.** Épuisement par manque de nourriture. *Mourir d'inanition*.
Inclinaison. Déclivité.	**Inclination** (voir p. 47).
Inculper. Charger qqn d'une faute. Ouvrir une instruction contre quelqu'un.	**Inculquer**. Graver dans l'esprit à force d'insistance.
Intention.	**Attention** (voir p. 199).
Luxation. Déplacement d'un os au niveau d'une articulation. D'où l'expression : *se luxer le genou*.	**Luxure**. Un des sept péchés capitaux. Pas de verbe correspondant à ce mot.
Luxuriant. Qui est vigoureux, qui se développe avec abondance.	**Luxurieux**. Qui s'adonne à la débauche, sensuel avec excès.
Magnificence. Qualité de ce qui est d'une grande splendeur. *La magnificence d'une cérémonie*. Par ext. *La magnificence d'un discours.*	**Munificence**. Qui porte à être fort généreux, à octroyer de grandes libéralités. *La munificence de Louis XIV.*
Marial, e. Qui se rapporte à la Vierge Marie. *Les cultes marials ou mariaux* (Acad.).	**Marital, e.** Qui relève du mari. *Autorisation maritale. Union maritale,* couple vivant maritalement.
Marmonner. Murmurer entre ses dents, d'une façon peu intelligible. Murmurer avec colère. *Marmonner des menaces*.	**Marmotter**. Parler sans guère desserrer les dents. *Elle marmottait ses prières*. Parler à voix basse, pour soi. *Elle marmottait sans cesse.*
Matinal, e. Qui appartient au matin. *Des brouillards matinaux.* Qui se lève de bonne heure.	**Matineux, euse** VX. ou litt. Qui a l'habitude de se lever tôt.
Mélodie. Succession de sons formant un chant agréable.	**Mélopée**. ANTIQ. Passage chanté. MOD. Chant monotone à caractère mélancolique.
Météore VX. ou litt. Tout phénomène qui se produit dans l'atmosphère. *La foudre, la pluie, les arcs-en-ciel sont des météores.* MOD. Petit corps céleste lumineux traversant le ciel et tombant sur la Terre.	**Météorite**. Fragment minéral de corps céleste qui tombe sur la Terre ou sur un autre astre. ☒ Ce mot est généralement féminin (H., P.L.I.), masc. ou fém. (Acad., R.).

Néphrite. Inflammation du rein.	**Névrite**. « Nom générique des lésions inflammatoires des nerfs » (Acad.).
Notable.	**Notoire** (voir p. 195).
Papillonner. Aller d'une chose, d'une personne à une autre.	**Papilloter**. Se dit des yeux qui ne peuvent se fixer sur qq. ch. Cligner les paupières.
Peinturer. Barbouiller, peindre avec maladresse.	**Peinturlurer**. Peindre avec des couleurs criardes. Péj. et litt. *Un visage peinturluré*, « maquillé à l'excès ».
Péricarde. ANAT. Membrane qui enveloppe le cœur. *Le péricarde est formé de deux feuillets, l'un fibreux, l'autre séreux.*	**Péricarpe**. BOT. Paroi du fruit mûr. *L'épicarpe, le mésocarpe et l'endocarpe constituent le péricarpe.*
Périphrase. Figure de style qui emploie plusieurs mots pour un seul. *La messagère du printemps* pour *l'hirondelle.*	**Paraphrase**. Développement explicatif d'un texte. Est souvent péjoratif. *Son sermon n'était que la paraphrase d'un passage de l'Évangile.*
Prescription. Ordre impératif. *Prescription d'un médecin* : recommandation, ordonnance. Délai au terme duquel on ne peut être poursuivi en justice.	**Proscription**. Bannissement menant jusqu'à l'exil.
Prodige.	**Prodigue** (voir p. 173).
Prolixe. Qui est trop long, qui se perd en détails inutiles. *Un orateur, un discours prolixe. Les plus prolixes sont ceux qui ont le moins à dire* (Gide).	**Prolifique** VX. au sens « Qui donne la faculté d'engendrer ». *Le germe prolifique* désignait le sperme. MOD. Qui se multiplie rapidement. *Les lapins sont prolifiques*. Fig. *Un écrivain prolifique,* fécond.
Prolongation. *Prolongation d'un congé.* SPORT : *Jouer les prolongations.*	**Prolongement**. Augmentation de la longueur. *Prolongement d'un sentier.*
Publiciste. Le publiciste est un journaliste. Désigne également un juriste spécialiste du droit public.	**Publicitaire**. Qui s'occupe de publicité : *Un rédacteur, un dessinateur publicitaire.*
Radicelle. Ramification secondaire de la racine principale.	**Radicale**. Première racine élaborée par l'embryon. *La radicale d'une graine.*
Raisonner. Se servir de sa raison.	**Résonner**. Produire un son. Être sonore.
Rebattre. *Rebattre les oreilles* : répéter de façon insistante quelque chose à quelqu'un.	**Rabattre**. Ramener plus bas. *Rabattre le caquet à quelqu'un.*

Sommeiller. Dormir pendant peu de temps, d'un sommeil incertain. *Après le repas, il sommeille et rêve.*

Somnoler. Être dans un état de somnolence. *Ce malade somnole toute la journée.*

Somptuaire. « Se dit des lois et des règlements qui limitent certaines dépenses de luxe. Il n'a pas le sens de somptueux, abusif, excessif » (Acad.).

Somptueux. Magnifique, de grande dépense.

Souscription. Engagement. Somme versée à l'avance. *La souscription est close.*

Suscription. Adresse écrite sur une enveloppe.

Stalactite. Concrétion calcaire. Avec finale **-tite** « qui tombe en partant de la voûte ».

Stalagmite. Concrétion calcaire. Avec finale **-mite** « qui monte du sol ».

Stupéfait est un adj. *Elle était stupéfaite de sa découverte.*

Stupéfié est le part. pas. du verbe *stupéfier. Cette nouvelle nous avait stupéfiés.*

Suite (de). À la file, sans interruption, successivement. *Il est venu quinze jours de suite. Il a conduit trois heures de suite.*

Suite (tout de). Immédiatement, sans plus attendre. *Venez ici, tout de suite.*

Tendresse. Est réservé aux sentiments.

Tendreté. En parlant des aliments qui sont tendres (viande ou plantes).

Théologie. Études se rapportant à Dieu, à la lumière des textes sacrés, des dogmes et de la tradition. *La théologie de saint Thomas d'Aquin.*

Théosophie. Doctrine imprégnée de magie et de mysticisme qui vise à une sagesse divine, présente aussi bien dans l'univers que dans l'homme. *Swedenborg fut un défenseur de la théosophie.*

Vénéneux, euse. Qui contient du poison, en parlant des plantes ou des champignons. *La ciguë est vénéneuse.*

Venimeux, euse. Se dit d'un animal qui produit et lance du venin. *La vipère est un serpent venimeux*.

Volcanologue. Spécialiste des volcans. Sous l'influence de l'anglais *vulcanology*, ne pas dire que Haroun Tazieff est un **vulcanologue*.

Vulcanisation concerne le caoutchouc.

Employez le mot juste

L'Académie vous met en garde…

Agressif. Qualifie le caractère, les paroles, les actes de celui qui déclenche un conflit ou attaque brutalement quelqu'un. Ex. : *Une attitude agressive.* C'est à tort et par contagion de l'anglais *aggressive* que ce mot s'emploie au sens d'« entreprenant, actif », comme dans l'expression vicieuse : *On demande un vendeur agressif.*

Catastrophé. Est un néologisme outrancier et arbitraire. On peut dire **extrêmement abattu**.

Contrôle des naissances est entré dans l'usage au sens de « limitation ou régulation des naissances » que les puristes privilégient, *contrôle* n'ayant pas originellement, dans notre langue, le sens d'autorité, de commandement mais seulement celui de vérification, de surveillance, d'examen (Mise en garde, 1973).

Décade. « Période de dix jours ». **Décennie** : « période de dix ans ». C'est sous l'influence de l'anglais *decade*, « période de dix ans », que la confusion fâcheuse s'est répandue dans notre langue.

Désodorant. L'Académie nous met en garde : « **Déodorant** est un anglicisme à éviter. »

> VARIANTES. « **Déodorant** : Désodorisant corporel. D'un mot anglais » (H.), **déodorant** (P.L.I.), « **déodorant** ANGLIC. Désodorisant contre les odeurs corporelles […] ABRÉV. FAM. *Mettre du déo. Les déos pour hommes* » (R.).
>
> ☒ **Désodorisant, e** adj. […] n. m. *désodorisant pour la toilette* ➟ **déodorant**. Le verbe **déodorer** n'existant pas, *désodorant* s'imposerait mais l'usage privilégie *déodorant.*

Dont pronom relatif inv. Remarques. « 1. **Dont**, équivalant à *de qui, de quoi.* C'est un pléonasme aujourd'hui condamné que de dire : *C'est de cette affaire dont je vous parle.* On dira : *C'est de cette affaire que je vous parle* ou *C'est l'affaire dont je vous parle.* 2. En principe, *dont* ne peut dépendre d'un complément introduit par une préposition. Ainsi, on ne dira pas : *son fils, dont il songe à l'avenir* ou *son fils, dont il se réjouit de la réussite,* mais : *son fils, à l'avenir de qui il songe,* ou *son fils, de la réussite duquel il se réjouit.* 3. L'antécédent de *dont* ne peut être rappelé dans la proposition relative par un adjectif possessif ou un pronom personnel. Ainsi, on ne dira pas : *l'homme dont on envie ses succès* ou *le jardin dont on apprécie ses ombrages*, mais *l'homme dont on envie les succès* ou *le jardin dont on apprécie les ombrages.* »

Effectuer. On effectue *une opération, une enquête, une manœuvre*, etc. ☒ *On fait un voyage, des progrès*, etc. L'Académie précise : « Il est inélégant de dire *que l'on *effectue un voyage, un séjour, des progrès*, etc. »

En exergue/en épigraphe. **Exergue** est un terme de numismatique : « Petit espace réservé dans le champ d'une médaille pour recevoir une date, une devise » et l'Académie de nous rappeler : « Abusivement. Citation mise en tête d'un ouvrage (on doit dans ce cas préférer **épigraphe**). »

Errements n. m. pl. Ce mot, qui signifie *manière d'agir, démarches habituelles*, « ne doit pas être employé dans le sens d'erreurs » (Acad.). Péj. *Retomber dans les errements du passé*, dans une routine.

Évident. « Ce mot ne doit pas être employé pour signifier : de réalisation facile. On ne dira pas, en ce sens : *Ce n'est pas évident*, mais : *Ce n'est pas facile* » (Acad.).

Excessivement adv. D'une manière excessive. « S'emploie parfois à tort au lieu de *très, extrêmement, tout à fait*, alors qu'on ne veut pas exprimer l'idée d'excès. *Elle est excessivement gracieuse. Vous m'êtes excessivement sympathique* » (Acad.).

Excuser. Quand on présente des excuses à quelqu'un, il y a quatre degrés de politesse : *je m'excuse* ; *excusez-moi* ; *veuillez m'excuser* ; *je vous prie de m'excuser.* La première forme est à éviter, bien que très employée.

Exécuter. C'est mettre à mort par autorité de justice. « C'est par une extension abusive qu'on emploie ce terme dans le sens de "mettre à mort en dehors de toute procédure légale". On **n'exécute pas un otage**, on **l'assassine**. » Cette mise en garde est, hélas ! fort opportune en ces temps de prises d'otages.

Fondamental, e adj. « *Fondamental* comme équivalent ou superlatif de *grand, important, primordial* est un dévoiement de sens à prohiber » (Acad.).

Lisibilité n. f. Qualité de ce qui est aisé à lire, à déchiffrer. ☒ « On n'étendra pas le sens de ce mot jusqu'à parler de “la lisibilité d'une politique, de l'action gouvernementale”, etc. *Évidence, clarté* sont, dans tous les cas, à préférer » (Acad.).

Amusons-nous

La prononciation évite ce que nous pourrions appeler des « paronymes verbaux », constitués par un mot qui commence par un *a* ou par un *h* muet précédés de *l'*, et un mot précédé de l'article *la*.

L'**alêne** du cordonnier et l'**haleine** suave de la marquise qui filait une pelote de **la laine** offerte par le duc. **L'annotation** ne correspondait pas à **la notation**.

Amusez-vous à composer des phrases avec les « paronymes verbaux » suivants : l'alarme/la larme ; l'appel/la pelle ; l'apposition/la position ; l'appréhension/la préhension ; l'arène/la reine ; l'avarice/la varice…

Trouvez-en d'autres et faites-en part à vos amis. C'est un jeu fort stimulant.

7 Testez vos connaissances
Des mots à ne pas confondre

Corrigez les fautes du texte suivant :

Thomas se révéla un enfant prodigue dès sa plus tendre enfance : il appréciait déjà la musique, particulièrement la finale d'un concerto de Bach. Le dimanche, à l'église, il appréciait l'hymne joyeux qu'interprétait l'organiste. Un jour, sa maman l'emmena dans les magasins où les soldes étaient particulièrement intéressantes. Après les achats, sa maman lui dit : « Autant pour moi, j'ai oublié d'acheter un cadeau pour ton frère. Crois-tu qu'il aimerait un jeu ressemblant au baccarat ? » « Sûrement pas, il te dira : "Maman, vous me la bayez belle, avec ce jeu pour les adultes." » Le lendemain, son frère et lui partirent faire une ballade dans le bois de Boulogne où ils essuyèrent les brocarts de plusieurs voyoux. Courant, ils buttèrent contre une pierre. Pour les consoler, leur maman leur fit faire une bonne chair mais ils eurent un différent quand au menu. Heureusement, un rais de soleil illumina la pièce ; ils étaient septiques quant à la température ; craignant d'attraper des tâches de rousseur, ils mirent une visière et rejoignirent la tribue des copins et des copines plus tôt que de reviser leurs leçons. En définitif, pour clôturer ce test, et ne pas être en but à des critiques – cruel dilemne – autant que je m'en rappelle, ils allèrent risquer leur chance au loto.

(Voir solution p. 278.)

8 Les mots invariables

En principe, les adverbes ne devraient pas poser de problème. Il n'en est rien, car leur emploi et ceux des autres mots invariables méritent toute notre attention : nuance de sens (*aussi* n'est pas *autant*), pléonasme à proscrire (*j'en ai suffisamment assez*), *jadis* et *naguère* n'ont pas le même sens…

🕮 Les adverbes

☛ L'ESSENTIEL :

Nous le savons tous, l'adverbe est un mot invariable qui détermine ou modifie le sens d'un verbe, d'un adjectif, d'un autre adverbe, d'une préposition.
On parle de **locutions adverbiales** lorsqu'il y a plusieurs mots formant adverbe. Pour dire que vous faites quelque chose discrètement, vous employez **en catimini**.

➠ Locutions adverbiales

Elles sont innombrables et peuvent être composées :

– D'une préposition et d'un nom : *à part, de conserve, sans contredit, sans conteste*… ☒ Le nom peut être accompagné soit d'un déterminant, soit d'un adjectif : *à l'env***i***, à la volée, à vau-l'eau, à plat ventre, de bonne heure*… ou encore d'un complément : *à tire-d'ai***le**.

▷ Prenez garde à : *à l'envi* (sans *e*) et *à tire-d'aile* (sans *s*). Distinguez **de concert**, « d'un commun accord », et **de conserve**, « ensemble ». *Naviguer de conserve.*

– D'une préposition suivie d'un infinitif : *sans désemparer...*
– D'une préposition suivie d'un adjectif : *à nouveau, de nouveau, en particulier, par exprès...*

☛ À RETENIR :

À nouveau, loc. adv., a le sens de « D'une façon tout à fait autre. *Ce travail est manqué ; il faut le refaire à nouveau* » (Acad.) ; **de nouveau** a le sens de répétition *: Il lui expliqua de nouveau ses arguments,* c'est-à-dire « une fois de plus ».

➠ De diverses locutions adverbiales

– Au sens de « par anticipation », vous pouvez employer **d'avance**, **à l'avance**, **par avance** : *Se préparer d'avance, à l'avance à un entretien important. Je m'en réjouis par avance pour vous. Je vous règle deux mois d'avance. Je vous en avertis par avance* (Acad.).

– Au sens de « définitivement », vous avez le choix entre **pour de bon** et **pour tout de bon**. *Se quitter pour de bon, pour tout de bon* (Acad.), *pour tout de bon* offrant une idée de renforcement : *Je te quitte pour de bon, oui, tu as bien entendu, pour tout de bon.*

– Au sens de « finalement, tout bien considéré », vous n'emploierez que **en définitive**, et oublierez l'ancien *en définitif* qui n'est plus mentionné par l'Académie.

– L'Académie indique une nuance entre **d'entrée**, « Dès le début, sans aucun préliminaire. *D'entrée il annonça son intention* », et **d'entrée de jeu**, « Dès le début du jeu et, par ext., tout d'abord, d'emblée. *D'entrée de jeu, il posa ses conditions* ».

– **À bon escient** est usuel au sens de « À propos, au moment voulu. *Il a choisi à bon escient. Parler, agir à bon escient* ». L'Académie signale *à mon escient, à leur escient* au sens de « en connaissance de cause, sciemment », mais précise que ces locutions ont vieilli.

– Ils dînèrent ***tête à tête***, « face à face », ne prend pas de trait d'union, mais la locution adverbiale en prend un : **en tête-à-tête** (on la trouve parfois sans).

▷ Le substantif prend naturellement les traits d'union : *Un tête-à-tête amoureux. Un tête-à-tête en porcelaine.*

– **Mis à part**. Au sens de « sans tenir compte », cette locution reste invariable devant un nom. *Mis à part vos erreurs, vous avez raison* ; s'accorde dans les autres cas : *Toute plaisanterie mise à part.*

– La loc. adv. **de suite** signifie « à la file, sans interruption » ; **tout de suite** signifie « immédiatement ». En ce sens, on peut employer, en cas de doute : **à la suite**, **d'affilée**.

– **Par suite** a le sens de « par conséquent », **par la suite** : « à un autre moment, à une autre époque ». ☒ **Suite à** relève du domaine commercial. Préférez : *En réponse à votre demande.*

➡ Formation des adverbes

La transformation d'un adjectif en adverbe obéit à quelques principes simples.

– Le suffixe **-ment** s'ajoute au féminin de l'adjectif : *grand* ➡ *grand**e*** ➡ *grand**ement***.

– Lorsque l'adjectif masculin se termine par **-ai, -é, -i, -u**, le suffixe **-ment** ajouté crée l'adverbe : *vrai* ➡ *vrai**ment*** ; *aisé* ➡ *aisé**ment*** ; *poli* ➡ *poli**ment*** ; *cru* ➡ *crû**ment*** ; *éperdu* ➡ *éperdu**ment***.

▷ Bien que ***cru*** ne prenne pas d'accent circonflexe, l'adverbe dérivé en prend un. Il en est de même pour : *assidûment, congrûment, continûment, dûment, goulûment, indûment, nûment.* ☒ La suppression de l'accent n'est pas entrée dans l'usage. Voir p. 18.

☒ Une exception : **gaiement** (la graphie *gaîment* est archaïque).

– Lorsque le masculin d'un mot se termine par ***e***, l'adverbe prend un accent : *aveugle* ➡ *aveugl**é**ment* ; *commode* ➡ *commod**é**ment* (en tout, une vingtaine d'adverbes).

▷ Trois cas particuliers : *gentil* ➡ *gent**i**ment* ; *impuni* ➡ *impun**é**ment* ; *traître* ➡ *traîtr**euse***ment.

– Lorsque les adjectifs se terminent en **-ent**, **-ant**, les adverbes se forment en **-emment**, **-amment** : *prudent* ➡ *pru**demment*** ; *constant* ➡ *cons**tamment***.

▷ Vous l'avez remarqué, le *t* disparaît et le *n* devient *m*.

☒ *Lentement, présentement, véhémentement* sont des exceptions et rejoignent le premier cas, le suffixe s'ajoutant au féminin de l'adjectif. Notons que *exquisément* s'écrit avec un accent aigu.

▷ Quatre adverbes échappent à toute explication (sauf étymologique) : *notamment, nuitamment, précipitamment, sciemment* (*notamment* vient de *notant*, participe présent de *noter*).

☒ **Nonobstant**, prép., a le sens (vx.) de « malgré l'existence de, en dépit de » (surtout en droit). Adv. (litt. ou vx.), a le sens de « néanmoins ».

– Vous pouvez aussi vous amuser à créer des adverbes à partir de substantifs. Rappelons-nous la mode de *vachement* (fort fam.) : *Elle est vachement belle. Bougrement* : *C'est bougrement bon*, vient de *bougre*, ancien mot signifiant « drôle, gaillard ». L'adverbe a le sens de « beaucoup, très » et correspond à *bigrement, drôlement*, autres adverbes d'emploi fam.

☛ À RETENIR :

Des adjectifs employés adverbialement
Vous vous rappelez sûrement (voir « De quelques difficultés d'accord », p. 118) que les adjectifs **bon**, **frais**, **grand**, **large** employés adverbialement peuvent varier en genre et en nombre. À l'exemple *Des fenêtres **grandes** ouvertes*, ajoutons *Des fleurs **fraîches** écloses. Elle est **bonne** dernière*. Des adjectifs épithètes peuvent également être employés adverbialement. *La pluie tombe d**ru** et me**nu*** (Acad.) mais *Les herbes sont drues. Des cheveux coupés cour**t*** mais *très cour**ts*** (voir p. 102). **Flambant neuf**. Dans cette expression *flambant* est employé adverbialement mais l'adjectif s'accorde. *Des maisons flambant neu**ves***.

Abordons maintenant les deux grandes classes d'adverbes : les adverbes de circonstance et les adverbes d'opinion.

Adverbes de circonstance

Ce sont les adverbes de manière, de quantité, de lieu, de temps. Nous ne signalons que ceux qui présentent des particularités.

L'adverbe de manière

Bien. *Ce sont des gens* ***bien***. Au superlatif, on préfère **mieux** à *plus bien. Il danse de mieux en mieux* et non *de plus en plus bien.*
Ex æquo. « À égalité ». *Ils arrivèrent ex æquo.* Le substantif est inv. : Des *ex æquo* (sans -).

▷ Rappelons que la loc. conjonctive **bien que** régit le subjonctif, parfois le conditionnel pour marquer la réalité d'un fait. *Bien que ses péchés auraient pu* [...] *se répandre à tous les coins du diocèse* (Flaubert).

▷ Des mots latins et italiens s'emploient comme adverbes de manière. *Voyager gratis. Voyager incognito.*

L'adverbe de quantité[1]

Il se présente sous l'aspect d'un adverbe simple : *assez, aussi, beaucoup, bien, combien, comme, guère, moins, peu, plus, que, tant, trop*... ou d'une locution adverbiale : *à demi, à gogo, à moitié, à peine, peu à peu, pas du tout, tout à fait*...

Assez. Dites ***J'en ai assez*** et non **suffisamment assez* qui fait pléonasme.

Aussi. Est, aujourd'hui, suivi de **que**. *Il était* ***aussi*** *intelligent* ***que*** *débrouillard.* ☒ Sans virgules, le verbe est au pluriel. *Le père aussi bien que le fils* ***iront*** *se promener*, mais *Le père, aussi bien que le fils,* ***ira*** *se promener.*

▷ N'employez pas **aussi** pour **autant**. « La règle générale est que *aussi* s'emploie avec les adjectifs et les adverbes et *autant* avec les verbes » (Littré).

Beaucoup. Avec un comparatif, on préfère aujourd'hui employer **bien**. *Ce vin est* ***bien*** *meilleur* (*beaucoup meilleur* était dans la 8e édition du Dictionnaire de l'Académie).

---

1. Pour l'accord après un adverbe de quantité, de comparaison, voir p. 129.

▷ Auj., **de beaucoup** s'emploie indifféremment, la distinction *Il s'en faut beaucoup* marquant la différence de qualité, et *Il s'en faut de beaucoup* marquant la différence de quantité, étant tombée en désuétude.

Combien. Évitez de dire : **Le combien sommes-nous*? Préférez : *Quel jour* (du mois) *sommes-nous ?* ou *Quelle est la date ?*

Comme. Vous bannirez les tours relâchés, voire incorrects, du type *comme qui dirait, c'est tout comme, comme dit l'autre,* et éviterez les termes elliptiques : *comme convenu, comme mentionné.*

Guère. La graphie *guères* est archaïsante. S'emploie avec la particule **ne**, sauf si le verbe est sous-entendu. *Cela ne vaut guère plus de dix euros. Cela vaut dix euros, guère plus.*

Moins, **plus**. Après un comparatif d'inégalité, on emploie le plus souvent le **ne** explétif lorsque la principale est affirmative. *Il est moins avare qu'on* ***ne*** *le pensait.*

Très. Forme le superlatif absolu des adjectifs et des adverbes à l'exclusion des substantifs (à moins qu'ils ne soient employés comme adjectifs : *Il fait très professeur*) et des verbes (sauf avec un participe employé comme adjectif : *Il est très gêné*). On écrira donc *Cela m'a fait* ***grand*** *plaisir* et non **très plaisir.* Cependant, de nombreuses locutions sont entrées dans l'usage : *avoir très peur, très soif, très mal. Faire très attention.*

➾ L'adverbe de lieu

Il se présente sous l'aspect d'un adverbe simple : *ailleurs, alentour, çà, ci, dedans, dehors, dessous, dessus, devant, ici, là, où, outre, partout, près, proche, sus* ou d'une locution adverbiale : *au-dedans, au-dehors, ci-contre, nulle part, là-bas…*

Çà. Vieilli, a le sens de « tout près, ici ». « *Viens çà, que je te voie.* À ne pas confondre avec l'interjection familière « pour exciter, encourager. *Çà, travaillons* » (Littré). Ne s'emploie plus que dans la locution **çà et là**.

Ici et **là**. Comme pour *voici, voilà* (voir p. 221), **ici** désigne l'endroit où l'on se trouve, **là** indique un lieu plus éloigné. Ont parfois le sens de *maintenant* et *alors. Cela ne s'était jamais vu* *jusqu'ici*. Privilégiez *Nous voici réunis* à *Nous sommes réunis ici* (ce qui est évident !). ☒ La loc. adv. **là contre** s'écrit sans trait d'union, contrairement à **ci-contre**. *Je n'ai rien là contre.*

Ci. En opposition avec **là**. On écrit **de-ci, de-là** ; **par-ci, par-là**.

☒ N'oubliez pas la virgule après *ci* dans ces deux locutions (Acad.). **Deçà, delà** ne prend pas de trait d'union.

L'adverbe de temps

L'adverbe de temps permet de situer un fait, de préciser un moment par rapport à un autre. *Alors*, il lui dit qu'*après-demain* il viendrait. *Auparavant*, il s'était souvenu qu'*avant-hier* il avait encore souhaité ne jamais plus la revoir. *Présentement*, était-il *trop tard*, ou *trop tôt* pour se décommander ? *Parfois*, il confondait *jadis* et *naguère*. *Dorénavant*, il ferait attention. Il n'est jamais *trop tard* pour bien faire.
Consultez votre grammaire et amusez-vous à continuer d'utiliser les adverbes de temps. Vous n'oublierez pas que **alors** = à cette époque et que **bientôt** = dans un proche avenir ; **jadis** = il y a longtemps ; **naguère** = il n'y a guère de temps.

☒ L'Académie nous met en garde : « On évitera d'employer *naguère* au sens d'autrefois, anciennement. »

Hier est adv. et subst. « *Il a passé tout hier à lire. Hier matin. Hier au matin. Hier au soir.* Favoriser l'expres. *Je m'en souviens comme si cela datait d'hier* ; *comme si c'était hier* est fam. » (Acad).

Adverbes d'opinion

Il y en a quatre classes : d'**affirmation**, de **doute**, de **négation**, d'**interrogation**. Seul l'adverbe de négation offre quelques particularités.

Au jour d'aujourd'hui exprime trois fois l'idée de jour. C'est un pléonasme « renforcé » qui est entré dans l'usage. À employer avec modération.

➪ L'adverbe *ne*[1]

Le **ne** explétif apparaît dans les propositions comparatives de sens affirmatif, annoncées dans la principale par **autre**, **autrement**, **meilleur**, **mieux**, **moindre**, **moins**, **pire**, **plutôt** : *Il a mieux agi que je ne croyais*, ou dans des propositions complétives de verbes et de locutions marquant la crainte, le doute, l'empêchement, la précaution : *Je crains qu'il ne le fasse* ; *dans la crainte qu'il ne le fasse*. L'usage omet souvent ce *ne*.

– Après **avant que**, **ne** est facultatif mais fréquent : *Avant qu'il (n')eût parlé*. Il doit être omis après **sans que** : *Sans que personne ait parlé*.

– Il s'emploie après **à moins que** suivi du subjonctif mais est omis quand **à moins que** est suivi de **de** + infinitif.

– Il est facultatif après **il s'en faut que**, mais obligatoire après **aucun**, **nul**, **rien** et après **que** mis pour « avant que, sans que, à moins que, de peur que ».

– En tête de phrase, **ne** peut être omis dans une proposition interrogative (dans le style poétique ou affecté) : *Dirait-on pas qu'il nous observe ?* (ou fam.) : *Est-il pas beau ?* Il est omis de façon fautive dans les négations d'un registre pop. : *C'était pas lui*.

– Les interrogations ou exclamations avec **ne... pas** ont un sens intensif : *Que de crimes n'ont-ils pas commis* pour *Que de crimes ils ont commis*.

– **Ne** est employé sans **pas** ou **point** dans certaines locutions : **n'avoir garde**, **si ce n'est**... ; avec **aucun**, **aucunement**, **guère**, **nul**, **personne**, **rien** : *Il ne voit rien*. Avec **ni** intercalé entre deux négations ou **ni** répété : *Il ne l'admire ni ne le craint* ; *Ni la richesse ni les honneurs ne l'ont séduit*. Avec **que** signifiant « pourquoi » et **qui** interrogatif : *Que ne l'ai-je vu plus tôt ! Qui ne le ferait ?* Après **il y a longtemps**, **voici, voilà**, **depuis que**, quand le verbe n'est ni au présent, ni à l'imparfait : *Il y a longtemps que je ne l'ai vu* (dans ce cas on peut ajouter **pas**) ; facultativement avec les verbes **cesser**, **oser**, **pouvoir**, **savoir** : *Il ne cesse (pas) de travailler* ; *Je ne sais (pas) s'il m'a vu*.

---

1. Cette rubrique est reprise du *Dictionnaire Hachette des difficultés du français*.

– **Ne**, selon sa place, peut changer le sens des phrases formées avec un verbe conjugué suivi d'un infinitif : *Il affirme n'y avoir pas été/il n'affirme pas y avoir été.*

– **Ne faire que de + inf.** : « venir à peine de » ; **ne faire que + inf.** : « ne pas cesser de », « se contenter de ».

– **Ne pas... que** et **ne point... que**, souvent critiqués, sont entrés dans l'usage : *Nous n'avons pas parlé que de toi.* La forme **ne pas... seulement**, plus correcte, prête souvent à confusion.

– **Pour que... ne... pas** et non **pour ne pas que* qui est pop. : *pour qu'il ne vienne pas* et non **pour ne pas qu'il vienne.*

– **Ne... que** joint à **seulement** fait pléonasme : *Je ne veux que cela* ou *Je veux seulement cela* et non pas **Je ne veux seulement que cela.*

– **N'était**, **n'eût été** s'accordent généralement en nombre : *N'étaient ses cicatrices, il serait beau* ; il y a toujours invariabilité avec **ce** : *Si ce n'était ses cicatrices...* qui peut être sous-entendu : *N'était ses cicatrices.*

– **Ne** adverbe devient **n'** devant une voyelle ou un *h* muet.

☛ À RETENIR :

Deux négations équivalent à une affirmation renforcée. *Il n'est rien qu'elles ne puissent faire* = elles peuvent tout faire. Vous n'êtes pas sans le savoir = vous le savez certainement. ☒ En ce dernier exemple, n'employez pas « ignorer » (voir p. 193).

Signalons ces trois adverbes à la mode :

– **Absolument**. *Êtes-vous de mon avis ? Absolument.* Cet adverbe employé à la place du simple « Oui » envahit tous les domaines, notamment la radio et la télévision. Gardez-vous de cette maladie. *Vous êtes de mon avis ? Oui, bien sûr.*

– **Excessivement**. Cet adverbe signifie « avec excès, extrêmement, tout à fait ». *Cet élève est excessivement sensible* (il l'est trop). Mais vous ne pouvez l'employer au sens de « très ». Vous direz que *cette pièce est très grande,* mais vous commettrez une faute en disant qu'elle est **excessivement grande.*

– **Pratiquement** signifie « Dans la pratique, d'une manière pratique. *Vous avez raison théoriquement, mais pratiquement vous auriez tort* » (Acad.). Sous l'influence de l'anglais *practically* qui signifie « à peu près, presque, pour ainsi dire », *pratiquement* est entré – on peut le regretter – dans l'usage avec ce dernier sens.

Les prépositions

☛ L'ESSENTIEL :

La préposition est une « Partie du discours, invariable, qui se place entre deux termes qu'elle lie ensemble en exprimant un rapport de l'un avec l'autre » (Acad.). Lorsque les mots sont séparés dans l'écriture, on a affaire à des **locutions prépositives** : *à l'exception de, au-dessus de...*

Principales prépositions

À	Depuis	Ès	Outre	Sous
Après	Derrière	Excepté	Par	Suivant
Avant	Dès	Fors	Parmi	Sur
Avec	Devant	Hormis	Pendant	Touchant
Chez	Devers	Hors	Pour	Vers
Concernant	Durant	Jusque	Près	Via
Contre	En	Malgré	Sans	Voici
Dans	Entre	Moyennant	Sauf	Voilà
De	Envers	Nonobstant	Selon	Vu...

Du bon emploi des prépositions

Bien des pièges vous guettent que vous déjouerez en lisant ces quelques particularités sur l'usage des prépositions.

– **À**. « Devant un nom masc. sing. commençant par une consonne ou un *h* aspiré, **à** se combine avec l'article défini **le** pour former l'article contracté **au**. Devant un nom au pluriel, **à** se combine avec l'article défini **les** pour former l'article contracté **aux**. *Je parle à l'homme, à la femme*, mais *Je parle au chef, au héros, aux hommes, aux femmes* » (Acad.).

– **À... et à...** N'oubliez pas de répéter le **à** devant chaque complément. *Je me suis confié **à** mon oncle et **à** ma tante. J'ai appris **à** lire et **à** écrire* et non **à* *lire et écrire.* Notez les locutions figées : **à ses risques et périls** ; **se plier aux us et coutumes**. Lorsque les compléments forment un groupe cohérent, le second **à** n'est plus de mise. *En faire part à ses amis et connaissances. Se mettre à aller et venir.*

– **À** et **ou**. *De trois **à** cinq personnes viendront* mais *trois **ou** quatre personnes viendront.* ☒ Faute fréquente. Employer **à** lorsque la différence entre les unités est égale ou supérieure à deux. Cependant, lorsqu'une étape intermédiaire est possible, **à** est employé : *Ce vase contient de 1 à 2 litres d'eau* (on peut avoir 1,5 l).

– **À** ou **de**. On privilégie **à** pour indiquer une somme modique. *Une montre **à** dix euros* ; on a recours à **de** pour une somme importante. *Un Picasso **de** deux millions d'euros.*

– **À** peut s'employer devant un pronom personnel pour exprimer la possession. *C'est une idée à lui,* mais non entre deux substantifs sauf dans les expressions figées : *une bête à bon Dieu, un fils à papa.* ☒ En aucun cas vous ne direz **la pipe à papa* mais vous direz *la pipe **de** papa.* Mais vous pouvez dire (fam.) *un ami à moi.*

– **À** ou **en** devant un nom de ville ou d'île. Ayez toujours recours à **à** devant un nom de ville. *Aller à Londres. Vivre à Arles. Aller à Avignon.* ☒ *En Avignon* est un archaïsme à éviter. Devant un nom d'île, on emploie ***à*** si elle est de dimensions modestes ou si elle est de genre déterminé. *Je vais **à** Noirmoutier, **à** Belle-Île, **à** Houat.* On emploie **en** devant le nom des grandes îles et de celles qui sont du genre féminin. *Aller **en** Corse, **en** Irlande, **en** Nouvelle-Zélande.* Une exception : *Aller **à** Terre-Neuve.*

– **À** ou **en** (**aller**). Pour se déplacer, si on peut enfourcher le moyen de locomotion on aura recours à **à**. *Aller **à** bicyclette, **à** moto, **à** cheval.* Si on chausse ce moyen de locomotion on emploiera **en**.

Partir pour. « Partir veut dire quitter le point où l'on est pour aller ailleurs. Le bon usage construit ce verbe avec la préposition **pour**. *Partir **pour** Lyon* et non **Partir à Lyon* » (Acad.). Vous éviterez aussi le terme *partir pour un mois,* préférez : **s'absenter un mois**.

*Aller **à** skis* (H.), *aller **en** skis, **à** skis* (R.). Auj., on privilégie *aller **à** skis.* En nautisme, on distingue *aller à ski* (faire du monoski) ou *aller à skis*. Dès lors qu'on chausse une paire de skis, le pluriel s'impose. On écrit *une station de ski*.

Aller ***en*** *patins,* ***en*** *sabots,* ***en*** *pantoufles* ; et bien sûr, *aller* ***en*** *avion,* ***en*** *bateau,* ***en*** *train,* ***en*** *voiture. Aller* ***à*** *la Bourse, faire des opérations* ***à*** *la Bourse* mais indifféremment : *valeur cotée, non cotée* ***à*** *la Bourse,* ***en*** *Bourse* (Acad.).

– **À** et **chez**. Vous le savez, avec un complément désignant une personne, on emploie **chez**. *On va* ***chez*** *le coiffeur* et non **au coiffeur*, mais, au fig., l'Académie nous dit : « *Il vous faudra aller à l'évêque, au ministre,* vous adresser à lui pour lui présenter une demande ou pour le consulter. » Les termes **aller à l'eau**, **aux vivres** sont corrects.

– **À** et **avec**. *On parle* ***à*** *quelqu'un* ; *on cause* ***avec*** *quelqu'un* (voir p. 190).

– **À** ou **par terre**. Auj., indistinctement **à** et **par**, en dehors des expressions consacrées : **courir ventre à terre**, **descendre à terre**, **mettre pied à terre**.

– **À** ou **dans**. Si une chose ne pénètre pas complètement, on emploiera **à** ou **sur**. *La clé est à la serrure, sur la serrure.*

Notons encore quelques particularités.

Après. Souvenez-vous, vous devez écrire : *Je suis fâché contre lui* et non **après. Je cherche mes lunettes* et non **après mes lunettes.*

Concernant. « Au sujet de, pour ce qui concerne, relativement à ». *Concernant ce projet, je n'ai rien à ajouter.* Dans ce cas, l'Académie nous précise : « Il est préférable de dire **en ce qui concerne**. » À propos du verbe **concerner**, notons « qu'on ne doit pas dire : **Vous êtes directement concerné par cette mesure,* mais : *Vous êtes directement touché par cette mesure* ou, à la voix active : *Cette mesure vous touche directement* » (Acad.).

Dans. *On s'assied* ***dans*** *un fauteuil* mais ***sur*** *une chaise.*

Depuis. Vous tiendrez compte de la nouvelle rédaction de l'Académie : « Abusivement. *Observer le manège de la rue depuis sa fenêtre. Elle appelait les enfants depuis le seuil de la maison. Une émission transmise depuis Londres.* On dit mieux et plus simplement : ***de*** *sa fenêtre,* ***du*** *seuil de la maison,* ***de*** *Londres.* »

Devers est fort vieilli. *Il demeure en Languedoc, devers Montpellier* = aux environs de.

Ès. Contraction de *en les.* Ne peut précéder, sans trait d'union, qu'un mot au pluriel. Est surtout employé dans la dénomination des titres universitaires : *licencié ès sciences, ès lettres* et dans certains noms géographiques : *Rion-ès-Montagnes* (en ce cas, avec traits d'union). Loc. **Agir ès qualités**, « au titre des fonctions que l'on exerce officiellement, et non à titre personnel ».

Excepté. Au sens de « hormis, à l'exclusion de », est toujours placé avant le complément qu'il introduit et reste invariable. *Elles se sont mariées, except**é** les plus vieilles.*

Fors. « Excepté, hormis. » Serait tombé en désuétude sans le mot attribué à François Ier après la défaite de Pavie : *Tout est perdu fors l'honneur.*

Hormis. Synonyme de « excepté, hors, sauf ». ☒ Ne pas oublier le *s* (faute fréquente).

Jusque. *J'ai différé jusqu'aujourd'hui* ou *jusqu'à aujourd'hui à vous donner de nos nouvelles* (Acad.). Notez la loc. figée *jusqu**es** et y compris.*

Lez ou **lès**. Du latin *latus,* « à côté de ». Ne subsiste que dans quelques noms de lieux. *Plessis-lez-Tours, Saint-Hilaire-lez-Cambrai,* etc. *Saint-Rémy-lès-Chevreuse, Villeneuve-lès-Avignon...*

Voici, **voilà**. Bien que l'usage emploie plus souvent **voilà** que **voici**, faites la différence. **Voici** indique la proximité : *Voici ma femme. Voici la pluie* (elle commence à tomber), et **voilà** désigne une chose plus éloignée ou une idée qui vient d'être exprimée : *Voilà votre chapeau et voici le mien. Voilà qui est fait.*

Vu. Au sens de « eu égard à » en tête de phrase, est préposition, donc invariable comme *excepté* : ***Vu*** *les circonstances.*

Les locutions prépositives

Elles n'offrent pas de problèmes orthographiques. Attention cependant à certaines graphies, notamment aux traits d'union.

À la merci de. Pas de *e* après *i*.

Au-dedans de, **au-dehors de**, **au-delà de**, **au-dessous de**, **au-dessus de**, **au-devant de** prennent un trait d'union au contraire de *en dedans de, en dehors de, en deçà de...*

Par-delà, **par-dessous**, **par-dessus**, **par-devant**, **par-devers** prennent un trait d'union.

☛ À RETENIR :

Hors. Adv. et prép. Est **adverbe** seulement dans la loc. adv. **hors tout**. *Ce bateau mesure 12 mètres hors tout.* Vieux au sens de « dehors ». *Bouter quelqu'un hors...* **Préposition** au sens de « à l'extérieur de ». *Hors la ville.* A servi à donner naissance à des locutions : *en dehors de, hors saison. Faire du ski hors piste* (au sing. et sans -) mais *faire du hors-piste* (avec -).

Près de. Ne confondez pas, nous n'insisterons jamais assez : *Je suis **prêt** à partir* (je suis disposé à partir) avec *Je suis **près** de partir* (je suis sur le point de partir). Voir p. 185.

Vis-à-vis au sens de « à l'égard de, envers », longtemps condamné par les puristes, est aujourd'hui admis, y compris par l'Académie. Au sens de « en face de », le *de* est parfois omis : *Vis-à-vis la mairie, il y a la poste.*

➠ Du bon emploi des locutions

Partir de zéro, c'est « commencer quelque chose sans acquis antérieur ». Le *Robert historique* date cette locution de 1840 alors que **repartir de zéro** n'est attesté que depuis 1947. Par analogie avec *recommencer quelque chose **à** zéro, reprendre un travail **à** zéro*, c'est-à-dire « persévérer après avoir échoué une première fois », on trouve la loc. **repartir à zéro**. Souvenez-vous d'Édith Piaf : *Balayés les amours et tous leurs trémolos,/ Balayés pour toujours. Je repars à zéro* (« Non, je ne regrette rien », paroles de Michel Vaucaire, 1960). L'expression *les avoir à zéro*, « avoir une très grande peur », est pop. ; la loc. *avoir le trouillomètre à zéro* est triviale.

> ☛ À RETENIR :
>
> Vous direz, écrirez : *Il gagne vingt euros* ***à*** *l'heure ou* ***par*** *heure*, et non **de l'heure.* Si l'usage tend à dire *Il fait du 100 kilomètres-heure*, préférez *100 kilomètres à l'heure* et écrivez : *Le vent soufflera à 110 kilomètres par heure.*

Au niveau de. « Dans le même plan horizontal. Par ext. De pair, à la même hauteur. » ☒ Lorsque, incontestablement, ces deux notions ne sont pas appropriées, on aura recours à : ***dans le domaine de***, ***en matière de***, ***en ce qui concerne***. *En ce qui concerne l'emploi, les mesures suivantes ont été adoptées* et non **au niveau de l'emploi*[1].

Dans le but. « Emploi critiqué » nous dit l'Académie qui écrit : « *Dans le but de,* dans le dessein de, dans l'intention de. *Je lui ai parlé ainsi dans le but de lui redonner courage. Il était venu dans le seul but de vous rencontrer. Dans un but,* dans une intention. *Il est intervenu dans un but de conciliation.* » Certes, l'usage fait loi, mais on peut préférer : ***dans le dessein de***, ***dans l'intention de*** à ***dans le but de***.

☒ Sont, en revanche, déconseillées les expressions : *Poursuivre un but,* se le proposer, et *remplir un but,* l'atteindre.

Grâce à. L'Académie nous rappelle que « l'expression *grâce à* ne doit s'appliquer qu'à ce qui produit un effet heureux, mais on pourra dire, par ironie, *Grâce à son étourderie, grâce à sa négligence, il a tout perdu* ». Mais vous ne pouvez écrire : **C'est grâce à de mauvaises fréquentations que cet homme a été détourné de son devoir.* Vous écrirez : *C'est par de mauvaises fréquentations...* ☒ Au pluriel : *Une action de grâce**s*** mais *Rendre grâc**e*** ou *grâce**s***.

Pallier est un verbe transitif direct. L'Académie nous rappelle que la construction indirecte avec **à** est fautive. *On pallie les défaillances*

1. **Dans le cadre de**. Au fig. « Limites à l'intérieur desquelles s'exerce une activité, une fonction, etc. *Cela n'entre pas dans le cadre de la nouvelle règlementation. Vous sortez du cadre de vos attributions.* » Et l'Académie indique la loc. fam. « **Dans le cadre de**, à l'occasion de. *Ce concert exceptionnel sera donné dans le cadre des fêtes anniversaires...* » Vous éviterez l'emploi de cette locution dans le sens de « au cours de, à l'occasion de ».

d'un système, et non **aux défaillances*. *Pallier*, c'est « dissimuler », « atténuer »; ce verbe n'a donc pas le sens de « remédier » (qui se construit avec *à*, d'où une confusion regrettable).

Suite à est du domaine commercial (contraction de *comme suite à*). Vous aurez recours à : ***en réponse à***.

Sous le couvert de, sous couvert de. « Dans la langue administrative. *Écrire au ministre sous le couvert de, sous couvert du recteur, du préfet*, par la voie hiérarchique » et l'Académie de préciser : « Fig. et vieilli. Sous le dehors, sous l'apparence de (le plus souvent en mauvaise part). *Sous le couvert de l'amitié, il a multiplié les trahisons.* »

L'interjection

☛ L'ESSENTIEL :

« Sorte de mot invariable qu'on jette brusquement dans le discours pour exprimer une sensation de douleur ou des mouvements de l'âme comme l'admiration, l'étonnement, l'indignation, la colère, etc. » Et l'Académie de préciser : « Ce sont tantôt de simples cris ou onomatopées, comme *Aïe ! Pif ! Hop ! Crac ! Hein ! Hue ! Ah ! Oh !* tantôt des noms, des adjectifs, des adverbes, des formes verbales ou des phrases entières. *Dame ! Bon ! Eh bien ! Allons ! Allez ! Va ! Tiens ! Va comme je te pousse ! Fouette, cocher !* Certains de ces mots ont été déformés par l'usage comme *Morbleu !* (Par la mort de Dieu) ; *Corbleu !* (Par le corps de Dieu). »
Les interjections ne posent pas de problèmes orthographiques particuliers. Seul leur emploi est sujet à quelques remarques. À titre d'exemple, voici le sens des interjections sous forme d'onomatopées.

Hé ! Sert à attirer l'attention. *Hé ! l'ami.* Fam. en combinaison avec *oui, quoi : Hé oui ! me voilà.* Répété, marque un signe de connivence souvent ironique. *Hé, hé, je ne dis pas non* (Acad.). En ce sens seulement, pas de point d'exclamation. À ne pas confondre avec **hep !** qui permet d'appeler quelqu'un. *Hep ! là-bas, où allez-vous ?*
Même sens pour **ohé !** : *Ohé ! là-bas, arrivez ! Ohé ! du bateau* (Acad.).

Hein ? Hein ! Pour faire répéter une parole. *Hein ? qu'avez-vous dit ?* Pour renforcer une intention. *Je ne vous le redirai pas, hein !* À ne pas confondre avec **hem !** Onomatopée qui imite le bruit de la toux afin d'attirer l'attention ou pour exprimer un doute.

Heu ! Sert à marquer l'incertitude et surtout l'embarras lorsqu'il est difficile de trouver ses mots ou de répondre à une question. « *Cela vous convient-il ? — Heu ! Il faut que je réfléchisse* » (Acad.).

Hi-han ! Onomatopée imitant le braiment de l'âne. ☒ Le substantif s'accorde : *Pousser des hi-hans sonores* (Acad.).

Hip ! Onomatopée anglaise. Généralement répétée trois fois et suivie de **hourra !** ☒ *hip hip hip hourra !* et non **hurrah*. N. m. *Pousser des hourras.*

Ho ! « Sert pour appeler, pour attirer l'attention. » *Ho ! venez un peu ici !* Pour exprimer l'étonnement, l'indignation. En ce cas, on écrit plutôt **Oh !**

Holà ! Sert à appeler. *Holà ! y a-t-il quelqu'un ?* S'emploie pour modérer quelqu'un, le rappeler à l'ordre, au calme. *Holà ! ne faites pas tant de bruit.* L'Académie précise : « Subst. m. Ne s'emploie qu'au singulier, dans l'expression *Mettre le holà.* »

Hop ! « Évoque un mouvement brusque, un saut. *Hop ! Il a sauté en marche.* Répété, marque une action rapide et saccadée. *Hop hop hop ! Courez* » (Acad.). En ce cas, pas de virgule et un seul point d'exclamation. Fam. pour stimuler quelqu'un. *Allez, hop ! en route.*

Hou ! S'emploie pour interpeller, se moquer, faire honte. *Après s'être cachée, elle cria : « Hou ! »*, ou « *Hou ! hou !* ». *Hou ! tu n'as pas honte ?*

Houp ! À la chasse, pour appeler ou exciter un chien, un cheval.

Olé ! Marque l'admiration, notamment lors des corridas. Plus familier, s'emploie redoublé dans la loc. inv. **olé olé**, leste, osé. *Une robe olé olé.* S'écrit aussi : *ollé !*

☛ À RETENIR :

De nombreuses interjections relèvent de la langue familière (*merde !*) ou vulgaire (*foutre !*). Entendant un peu respectueux *nom de Dieu*, un cardinal interpella gentiment un ouvrier : « *Mon ami, vous ne pouvez pas dire comme tout le monde : merde !* » Hergé a remplacé *mille milliards de nom de Dieu !* par *mille milliards de mille sabords...*

Ouah ! L'onomatopée indiquant le cri du chien est redoublée : *Ouah ! Ouah !* L'interjection qui exprime l'enthousiasme est apparue dans les années 70, de l'anglo-américain *wow. Ouah ! c'est super* (emploi fam. !).

Ouais ! est une interj. fam. (vieilli) exprimant la surprise. *Ouais ! Quel est donc le trouble où je vous vois paraître* (Molière). Aujourd'hui relève, au sens de « oui », d'un style négligé.

☛ À RETENIR :

À une question qui demande une réponse positive, l'interlocuteur répondait, il y a peu, tout simplement par « Oui ». Conservez cette simplicité et ne vous laissez pas entraîner à répondre par des adverbes, *absolument, naturellement, précisément...*

9 Ponctuation, accents, majuscules

La maîtrise de la ponctuation, contrairement à ce que certains pensent, est essentielle. Littré précise : « La ponctuation est l'art de distinguer par des signes reçus les phrases entre elles, les sens partiels qui constituent ces phrases, et les différents degrés de subordination qui conviennent à chacun de ces sens. »
Quant aux accents, vous avez déjà vu leur importance tout au long de ce livre, maintenant vous découvrirez leur emploi.
L'emploi des majuscules obéit à des règles typographiques qui sont bien utiles aux auteurs et aux correcteurs, mais aussi à tous ceux qui souhaitent une harmonie dans une rédaction.

La ponctuation

« Les signes de ponctuation sont les notations musicales de la phrase[1]. »

La virgule

La virgule marque une légère pause, sensible à l'oral, indispensable à l'écrit.

1. Cavanna, *Mignonne, allons voir si la rose…*, éd. Belfond.

☛ L'ESSENTIEL :

R. Thimonnier a excellemment énoncé son emploi : « À l'intérieur de la proposition (ou de la phrase simple), les termes *additionnés, soustraits* ou *inversés* doivent être séparés par une virgule. *Sous le chêne de Vincennes* (inversion), *Saint Louis, roi de France* (soustraction), *rend la justice aux malheureux, aux opprimés* (addition). »
Sachant que *l'addition, la soustraction, l'inversion* demandent une (ou deux) virgule(s), vous pouvez déjà ponctuer correctement la plupart de vos écrits, c'est-à-dire les faire respirer. Certains emplois particuliers vous permettront d'être le maître de la virgule. Et n'oubliez pas ce conseil : « Avant une virgule, que fait-on ? Tous en chœur : On élève la voix, on marque une très légère pause, on se prépare à ce qui va suivre[1]. »

Virgule dans une énumération

Elle sépare les mots d'une énumération. *Sur l'étagère s'alignaient des bocaux de sucre, de caramels, de bâtons de réglisse, etc.*

☛ À RETENIR :

Devant **etc.**, mettez une virgule ; après, n'ajoutez pas un deuxième, encore moins un troisième *etc.* et surtout pas trois points – ce qui fait pléonasme, **et cetera** ou **et caetera** signifie en effet « et le reste ». Les puristes ne l'employaient, **etc.** étant neutre, que pour les choses et avaient recours à **à la suite** pour les personnes. L'usage admet aujourd'hui **etc.** pour les choses et pour les personnes.

☒ Il faut au moins trois éléments dans une énumération pour ajouter **etc.**

Virgule et apostrophe ou apposition

Elle sépare les mots formant apostrophe ou mis en apposition. *Toi, viens me voir. Légère et court-vêtue, elle allait à grands pas.*

Virgule et propositions incises

Deux virgules sont nécessaires dans les propositions incises : « *Viens, lui dit-elle simplement, je ne te mangerai pas* », ainsi que

1. Cavanna, *Mignonne, allons voir si la rose...*, éd. Belfond.

pour isoler une précision. *Frontignan, chef-lieu de canton de l'Hérault, s'enorgueillit de son muscat célèbre dans le monde entier.*

Virgule et conjonctions de coordination

L'ESSENTIEL :

La virgule se met entre les éléments coordonnés par des conjonctions, à l'exception de **et, ni, ou**. *Je pense, donc je suis. Il est riche, mais avare. Je l'aime, car elle m'aime.*
Il en est de même avec certaines propositions adverbiales. *Je le veux bien, comme d'habitude.* Cependant, lorsque la proposition est liée au verbe principal, la pause n'est pas nécessaire. *J'irai vous embrasser dès que possible.*

– **Avec *et*, *ni*, *ou***. Lorsque **et**, **ni**, **ou** marquent une rupture, une opposition d'idée, la virgule est de rigueur : *Les Éditions de l'Archipel fêteront leur 15e anniversaire le 18 septembre, et seront heureuses de vous accueillir... Il prétendait suivre les cours des Beaux-Arts, et travailler chez un peintre de décors* (Mauriac). *Je ne crois pas qu'il vienne, ni même qu'il pense à venir* (Acad.).
S'il n'y a pas rupture, la virgule est superflue. C'est souvent le cas avec **ni**. *Il n'est ni bon ni mauvais. Il ne boit ni ne mange. Ni l'un ni l'autre n'a fait son devoir* (Acad.). Dans ce dernier exemple, on peut admettre le pluriel. *Ni le mari ni la femme ne savaient lire* (Balzac).

– **Avec *or***. **Or** est généralement suivi d'une virgule, lorsqu'il fait ressortir ce qui va suivre. *Or, dites-nous.* Il en est de même pour **or donc**. *Or donc, pour en revenir à ce que je disais.*

À RETENIR :

Cependant, notamment lorsque **or** sert à lier un discours à un autre, la virgule n'est plus employée. *Or le plus grand dessein qui m'arrête en ces lieux. Or il est temps, ma sœur, de montrer qui nous sommes* (Littré).

Les composés d'une exposition numérique ne sont jamais séparés par des virgules : *Il est cinq heures dix minutes et trente-cinq secondes.*

➾ Virgule et complément circonstanciel

La virgule sépare presque toujours un complément circonstanciel du sujet ou du verbe qui le suit ou le précède : *Pendant l'été, il voyageait beaucoup. Je la rencontrerai, puisque tu le souhaites.* En revanche, pas de virgule s'il y a détermination : *Je la rencontrerai avant que tu la voies.* ☒ Sauf après un adverbe, si le sens ou l'intention le permet : *Partout il fait paraître beaucoup de richesses* ; mais on peut écrire : *Surtout, soyez sages* (la virgule marque une volonté. Moins sévère serait : *Surtout soyez sages*).

☛ À RETENIR :

En tête de lettre, vous mettrez une virgule entre le lieu et la date : *Carnac, le 12 septembre 2005.*

La Poste nous demande de ne pas mettre de virgule dans la rédaction des adresses. Profitons-en pour vous donner des conseils afin que votre courrier soit acheminé dans les meilleurs délais :

- La dernière ligne ne doit comporter que les seules indications du code postal suivies du nom du bureau distributeur en **lettres capitales**. Ne jamais la souligner.
- Éviter les signes de ponctuation surtout dans les deux dernières lignes de l'adresse (lignes traitées par lecteurs automatiques).
- Ne pas séparer les deux premiers chiffres du code des trois chiffres qui suivent.

Exemple :

Monsieur et Madame Pierre Dubois
12 boulevard Pasteur
21100 DIJON

☒ Par politesse, écrivez toujours au long *Monsieur, Madame, Mademoiselle.*

➾ Un cas difficile : le relatif

Michel Massian a parfaitement illustré ce cas :

– Le relatif n'est précédé d'une virgule que lorsque le mot placé immédiatement avant n'est pas son antécédent : *On est surpris devant l'œuvre de cet auteur, qui est d'une rare violence* (la virgule indique que ce n'est pas l'auteur « qui est d'une rare violence » mais son œuvre). ☒ Mais : *Tel est le nouveau roman de cet auteur qui nous a souvent enchantés.*

– La proposition relative se place entre deux virgules si elle est considérée comme une incidente, une sorte de parenthèse : *Les électeurs, qui s'étaient massivement rendus aux urnes, lui avaient renouvelé leur confiance.*
Mais pas de virgule si elle détermine le sens de l'antécédent : *Les électeurs qui s'étaient prononcés pour lui avaient choisi moins le programme que l'homme.*

À RETENIR :

Lorsque le sujet de la principale est éloigné du verbe, une seule virgule marque une légère pause, sans que l'on considère pour cela qu'il y ait une incise – si bien que le sujet est séparé du verbe par une seule virgule : *L'amour maternel qui dure toute une vie et qui ne s'arrête jamais, est chose naturelle.* Parfois, une pause ajoute au style : *Tant de soins dont elle l'accablait, ne faisaient pas illusion à Bob* (Mauriac).

Complément placé avant le sujet

La virgule est alors de rigueur : *Demain matin, nous irons chez toi.*

☒ Si le complément inversé est un complément d'objet indirect, on ne met pas de virgule : *À cette réplique il ne sut que répondre.*

Virgule dans un groupe de propositions

Elle sépare, comme dans une énumération, les propositions de même nature : *Le soleil brillait, les oiseaux chantaient, la nature était en fête : c'était une journée radieuse. Il va, il vient, il regarde, observe, prend son temps, tire.* Il en est de même lorsque la subordonnée est placée avant la principale : *Lorsque tu viendras, nous regarderons les photos prises pendant les vacances.*
Êtes-vous convaincu du rôle de la virgule ? Alors, reprenons en chœur cette phrase de Cavanna : « Enfants, chantons, chantons la virgule, nous ne la chanterons jamais assez[1]. »

1. Cavanna, *Mignonne, allons voir si la rose...*, éd. Belfond.

Le point-virgule

L'ESSENTIEL :

Le point-virgule sépare deux propositions et marque une pause plus importante que la virgule et moins importante que le point.
Le point-virgule a des partisans (Mauriac) et est considéré par Cavanna comme une monstruosité. Cet excellent écrivain qui a pris la défense de la langue française dans un ouvrage que tout amoureux de notre langue devrait lire (voir note p. 227) n'a pas tout à fait raison.
En fait, le point-virgule marque une pause dans un récit qui s'enchaîne sans faire intervenir le point qui marque une vraie rupture : *Tant de soins dont elle l'accablait, ne faisaient pas illusion à Bob ; aucun sentiment tendre ne l'inspirait*. Ou encore : *Quand tu seras revenu à Paris tu pourras t'abîmer la santé ; mais ici, je suis la maîtresse* (Mauriac).

Le point

L'ESSENTIEL :

Le point marque dans l'écriture la fin d'une phrase. Il est toujours suivi d'une majuscule. *Le jour se levait à peine, un jour rose des premiers matins de mai. Sous le ciel pâlissant...* (Zola).
Le paragraphe peut contenir plusieurs phrases, narratives, descriptives... Lorsque l'on change de sujet, l'on va à la ligne, créant ainsi un nouveau paragraphe. Pour bien marquer la rupture, on observe un retrait – un blanc, appelé *alinéa*. « L'alinéa marque une articulation plus forte que le point ; il introduit une subdivision de l'idée ou une idée nouvelle » (Acad.).

Le point dit abréviatif se place après les mots écrits en abrégé : **hab**. pour *habitant* ; **hist**. pour *histoire* ; ***ibid***. pour *ibidem* (au même endroit). À ne pas confondre avec ***id.*** pour *idem* (le même). Si le mot comporte des traits d'union, ne pas les oublier : **c.-à-d.** pour *c'est-à-dire* mais on abrègera **ch. de f.** pour *chemin de fer*.
Lorsque l'abréviation se termine par la dernière lettre du mot, il n'y a pas lieu de mettre le point : *Dr* pour *docteur* ; *M*^{e} pour *maître* ; *Mgr* pour *monseigneur*.

☒ Après les symboles d'unité, il n'y a jamais de point[1] : *m = mètre ; cm = centimètre ; ha = hectare ; g = gramme ; gr = grade...*

☛ À RETENIR :

Heure. L'abréviation *h* n'est pas suivie d'un point : *10 h 10*. Dans un texte soigné, les heures pleines, le quart, la demie s'écrivent en toutes lettres : *Il est trois heures et demie. Vous viendrez à midi et quart* (parfois *un quart*).

☒ On écrit : *Une heure et demie* mais *une demi-heure* (des demi-heures). *À midi précis* (et non **précise*). Voir p. 137.

➠ Les deux-points

« Les deux-points annoncent quelque chose. Quelque chose d'important. Ils sont une flèche indicative, un index tendu vers une certaine direction, celle où l'on trouvera l'explication, la citation ou l'énumération que laisse attendre la partie de la phrase qui les précède immédiatement (Cavanna). »

☛ L'ESSENTIEL :

« Signe de ponctuation, figuré par deux points superposés, qui précède une énumération, une explication, une citation. *Mettre les deux-points* » (Acad.).

➾ L'énumération

Tout en lui exaspère la vieille femme : cravates, chemises de soie, pantalons de flanelle blanche (Mauriac).

➾ L'explication

Les deux-points marquent un effet de style chez certains auteurs pour introduire une explication, ou indiquer un évènement.

1. Voir, du même auteur, la liste des abréviations des unités de mesure, in *Dictionnaire des difficultés du français*, Hachette.

Mauriac y a souvent recours. *Ce qu'il y a de plus vil, mère : des gens du monde qui ne sont que cela. En général, on ne les voit pas à l'air libre : ils sont derrière les grilles. Il se pencha au balcon : l'inconnu montait dans une « conduite intérieure ».*

La citation

Les deux-points servent aussi à rapporter des paroles dites par autrui, ou citées : *Elle devait faire ce qui est écrit dans les statuts : « Exécuter les plans selon les normes définies par le professeur. » Il citait souvent cette phrase de Stendhal : « Qui s'excuse s'accuse. »*

L'introduction d'un dialogue

Après un silence, il ajouta :
« Vous prendrez bien quelque chose ?
— Non, merci, vraiment pas. »

Les points de suspension

Au nombre de trois, les points de suspension peuvent remplacer, en fin de phrase, le point final.

– Ils indiquent, le plus souvent, une interruption volontaire, une volonté de ne pas livrer toute sa pensée : *« Ce sont des choses que vous ne connaissez pas… », lui disait-elle* (Mauriac). *Cela coûte dans les… L'un de nous hasarde : — Si l'avion est détruit… tu sais… presque introuvable !* (Saint-Exupéry.)

– Ils laissent entendre une hésitation, voire une suspicion, un espoir, en tout cas l'embarras : *Je revivrai si Pierre revient un jour… Elle n'aurait pas dû consentir… Une femme de son âge !* (Mauriac). *Les papiers du courrier d'Europe sont-ils en règle ? — Je… j'ai cru…* (Saint-Exupéry).

– On les utilise pour éviter d'écrire au long un mot grossier ou cacher un nom propre : *Quel …, celui-là !* ou *Quel c…, celui-là ! Au procès, Mme … témoigna de son infortune lorsqu'elle habitait à …* (en ce cas on trouve aussi *Mme* ***, à ***).

– Dans un dialogue, ils peuvent remplacer une phrase entière non prononcée.

– Placés entre crochets, ils signalent que le texte a été tronqué.

Le point d'interrogation

Vous le savez, le point d'interrogation s'emploie à la fin d'une phrase interrogative. *Viendrez-vous demain ?*
Lorsque l'interrogation est indirecte, le point d'interrogation est absent. *Il lui demanda pourquoi il n'était pas venu.*

▷ Une erreur qui se répand de plus en plus (journaux, édition) mais que vous éviterez. Quand la phrase interrogative est suivie d'une incise, le point d'interrogation se place avant celle-ci. *Et vous, viendrez-vous ? demanda-t-il* et non *Et vous, viendrez-vous, demanda-t-il ?*

▷ Selon votre intention vous aurez recours ou non au point d'interrogation, après **n'est-ce pas**, **comment dirais-je**, **savez-vous**. *Il viendra, n'est-ce pas (?). Je voulais vous demander, comment dirais-je (?), j'ai scrupule à formuler mon souhait. Savez-vous qu'il était malade (?).*

Le point d'exclamation

Le point d'exclamation se met à la fin d'une phrase exprimant l'indignation, la joie, la douleur, l'admiration, ainsi qu'après un mot ou une expression exclamative. *Que vous êtes belle ! Chic ! je vais aller jouer avec toi. Bravo ! tu as gagné.*

Eh bien. Peut être employé seul au sens exclamatif ou interrogatif. *Eh bien ! jamais je n'aurais cru cela de vous. Eh bien ? j'attends la suite.*
En début de phrase, **eh bien** est le plus souvent suivi d'une virgule : *Eh bien, nous irons à Paris demain, puisque tu le souhaites.*

Ô. Marque le vocatif ou des sentiments intenses. Il n'est jamais suivi du point exclamatif, celui-ci est placé après le mot déterminant : *Ô rage ! ô désespoir ! ô vieillesse ennemie* (Corneille).

Oh. Est le plus souvent suivi du point d'exclamation et marque la surprise. *Oh ! quelle joie !* On trouve parfois le point d'exclamation en fin de phrase, ce qui renforce l'intention exprimée. *Oh, c'est toi !*

☛ À RETENIR :

Oh ! indique un sentiment, douloureux ou heureux ; **ho !** exprime l'étonnement, l'indignation et sert à appeler. *Oh ! ce n'est pas possible, il n'est pas mort. Ho ! vous, là-bas, venez.* Substantivement. *Oh ! oh ! je n'y prenais pas garde ; j'aimerais mieux avoir fait ce oh ! oh ! qu'un poème épique* (Molière).

☒ Vous l'avez remarqué, après le point d'exclamation, le mot qui suit commence par une minuscule.

➠ Les parenthèses

Elles servent à isoler un mot ou un groupe de mots, à isoler un jeu de scène dans les pièces de théâtre, une réflexion d'un interlocuteur.

☛ À RETENIR :

La ponctuation de la phrase se place après la parenthèse fermante. *Elle avait la grâce (que n'avait-elle pas !), un charme indéfinissable.* Écrivez : *Mettre un mot entre parenthèse**s*** (il y en a deux) mais : *Je vous dirais, par parenthès**e*** (sans *s*).

➠ Les crochets

Ils remplacent les parenthèses dans une phrase déjà entre parenthèses. *Je suis d'accord avec Albert Camus quand il écrit (cf.* Le Mythe de Sisyphe [*1942*]*) qu'« Il n'y a qu'une action utile, celle qui referait les hommes et la terre ».*

Ils indiquent, dans le texte d'un auteur, un passage supprimé, un ajout, une précision. *Barrès écrivait (Cahier, tome VII) : « La vie m'épouvante* [...]. *C'est une prison qui me terrifie. »*

Écrivez sans vous tromper l'interjection : **oh ! là ! là !** (trois points d'exclamation, *à* et non *a*).

Les guillemets

Ils vont, le plus souvent, par paires. Le premier est appelé « guillemet ouvrant », le second « guillemet fermant ».

– Ils sont employés, concurremment avec l'italique, pour isoler un mot, une expression, un titre d'œuvre. L'anglais *girl* signifie « fille ». *Il avait lu dans « Le Figaro ».* Dans un texte en romain, on aurait : Il avait lu dans *Le Figaro* (les noms de périodiques se composent en italique).

– Les noms de marque prennent une majuscule, et les types dans cette marque sont souvent entre guillemets. *Une Citroën « BX ».*

– Un guillemet, ou des guillemets, se place(nt) sous le mot ou les mots de la ligne précédente, et signifie(nt) la répétition de ce mot. C'est un procédé à utiliser en cas d'énumération.

Nous vous avons livré le 30 juin :	10 kilos de …
" " " " " 2 août :	20 litres de …

Un seul guillemet, centré, est aussi admis :

Nous vous avons livré le 30 juin :	10 kilos de …
" 2 août :	20 litres de …

– Ils servent surtout à « encadrer » une citation. *Il citait souvent cette devise : « Liberté, égalité, fraternité ».*

Construire un dialogue

Un dialogue étant une véritable citation, l'emploi des guillemets ouvrants et fermants s'impose dans bien des cas. Cette rubrique s'adresse en premier aux « professionnels » mais peut vous être utile.

Dialogue direct sans intervention subsidiaire

« Comment allez-vous ?
— Bien, et vous ?
— Comme le temps, répondit-il, on fait aller. »

▷ Les incises courtes font partie du dialogue et ne justifient pas la fermeture et la réouverture des guillemets, ici entre « temps » et « on ».

➾ Dialogue direct avec interruption de plus d'une ligne

« Mais il n'y a plus de rabbins », dit Haina en s'interrompant brusquement comme si elle cherchait ses mots. « D'ailleurs s'il y en avait encore, que feraient-ils ?
— Ils nous aideraient à vivre.
— Tu le crois sincèrement ?
— Oui. »
De nouveau, elle sembla chercher ses mots et elle me répondit avec espoir :
« Tu m'aideras alors ?
— Sûrement. »
Nous nous tûmes un long moment.

▷ Des incises longues demandent la fermeture et la réouverture des guillemets.

▷ Notons que, après chaque interruption du dialogue, il faut créer un paragraphe et non enchaîner après le guillemet fermant. Cette règle de bonne présentation est fréquemment transgressée :
Elle s'est approchée de moi et m'a murmuré : « N'essaie jamais. Je suis toute à toi. Entièrement. » Je l'ai attirée vers moi. « Alors qu'est-ce qu'on attend ? — Aime-moi, embrasse-moi. »
Il aurait été souhaitable de composer :
Elle s'est approchée de moi et m'a murmuré :
« N'essaie jamais. Je suis toute à toi. Entièrement. »
Je l'ai attirée vers moi.
« Alors qu'est-ce qu'on attend ?
— Aime-moi, embrasse-moi. »

➾ Dialogue dont l'une des répliques contient une citation

Guillemets ouvrants ou fermants

Traditionnellement, pour une citation simple, on a recours aux guillemets ouvrants, chaque ligne de la citation insérée commençant par un guillemet :
« Que lui as-tu dit ?
— Je lui ai cité cette phrase de Balzac : « À quiconque m'apportera
« des manuscrits vous demanderez si c'est des vers ou de la prose.
« En cas de vers, congédiez-le aussitôt. Les vers dévoreront la librai-
« rie ! » Tu te rends compte : « Les vers dévoreront la librairie ! »

En début de ligne de la citation insérée, on trouve parfois des guillemets fermants. Ce procédé est assez disgracieux, surtout si la citation est longue, et c'est pourquoi il est de moins en moins employé :

« Que lui as-tu dit ?
— Je lui ai cité cette phrase de Balzac : « À quiconque m'apportera
» des manuscrits vous demanderez si c'est des vers ou de la prose.
» En cas de vers, congédiez-le aussitôt. Les vers dévoreront la librai-
« rie ! » Tu te rends compte : « Les vers dévoreront la librairie ! »

Guillemets anglais

La solution des guillemets anglais « encadrant » la citation nous paraît, et de loin, la forme non seulement la plus compréhensible, mais aussi la plus élégante. En ce cas, les guillemets ouvrants ou fermants en début de ligne disparaissent :

« Que lui as-tu dit ?
— Je lui ai cité cette phrase de Balzac : "À quiconque m'apportera des manuscrits vous demanderez si c'est des vers ou de la prose. En cas de vers, congédiez-le aussitôt. Les vers dévoreront la librairie !" Tu te rends compte : "Les vers dévoreront la librairie !" »

▷ L'on voit que la reprise de la citation « Les vers dévoreront la librairie » se détache nettement ainsi que le guillemet fermant qui marque la fin du dialogue.

Création d'un paragraphe

Si le même interlocuteur continue sa phrase avec la création d'un paragraphe, il y a lieu de répéter le guillemet :

« Excusez-moi, je n'avais pas mangé depuis trois jours.
— Nous vous laissons vous reposer, répondit-elle.
« Vous penserez après votre sieste à nous conter vos aventures, ajouta-t-elle après un temps de réflexion.
— Bien entendu. »
Il se retira, en la saluant.

▷ Afin d'éviter une rupture dans le dialogue, on a parfois recours aux parenthèses pour indiquer une explication, un jeu de scène :
« Jean n'est-il pas ton frère ? (Il le savait pertinemment.) Nous nous reverrons demain.
— Certes », répondit-elle en s'approchant tout près de lui.

Ici, la phrase est complète : majuscule à *Il* ; point à l'intérieur de la parenthèse. Mais : « Nous nous reverrons demain (il n'en doutait pas), si tu le veux bien. » Ici, pas de majuscule ; ponctuation en dehors de la parenthèse.

Citation d'un dialogue rapporté

« Que vous êtes-vous dit ?
— Afin de ne pas trahir les propos que nous avons échangés, je me permets de vous rapporter très exactement les paroles qui ont été prononcées : "Vous n'avez pas le droit de me traiter ainsi. — Ce droit, je le revendique. — Vous m'en rendrez raison. — Sûrement pas, vous êtes trop vil. — Retirez cette parole. — Jamais." Après cet échange, vous comprendrez que je ne souhaite plus rencontrer votre ami.
— Je le comprends en effet. »

Si les phrases d'un dialogue rapporté sont renvoyées en alinéa, chaque réplique est signalée par un tiret placé après le guillemet ouvrant :
« Lorsque je la vis pour la première fois, nous échangeâmes des propos qui sont restés gravés dans ma mémoire :
"— Suzanne, vous ne pouvez savoir combien ma vie a été bouleversée par la mort de ma mère.
"— Jacques, je le sais fort bien.
"— Vous ne pouvez vous mettre à ma place. Les morts restent présents plus longtemps qu'on ne le croit au fond de notre cœur." Elle eut alors un geste de tendresse d'une douceur ineffable et je lui demandai de m'accompagner.
— Qu'arriva-t-il ensuite ? »

▷ Ici aussi, l'on voit l'avantage des guillemets anglais, qui mettent en relief le dialogue rapporté sans avoir recours aux guillemets ouvrants (ou fermants) qui devraient être placés en début de chaque ligne du dialogue rapporté.

Vers cités dans un dialogue

Si le vers est unique, on aura recours à l'italique :
« Vous souvenez-vous de qui est ce vers : *Du temps que j'étais écolier* ?
— Bien sûr, il est d'Alfred de Musset. »

▷ Le point d'interrogation ne faisant pas partie du vers est composé en romain.

Si les vers constituent une réplique, ou une partie de la réplique, on suivra les mêmes règles que pour la composition des vers, c'est-à-dire que la rentrée, y compris le tiret, sera placée en retrait :

« Connaissez-vous la fin de ce poème ?
— Du temps que j'étais écolier,
Je restais un soir à veiller
Dans notre salle solitaire.
Devant ma table vint s'asseoir
Un pauvre enfant vêtu de noir,
Qui me ressemblait comme un frère.
— Je vois que vous n'avez pas oublié vos classiques. »

Les accents et les autres signes graphiques

Accent aigu et accent grave

L'ESSENTIEL :

L'accent aigu **é** sur le *e* indique un son fermé [e] alors que l'accent grave **è** indique un son ouvert [ɛ]. Qu'il soit fermé ou ouvert, *é* ou *è*, la lettre *e* ne s'orne d'un accent que si elle termine la syllabe.

L'ESSENTIEL :

L'accent est un signe graphique placé sur une voyelle pour en indiquer la valeur ou pour distinguer un mot de ses homonymes, nous dit l'Académie.
Les accents sont au nombre de trois : *l'accent aigu, l'accent grave* et *l'accent circonflexe.*
Ils sont indispensables pour la bonne compréhension d'un texte. C'est ainsi que grâce à l'accent grave on distingue « à », « là », « où », de la forme verbale « a », de l'article « la » et de la conjonction « ou ». À ces trois accents, il faut ajouter le *tréma.*
D'autres signes interviennent dans notre graphie : la *cédille,* l'*apostrophe* et le *trait d'union.*

L'Académie fait autorité. Notons que, dans la 9e édition de son *Dictionnaire*, elle a eu le souci d'harmoniser, à titre définitif, l'accentuation de certains mots, mettant fin ainsi à des difficultés inutiles. Curieusement, cette simplification n'est pas toujours retranscrite dans les ouvrages spécialisés ni respectée par les compositeurs. Les mots suivis d'un * admettent cependant la double orthographe.

Graphies modifiées par l'Académie

Abrègement
Affèterie
Allègement
Allègrement
Allégretto
Allégro
Artéfact
Asséner
Bélître
Bésicles
Cèleri*
Chéchia
Cicerone ou cicérone
Crèmerie*
Crènelage*
Crèneler*
Crènelure*
Critérium*
Décrescendo ou decrescendo
Dérèglementation
Dinothérium
Droséra ou drosera
Duodénum
Empiètement
Évènement*
Évènementiel*
Fac-similé
Fèverole
Gélinotte
Hébètement
Imprésario
Jéjunum
Linoléum
Mémento
Mémorandum
Piètement
Proscénium
Recéler
Recépage
Recépée
Recéper
Référendum
Réfrènement
Réfréner
Règlementaire
Règlementairement
Règlementation
Règlementer
Rempiètement
Révolver
Sècheresse*
Sècherie*
Sèneçon*
Sénescence
Sénestre
Sènevé*
Séquoia
Sérapeum
Sombréro
Spéculum
Tèterelle
Vènerie

Voir p. 148 la décision de l'Académie concernant la nouvelle accentuation des verbes qui se conjuguent sur le modèle de *céder*.

☛ À RETENIR :

Retenez les mots usuels et, en premier, **évènement**, sans oublier : *abrègement, allègrement, asséner, mémento, recéler, référendum, règlementer* (et ses dérivés), *révolver*.

Méfiez-vous des mots dérivés portant un accent que n'a pas leur radical : *reclus* mais *réclusion* ; *recouvrable* mais *irrécouvrable* ; *remède* mais *irrémédiable* ; *reproche* mais *irréprochable*.

Ne mettez jamais d'accent devant un *x* : *exercice, exception*, ni devant une consonne double : *ecchymose, erratum*...

– Tous les mots qui se terminent par un **e** avec le son [e] prennent un accent aigu : *âcreté, acuité, beaupré, beauté, bénédicité*...

– Mots terminés par un *s* au singulier. Ils prennent tous un accent grave sur le *e* qui précède le *s* : *accès, aloès, après, congrès, faciès, procès*...

▷ Le *s* se prononce dans *aloès, cacatoès, ès, exprès* (adj.), *faciès, florès, herpès, palmarès, pataquès, profès, xérès*.

☒ **ès** est la contraction de **en les** et ne peut s'employer que devant un pluriel : *docteur ès science**s*** (voir p. 221).

L'accent circonflexe

☛ L'ESSENTIEL :

L'accent circonflexe se met sur les voyelles *a, e, i, o, u*. Il remplace un *s* disparu : *teste* a donné *tête*, ou un *e* : *meur* a donné *mûr*.
La difficulté, avec l'accent circonflexe, c'est qu'il est source de bien des méprises. C'est pourquoi nous vous donnons la faculté, sans ordre précis, d'« aborder » cet accent sans complexe.

Auparavant, nous vous donnons un petit « plus ». L'accent circonflexe mis sur **a**, **i**, **o**, **u** confère à ces voyelles un son plus accentué, particulièrement pour **â** et **ô**. Comparez *un b**a**teau* et *un b**â**ton* ; *c**i**me* et *ab**î**me* ; *ch**u**te* et *fl**û**te* ; *l'oiseau est **sur*** (prép.) *la branche* et *Il est **sûr** de lui.*
Cet accent sert à distinguer des mots homonymes : *un **a**cre valait environ 50 ares. L'**â**cre odeur de l'ammoniac.*

▷ Finales en **-aître** et en **-oître**. Dans tous les verbes ayant ces finales, l'**î** indique la 3e personne du sing. de l'ind. présent : *Il paraît, il croît.* Par exemple, vous voyez l'utilité de l'accent circonflexe : *Il croît* vient du verbe *croître* ; on évite la confusion avec *il croit* du verbe *croire.*

▷ Finales en **-âtre** et en **-atre**. Vous savez déjà grâce à la rubrique « Suffixes », p. 47, que la finale en **-âtre** marque une approximation, une diminution, une atténuation, d'où : *douceâtre, jaunâtre, marâtre, verdâtre...* mais la finale en **-atre** n'a pas ce sens diminutif, et concerne surtout le corps médical : *pédiatre, psychiatre* et le nombre *quatre.*

☛ À RETENIR :

Méfiez-vous des mêmes étymologies : *âcre, âcreté* mais *acrimonie ; arôme* mais *aromate* ; *grâce* mais *gracieux.* N'hésitez pas à consulter votre dictionnaire si vous ne vous souvenez pas, par exemple, que l'on écrit : *côte* mais *coteau* ; *câble* mais *encablure* ; *râteau* mais *bateau* ; *château* mais *chalet* ; *fantôme* mais *fantomatique* ; *câliner* mais *cajoler* ; *jeûner* mais *déjeuner* ; *drôle* mais *drolatique...*

Le **e** avec accent circonflexe se prononce comme un **è**, d'où une confusion bien pardonnable... qui cependant ne vous sera pas pardonnée par votre professeur. Voici les mots les plus usuels où vous saurez, vous, qu'il prend un accent circonflexe : **alêne** ; **apprêt** (pensez à *un prêt d'argent* et à *Il est prêt à partir* mais *Il est près de moi*) ; **baptême** ; **benêt** (ne s'emploie qu'au masc.) ; **carême** ; **dépêche** ; **enquête** ; **fenêtre** ; **forêt** ; **frêne** ; **gêne** ; **genêt** (l'arbrisseau mais **genet**, petit cheval) ; **grêle** ; **guêpe** ; **hêtre** (arbre) ; **intérêt** ; **pêche**, **pêcher**, **pêcheur** (celui qui attrape du poisson ; le fém., rare, est **pêcheuse** ; mais le v. **pécher**, fauter, et le subst. **pécheur, eresse**, celui, celle qui faute) ; **pêne** ; **pimbêche**, (fam.) ; **poêle** ; **quête** ; **rêne** (au sens de guide, surtout au pluriel : *les rênes du pouvoir*) ; **salpêtre** ; **tempête** ; **tête** ; **têtu**, d'où **entêté** ; **trêve** ; **vêpres** (toujours au pluriel) ; **vêtement**.

▷ **Poêle** se prononce [poual]. L'Académie écrit *prèle* (plante) mais *prêle* ou *presle* sont admis.

☛ À RETENIR :

Ne confondez pas le **pronom** possessif avec **l'adjectif** possessif. Le pronom possessif est précédé d'un article défini : **le nôtre, la nôtre, les nôtres** : *Votre voiture est comme la nôtre. Vos idées ne sont pas les nôtres.* En emploi litt., est substantif : *Les nôtres* (nos parents) ; *Soyez des nôtres.* L'adjectif possessif **notre**, **nos** correspond au pronom personnel *nous* et marque la possession : *Notre maison* (elle est à nous) ; *À notre avis.* Correspond au « nous » de majesté : *Tel est notre bon plaisir.*

Les mots commençant par **racl-** ne prennent pas d'accent : ***ra**clage*; ***ra**clée* (fam.) ; ***ra**clement*; ***ra**clette*; ***ra**cloir*; ***ra**clure.*

Le tréma

L'ESSENTIEL :

Le tréma est un signe formé de deux points, qui se place au-dessus d'un **e**, d'un **i**, d'un **u**, rarement au-dessus d'un **o**, pour indiquer qu'il forme une voyelle séparée de la précédente ou de la suivante et qu'il faut la prononcer : *ambiguë, ïambe...*
Les « recommandations », rappelons-le, ne sont pas entrées dans l'usage (voir p. 20).

- Au féminin, « il faut mettre un tréma sur le *e* d'*aiguë* » (Acad.). En ce cas, le *e* ne se prononce pas : *la ciguë, exiguë.*
- D'un emprunt au néerlandais, **maelström** prend un tréma sur le *o*. On écrit aussi *malstrom.* En physique, **angström** désigne une unité de longueur.
- Dans les noms propres ornés d'un tréma sur le *e*, celui-ci ne se prononce cependant pas : *Saint-Saëns* [sens], *Mme de Staël* [stal].

À RETENIR :

On écrit sans tréma : Plé**i**ade, Sa**i**gon. Retenez que les mots qui se terminent en **-éiforme, -éisme, -éique** ne prennent pas le tréma sur le *i* : *absenté**i**sme, cuné**i**forme.*

Les accents pièges

À propos des verbes

Il vous faut impérativement retenir que l'accent circonflexe orne tous les verbes :
– Au passé simple de la 1re et de la 2e personne du pluriel : *nous fûmes, vous fûtes.*

– Au passé antérieur de la 1re et de la 2e personne du pluriel : *nous eûmes été, vous eûtes été.*
– À l'imparfait du subjonctif de la 3e personne du sing. : *qu'il fût*, et au plus-que-parfait du subjonctif : *qu'il eût été.*

> ☛ À RETENIR :
>
> **Fût-ce** ou **fut-ce** ? Au sens de « même, serait-ce », l'imparfait du subjonctif est de rigueur : *Nous y arriverons, fût-ce au prix de beaucoup d'efforts.* Au sens de « est-ce que ce fut », on a recours au passé simple : *Fut-ce un grand bonheur que de l'avoir rencontrée ?*

➠ Substantifs, adjectifs et noms propres

Les correcteurs redoutent ce qu'ils nomment les « accents pièges ». Nous en avons dressé une liste qui reprend les modifications apportées dans la 9e édition du Dictionnaire de l'Académie que vous connaissez déjà (voir p. 242). Le signe * après le mot indique que les deux graphies sont admises.

A. Ab**î**me ; abr**è**gement ; **â**cre mais **a**crimonie ; aff**è**terie ; aff**û**t ; aig**u**, au fém. aigu**ë** ; a**î**né ; alc**ô**ve ; al**ê**ne ; all**è**chement ; all**è**gement ; all**è**grement ; all**é**gretto ; all**é**gro ; all**ô** ; ambig**u**, au fém. ambig**uë** ; app**â**t (amorce) mais app**a**s (attraits) ; ar**ô**me mais ar**o**mate, ar**o**matique ; art**é**fact ; ass**é**ner ; assid**û**ment mais prétend**u**ment ; av**è**nement ; ax**io**me.

B. B**â**illement ; b**â**iller ; b**â**illon mais b**a**iller (*Vous me la baillez belle*, vous cherchez à m'en faire accroire) ; b**a**teau mais b**â**timent ; le B**e**n**e**lux (Belgique, Nederland, Luxembourg) ; ben**ê**t ; b**é**l**î**tre ; Beno**î**t (prénom) mais Pierre Beno**i**t ; b**é**sicles ; boh**è**me, artiste et l'opéra de Puccini *La Boh**è**me* mais Boh**ê**me (pays) ; boh**é**mien ; bo**î**te mais bo**i**ter, bo**i**teux ; br**è**me (poisson) mais la ville de Br**ê**me ; Charlotte et Emily Bront**ë**.

C. ç**a** (contraction de cela) mais ç**à** interj. et adv. de lieu et ç**à** et l**à** ; c**â**ble mais enc**a**blure ; cano**ë** ; chal**e**t ; ch**â**lit ; ch**â**sse (reliquaire) ; ch**â**ssis ; c**è**leri* ; ch**é**chia ; chen**ê**t ; cic**e**rone ou cic**é**rone ; c**i**me ; Cl**e**menceau ; c**ô**lon (intestin) ; c**ô**ne (en mathématiques) mais c**o**nique ; c**ô**te (montée, os, rivage) mais c**o**teau ; c**o**te (avoir la cote) ; cr**â**ne mais cr**a**niologie ; cr**è**merie* ; cr**è**nelage*, cr**è**neler*, cr**è**nelure* ; cr**ê**pe (galette, étoffe), cr**ê**page, cr**ê**per, cr**ê**perie, cr**ê**pier mais cr**é**pi, cr**é**pon, cr**é**pu ; cr**ê**te mais l'île de Cr**è**te ; crit**é**rium* ; cycl**o**ne.

D. dég**ai**ner ; d**é**crescendo ou d**e**crescendo ; déje**u**ner mais je**û**ner ; dép**ô**t mais dév**o**t ; dér**è**glementation ; d**î**me ; d**î**ner ; dinoth**é**rium ; dipl**ô**me mais dipl**o**matique ; disgr**â**ce mais disgr**a**cieux ; la ville de D**o**le ; dr**ai**ner ; dr**ô**le mais dr**o**latique ; dros**é**ra ou dros**e**ra ; d**û**ment ; duod**é**num ; Albrecht D**ü**rer.

E. ég**ou**t ; égr**e**ner ; embl**è**me ; empi**è**cement ; empi**è**tement ; éperd**u**ment ; ép**î**tre ; év**è**nement* et év**è**nementiel* ; extr**ê**mement mais extr**é**mité.

F. Fac-simil**é** ; fa**i**ne ; fa**î**te ; fant**ô**me mais fant**o**matique ; f**è**verole ; for**ê**t (bois) mais for**e**t (vrille) ; fr**e**t mais affr**é**ter ; f**û**t (tronc d'arbre, tonneau) mais f**u**taie, f**u**taille.

G. ga**i**ne comme dég**ai**ner ; Galli**e**ni (général) ; g**é**linotte ; gen**e**t (cheval) mais gen**ê**t (plante) ; go**i**tre ; gr**â**ce mais gr**a**cier, gr**a**cieux.

H. h**a**ler (tirer) mais h**â**ler (brunir) ; Hano**i** ; Hawa**ii** ; héb**è**tement ; le poète J.-M. de H**e**r**e**dia ; hu**î**tre.

I. ic**ô**ne mais ic**o**noclaste ; impr**é**sario ; inf**â**me mais inf**a**mant, inf**a**mie ; ingén**u**ment ; irr**é**ligieux ; Isra**ë**l mais Isra**é**lien.

J. j**é**junum, je**û**ne mais être à je**u**n ; je**û**ner mais déje**u**ner.

L. Lib**e**ria mais Lib**é**rien ; Li**è**ge mais Li**é**geois ; linol**é**um ; lis**é**ré.

M. Meg**è**ve ; m**é**mento ; m**é**morandum ; m**i**tre ; mus**é**um.

P. para**î**tre (il para**î**t) ; p**â**ture mais p**a**turon ; p**é**cher (commettre un p**é**ché) mais p**ê**cher, l'arbre qui donne des p**ê**ches, et p**ê**cher du poisson ; pi**è**trement ; p**i**tre ; plé**i**ade ; p**ô**le mais p**o**laire ; prétend**u**ment ; prosc**é**nium ; psychi**a**tre ; pu**î**né ; pup**i**tre ; pyl**ô**ne.

R. r**a**cler (et dér.) ; rago**û**t ; r**â**teau ; r**â**teler mais r**a**tisser ; r**e**belle mais r**é**bellion ; rec**é**ler ; rec**é**leur ; rec**é**page ; réf**é**rendum ; r**é**fr**è**nement, réfr**é**ner ; r**è**glementaire, r**è**glementation, r**è**glementer ; re**î**tre ; rempi**è**tement ; renga**i**ner ; r**e**partie (avoir la repartie facile) ; r**é**volver ; r**o**der (un moteur…) mais r**ô**der (errer), r**ô**deur.

S. S**è**cheresse*, s**è**cherie* ; s**é**créter, s**é**crétion ; s**è**neçon* ; s**é**nescence ; s**é**nestre ; s**è**nevé* ; s**é**quoia ; s**é**rap**é**um ; sombr**é**ro ; sp**é**culum ; Eugène Su**e** ; s**u**r (aigre) mais s**û**r (certain) ; sympt**ô**me mais sympt**o**matique ; syndr**o**me.

T. T**â**tonner mais t**a**tillon ; t**é**ter, t**é**tée, t**é**tin, t**é**tine, t**é**ton mais t**è**terelle, « appareil placé au bout du sein pour favoriser l'allaitement » ; tr**ô**ne mais intr**o**niser.

V. Paul Val**é**ry mais Val**e**ry Larbaud ; v**è**nerie ; Vi**ê**t-nam ou Vi**e**tnam, mais toujours vi**e**tnamien.

☛ À RETENIR :

Voici quelques mots usuels souvent mal orthographiés ou mal compris. Vous avez déjà rencontré quelques-uns d'entre eux. Vous vous en souvenez ? Bravo.

Aléa n. m. Évènement imprévisible. Ne prend pas de *s* au sing.

Ambiguïté. Avec **ï** et non **i*, « caractère de ce qui présente deux ou plusieurs sens possibles », à ne pas confondre avec **ambivalence**, « caractère de ce qui comporte deux aspects différents et même opposés ».

Châlons-en-Champagne mais **Chalon-sur-Saône.**

Chapitre. Pensez à p**i**tre ou à c**i**me, avec **i** et non **î.*

Chateaubriand (René de) mais Ch**â**teaubrian**t** (Alphonse de, et la ville de Loire-Atlantique). *Déguster un c**ha**teaubrian**d** grillé.*

Cru. *Boire un grand c**ru*** (sans accent) ainsi que pour le part. pas. du verbe **croire** mais celui de **croître** en prend un : *Il a cr**û** en sagesse.*

Dessouler. Dans sa 9e édition, l'Académie n'a pas cru devoir orner d'un chapeau le *u* de ce verbe, dérivé de *so**û**ler.*

Gaieté, gaiement. La graphie *gaîté* est vieillie mais se retrouve dans *rue de la Gaîté, théâtre de la Gaîté.*

Gênes. Les habitants s'appellent les *G**é**nois.*

Géorgie. République indépendante depuis 1991. À ne pas confondre avec G**e**orgie (*Georgia* en anglais), État du sud-est des États-Unis.

Île. Attention au dér. **î**lot (**î** mais **o**).

Ragoût. Comme go**û**t, rago**û**t prend un chapeau mais n'oubliez pas qu'**égout** n'en prend pas.

Sérapéum. Vous le savez si vous êtes allé en Égypte, ce mot désigne la nécropole des taureaux Apis (devenus Osiris à leur mort). L'Académie a francisé ce mot, au pluriel régulier par conséquent : des s**é**rap**é**ums. Les savants écrivent : s**e**rap**e**um, pl. s**e**rap**e**a.

Tache, **tâche**. *Une tache d'encre* ; *une réputation sans tache* ; *des taches de rousseur* mais pour indiquer un travail à exécuter on mettra le **â** : *Il est dur à la tâche* ; *il est payé à la tâche.*

La cédille

L'ESSENTIEL :

La cédille (*c cédille*) se place devant *a, o, u* et nous indique que nous devons prononcer ce *ç* avec le son [se], évitant ainsi le son dur [k] : *il avança, une leçon, un maçon, un soupçon, des fiançailles...*

À RETENIR :

Ne pas oublier la cédille devant une consonne lorsqu'on crée un amuïssement dans le langage familier : *çte femme* ; *à çt'heure.* Devant *e* et *i*, ne mettez jamais de cédille : *merci, à la merci de*, ni devant les ligatures *æ* et *œ* : *cæcum, cœlacanthe.*

L'apostrophe et l'élision

L'apostrophe

L'ESSENTIEL :

L'apostrophe est un mot féminin. Ce signe orthographique (') marque l'**élision** d'une voyelle (*a, e, i*) non prononcée par euphonie, ou un *h* muet, ce qui évite le heurt de deux voyelles, ou **hiatus** : *s'il vient, l'homme.*

On a recours à l'apostrophe :
– Avec **lorsque** et **puisque** uniquement devant *il(s), elle(s), en, on, un, une.* Avec **quoique** devant *il(s), elle(s), on, un, une*, à l'exclusion de *en.* Avec **quelque** devant *un* et *une* uniquement : *Quelqu'un, quelqu'une.* **Jusque** devant une voyelle : *il ira jusqu'au bout.*
– Devant les monosyllabes **de**, **le**, **me**, **ne**, **se**, **te** : *Donne-m'en* ; *je t'envoie* ; *elle s'ouvre* ; *je l'admire.*
– Dans le pronom démonstratif **ce** : *C'est formidable* ; *c'était hier.*
– Dans le pronom relatif et le pronom interrogatif **que** : *La personne qu'elle présente est agréable. Qu'apportes-tu pour le dîner ?*
– Dans l'adverbe de négation **ne** : *Il n'intéresse personne.*

L'élision

L'élision, que nous appellerons familière, est tolérée par effet de style en langage parlé : *T'as* pour *tu as. T'as d'beaux yeux, tu sais* en est un bel exemple (Jean Gabin à Michèle Morgan dans *Quai des brumes*) mais à l'écrit, proscrivez-le. *T'as pas vu ma gomme ?* Ce langage relâché doit être combattu dès le plus jeune âge, car il ouvre la porte à des incorrections plus graves.

– N'oubliez pas que l'on ne fait pas l'élision devant un *h* aspiré ni devant : **huit**, **onze**, **oui**, **uhlan** et **ululer** (et dér.) : *Le onze de France.* Voir ci-dessous « La lettre h ».
– **Presque** ne s'élide que dans **presqu'île**. Vous écrirez donc : *Presque en même temps.*
– **Quelque**, vous le savez, ne s'élide que devant **un**, **une** : *Quelqu'un, quelqu'une.* Vous écrirez donc *quelque incident qu'il arrive.*
– Devant un titre d'œuvre, il est recommandé de ne pas faire l'élision : *L'auteur* **de** *« Il ne faut jurer de rien ».*

▷ Le *h* dans Henri étant muet, il y a élision : *Le livre d'Henri.*

▷ Une bizarrerie. Devant un mot commençant par *y*, on fait l'élision s'il est français : *l'yeuse, l'ypérite* mais on ne la fait pas devant un mot d'origine étrangère : *le yacht, le yaourt.*

☛ À RETENIR :

Ne confondez pas l'**ellipse** avec l'**élision**.
L'ellipse, du latin *ellipsis*, « suppression d'un mot », est une « figure consistant à faire, dans un énoncé, l'économie d'un ou de plusieurs termes. Il y a ellipse quand on dit « la Saint-Jean » pour « la fête de saint Jean », « entrer en cinquième » pour « entrer en classe de cinquième »... (Acad.).
L'ellipse du verbe est courante en français : *Jean mange du veau, Jacques du bœuf.* Attention : *Faut pas t'en faire* pour *Il ne faut pas t'en faire* relève du style familier. L'ellipse est un effet de style. Une seule recommandation : ne l'employer que si vous êtes sûr d'être compris. Elle permet notamment un style direct : *« Où est-elle ? — Chez ses parents. »*

La lettre *h*. Environ 1 500 mots commencent par la lettre *h*. Près de 300 sont précédés dans certains dictionnaires par le signe ‘. Ce signe signifie que le *h* est aspiré. En ce cas, la liaison est interdite. Vous ne ferez que rire en entendant *les héros (les zéros), les harengs (les-z-harengs)*. Un « truc » bien utile. Puisque le *h* aspiré exige l'emploi au singulier de **le** ou de **la**, vous saurez qu'au pluriel la liaison est interdite : *la hache, les haches*; *le harpon, les harpons...*
Voici une liste de mots usuels où la liaison (pour ceux et celles qui parlent en public) ou l'élision (pour ceux qui écrivent) est interdite.
À la fin de certains mots, le *h* est muet (voir p. 262).

‘hâbleur	‘hameau	‘hasard	‘honte
‘hache	‘hanche	‘hauban	‘hoquet
‘hachisch	‘handicap	‘haut	‘horde
‘hachoir	‘hangar	‘havane	‘hotte
‘haie	‘hanneton	‘heaume	‘houille
‘haillon	‘harangue	‘héraut	‘houle
‘haine	‘haras	‘hernie	‘houppe
‘hâle	‘harde	‘héron	‘houx
‘haler	‘hardi	‘héros	‘hublot
‘haleter	‘harem	‘herse	‘huguenot
‘hall	‘hareng	‘hibou	‘hussard
‘halle	‘hargne	‘hisser	‘hutte
‘hallebarde	‘haricot	‘holding	
‘halte	‘harnais	‘hold-up	
‘hamac	‘harpe	‘homard	

➠ Le trait d'union

Vous avez souvent rencontré ce signe (-), notamment au chapitre 2. Il crée des mots en joignant un préfixe à un nom, à un adjectif, à un verbe. Nous reprenons son emploi dans sa totalité, afin que vous puissiez mieux le « visualiser ».

Anti. Prennent un trait d'union les mots exprimant l'opposition dont le deuxième élément commence par **i** : *anti-infectieux, anti-inflammatoire, anti-impérialisme*; ceux qui comportent plusieurs éléments : *anti-francs-maçons, anti-sous-marin*; ceux qui sont formés de manière inhabituelle : *Il est anti-mode*.
Dans tous les autres cas (en majorité), il y a agglutination.

▷ **Antibrouillard** adj. inv. *Des phares antibrouillard* ou, subst., *des antibrouillards* (Acad.).

Auto. Prennent un trait d'union les mots dont le deuxième élément commence par **a** ou **i** : *auto-adhésif, auto-alarme, auto-allumage, auto-immunisation, auto-induction, auto-intoxication*... ainsi que *auto-école* et *auto-stop* (et dér.).
Dans tous les autres cas, il y a agglutination.

▷ Le mot composé prend le genre du mot qui suit *auto* : ***une*** *auto-pompe,* ***une*** *autoneige* (au Canada), ***une*** *autoroute* (Acad.).

Contre. Aucune règle précise ne peut vous guider. Notons cependant que les mots commençant par un **a** sont tous précédés d'un trait d'union : *contre-allée, contre-amiral, contre-appel*... ainsi que les mots commençant par **e** : *contre-écrou, contre-emploi, contre-enquête, contre-espionnage*... et **i** : *contre-indiquer, contre-interrogatoire.*

☒ Devant **o**, on écrit *contre-offensive* mais l'Académie privilégie *contrordre.* Pour les autres mots, consultez, en cas de doute, votre dictionnaire. On écrit *contrecoup* en un mot mais *à contre-courant* ; *contrepoint* mais *contre-pointe.* L'Académie a fixé les graphies en un mot pour *contrechamp* (cinéma) mais *contre-chant* (musique), *contrechâssis, contrecœur, contreplaqué, contrepoison, contreprojet.*

Entre. L'Académie favorise l'agglutination : « *entraimer (s'),* on écrit aussi *entr'aimer (s').* » Il en est de même pour *entrapercevoir (s'), entrapparaître, entrappeler (s'), entravertir (s'), entrebande, entredéchirer (s'), entrégorger (s'), entrefrapper (s'), entrenerf, entrenœud, entrenuire (s'), entresoutenir (s'), ensuivre (s').* Les autres mots sont précédés d'un trait d'union.

Faux, **fausse**. L'Académie favorise le trait d'union : *faux-bord, faux-bourdon, faux-bras, faux-étambot, faux-filet, faux-fuyant, faux-joint, faux-monnayeur, faux-pont, faux-semblant,* mais on écrit sans trait d'union : *fausse couche, faux bond, faux col, faux jour, faux pas, faux pli, faux sens.*

Côté. Écrivez *de tout côté* de préférence à *de tous côtés* (*de tous les côtés*). De même préférez *chacun de son côté* à *chacun de leur côté.*

Non, **quasi**. Prend un trait d'union si le mot est formé avec un substantif : *non-aligné, non-assistance, non-lieu, non-initié, non-violence...* ; *quasi-contrat, quasi-délit, quasi-particule...* Dans un emploi adjectival, il n'y a pas de trait d'union : *les pays non alignés, les unités non combattantes ; Il est quasi impossible de vous joindre.*

Post. Il y a agglutination : *postnatal, postopératoire, postscolaire...* Une exception : *post-scriptum* n. m. inv., abrégé en P.-S.

▷ Méfiez-vous des substantifs qui peuvent se transformer en loc. adv. *Il touche de nombreux à-côtés* mais *Il vit à côté* ; *Un à-peu-près acceptable* mais *Il est à peu près sept heures.*

▷ Méfiez-vous aussi des « bizarreries ». On écrit avec un trait d'union : *compte-fils* n. m. inv., *compte-tours* n. m. inv., mais *compte rendu* sans trait d'union (pl. *des comptes rendus*).

☒ Pour le pluriel des mots composés, voir p. 98 à 110.

Les majuscules dans les noms géographiques[1]

Si le nom propre prend toujours la majuscule, il convient de déterminer si l'adjectif, l'article devant les noms des villes, le substantif placé avant ou après font partie intégrante du « lieu » ou de la « dénomination » géographique.

Le nom unique

Le mot unique prend naturellement une majuscule : l'Europe, la France, le Nord, Paris, la Méditerranée, la Seine, les Vosges.

1. Communication de l'auteur parue dans la revue *Langue française*, n° 108, « La variation graphique et les rectifications de l'orthographe française » (1990) sous la direction de N. Catach, Larousse éditeur.

➠ Le nom composé

➯ Nom français ou francisé d'unité administrative (ville, département, pays)

Il prend une majuscule aux substantifs et aux adjectifs, qu'ils soient placés avant ou après le substantif. Les éléments sont liés par un ou des traits d'union, à l'exception de l'article initial. Incorporé dans la dénomination, l'article défini prend une minuscule :

Aix-la-Chapelle, les Alpes-de-Haute-Provence, l'Australie-Méridionale, le Bas-Rhin, Belle-Île-en-Mer, les Bouches-du-Rhône, Cap-d'Ail, le département de la Côte-d'Or, les Côtes-d'Armor, les États-Unis d'Amérique, Francfort-sur-le-Main, la Haute-Volta, les Hauts-de-Seine, la région de l'Île-de-France, la Mongolie-Intérieure, le Nouveau-Mexique, La Nouvelle-Orléans (mais New Orleans).

▷ Lorsque les noms étrangers n'ont, dans leur langue d'origine, ni accent ni trait d'union, on doit respecter leur orthographe (majuscule aux composants) : Buenos Aires, São Paulo, Los Angeles, New Hampshire, New Orleans, Rio de Janeiro, Venezuela, San Francisco, San Salvador, New York…

▷ Si l'on emploie un adjectif français formé sur ces noms propres, on applique les règles habituelles d'accentuation et on emploie les traits d'union : les New-Yorkais, les Vénézuéliens.

➯ L'article

L'article qui fait partie d'un nom de ville prend une majuscule, sauf s'il y a contraction : *Il alla à La Havane, il visita Le Havre* (contraction : la ville du Havre) *et Le Mans, prit le bateau pour L'Île-Rousse, joua à Las Vegas, se prosterna à La Mecque.*

L'article (*le, la, les*) précédant le nom d'un quartier ainsi que les termes géographiques autres qu'un nom de commune, c'est-à-dire fleuves, îles, montagnes, etc., prennent une minuscule : *Il visite les Batignolles, il habite à la Croix-Rousse* (quartier de Lyon), *la Guadeloupe, la Réunion.*

Nom commun déterminé par un autre nom (baie, cap, fleuve, massif, océan...)

C'est le mot déterminant qui prend la majuscule, qu'il s'agisse d'un nom propre, d'un nom commun ou d'un adjectif (voir plus loin les exceptions pour les adjectifs) :

L'aiguille Verte, le bois de Boulogne (mais le Bois, employé seul), le comtat Venaissin (mais le Comtat, employé seul), la côte des Esclaves, le crêt de la Neige, la dent Blanche, le golfe du Lion, le fleuve Jaune, l'île de France (l'île Maurice), l'île Longue, les îles Anglo-Normandes, la mer Morte, la mer Rouge, les montagnes Rocheuses, le mont Blanc, le mont Maudit, le pas de Calais (le détroit, mais le Pas-de-Calais, le département), la péninsule Ibérique, le pertuis Breton, le pôle Nord, le puy de Dôme (mais le département du Puy-de-Dôme), le tropique du Cancer, la vallée Blanche.

☒ Lorsque la dénomination géographique est composée d'un nom commun et d'un adjectif précédés d'un autre nom commun, ceux-ci prennent une majuscule et sont liés par un trait d'union. Le nom commun qui les individualise reste avec minuscule : le massif de la Forêt-Noire, les îles du Cap-Vert, le massif du Mont-Blanc (mais *il escalade le mont Blanc*).

▷ De nombreuses exceptions veulent que, traditionnellement, l'on mette la majuscule au nom commun et la minuscule à l'adjectif qui le suit. C'est ainsi que l'on écrira : le Bassin aquitain, le Bassin parisien, le Bocage normand, la Cordillère centrale, les Côtes lorraines, le Massif armoricain, le Massif central, la Montagne noire, les Montagnes bleues, la Région parisienne (unité économique, sinon minuscules : *Il visita la région parisienne*).

▷ Il y a hésitation pour : les Îles Britanniques ou les îles Britanniques et le Pays Basque ou le Pays basque. On veillera, lorsque l'adjectif peut être remplacé par un complément de nom équivalent, à ne pas mettre de majuscule : la côte atlantique (de l'Atlantique), la chaîne alpine (des Alpes).

Nom propre accompagné d'un adjectif « accessoire »

Selon la jolie formule employée par l'Imprimerie nationale, cet adjectif dont le rôle consiste à distinguer, « dans l'ensemble unique défini par le nom propre, plusieurs parties (selon l'altitude, l'orientation du lieu, la langue, la nationalité de ses occupants, etc.), conserve la minuscule ». C'est le cas pour :

L'Afrique noire, les Alpes bavaroises, l'Asie centrale, la basse Seine (cours inférieur du fleuve, mais pour désigner l'ensemble économique : la Basse-Seine), la Gaule cisalpine, la Guyane française, le haut Nil, la haute Égypte.

☒ Si un auteur, particulièrement dans les livres d'histoire, veut marquer une période de la civilisation, ou y inclure un contenu artistique, humain, il peut fort bien donner du relief à cette période et écrira : la civilisation du Haut-Nil (deux majuscules et un trait d'union). Là encore, il convient d'unifier dans un même ouvrage.

➯ Nom propre précédé ou suivi d'un adjectif

Lorsque le nom propre est accompagné d'un adjectif qui le précède ou qui le suit, et forme une entité nettement individualisée (géographique mais parfois économique ou humaine), les deux éléments prennent une majuscule et ne sont pas reliés par un trait d'union (sauf cas particulier, voir ci-dessous), ex. :

l'Amérique Centrale (s'oppose à l'Amérique du Nord, du Sud), l'Arabie Heureuse, l'Arabie Saoudite, l'Asie Mineure, le Grand Lac Salé, le Grand Nord, les Grands Lacs, Hong Kong, la Sèvre Niortaise, la Vénétie Julienne.

☒ Traditionnellement, prennent un trait d'union les noms géographiques individualisant une région sur un plan économique, physique ou humain, ex. : le Bas-Languedoc, la Basse-Seine (région économique. Pour désigner le cours inférieur du fleuve, la basse Seine), l'Extrême-Orient, la Grande-Bretagne, la Grande-Grèce (Grèce d'Occident), la Grande-Terre (Guadeloupe), le Moyen-Orient, la Nouvelle-Angleterre, le Proche-Orient, Terre-Neuve.

➯ Surnoms géographiques

Pour les expressions traditionnelles qui désignent une ville, une région, il convient de déterminer une règle facilitant l'emploi de la majuscule : les substantifs prennent une majuscule ainsi que l'adjectif lorsqu'il précède le substantif. Lorsqu'il le suit, l'adjectif prend une minuscule, sauf s'il caractérise un ensemble et forme une entité géographique, ex. :

la Côte d'Argent, la Côte d'Azur, la Côte d'Émeraude, la Côte d'Opale, la Côte Fleurie, la Côte Vermeille, la Grande Barrière, les Grandes Antilles, les Lieux Saints, le Nouveau Monde, la Terre de Feu, le Tiers Monde (sans trait d'union), le Val de Loire. Traditionnellement, on écrit : la Ville éternelle, la Ville lumière, la Ville sainte.

☒ Il y a souvent hésitation pour le Tiers Monde ou le tiers monde. Les majuscules semblent l'emporter dans l'usage. En tout cas, pas de trait d'union.

10

Prononciation et lettres muettes
Quand doubler une consonne ?

Bien prononcer un mot n'est pas toujours facile. Un exemple vaut mieux qu'un long discours. Vous prononcerez un [bro] pour *broc*, [escro] pour *escroc* mais vous ferez entendre le *c* dans *bloc, choc, estoc.*
Vous prononcerez [domteur] et écrirez *dompteur. Arguer* se prononce [ar-gu-er], *geôlier* [jolier], etc.
Le doublement d'une consonne est source de nombreuses erreurs. Par type de famille, il vous sera aisé de savoir quand il faut la redoubler.

🕮 Des sons différents

Les voyelles sont au nombre de six et elles produisent des sons sans intervention de la langue mais uniquement par la vibration du larynx. Ces six voyelles correspondent à cinq sons seulement, **i** et **y** se prononçant de la même manière.
Dans la réalité, ces cinq sons ont donné naissance à des variantes.

➠ Seize sons de voyelles

1. **a** (patte)	5. **è** (près)	9. **ô** (pôle)	13. **an** (temps)
2. **â** (pâte)	6. **eu** (feux)	10. **oi** (roi)	14. **in** (teint)
3. **e** (cerise)	7. **i** (vie)	11. **u** (rue)	15. **on** (long)
4. **é** (été)	8. **o** (porte)	12. **ou** (joue)	16. **un** (brun)

Pour les sons *é* et *è*, reportez-vous à « Accent aigu et accent grave », p. 241).

Quatre sons

Les sons sont émis par les *poumons*, les *cordes vocales*, lesquelles vibrent plus ou moins au passage de l'air, le *voile du palais*, voile qui s'abaisse ou se relève, enfin la *langue* et les *lèvres* qui, de par leur position, accentuent ou diminuent le son.

Ainsi, la **voyelle**, qu'elle soit orale ou nasale, n'est pas arrêtée, dans la propagation du son, entre les poumons et la bouche, alors que la **consonne**[1], elle, est stoppée, plus ou moins longtemps, en un ou deux points de son trajet.

Les consonnes labiales : *b, f, m, p, v*, dont l'arrêt se situe au niveau des lèvres. Prononcez pour le constater : *bas, fat, mou, pas, vent.*

Les consonnes dentales : *d, l, n, s, t, z*, dont l'arrêt se situe au niveau des dents. Prononcez : *le don, le lait, le non, le son, le ton, zut.*

Les consonnes palatales, dont l'articulation se fait dans la région antérieure du palais. C'est le cas de *c* : *car, cuve* ; *ch* : *char, chat* ; *g* : *gars* ; *gn* : *agneau, ignare* ; *j* : *jonc, jeune* ; *r* : *rat, rue.*

Trois sons de consonnes

Les consonnes liquides. Ainsi appelées parce que leur prononciation est coulante. C'est le cas pour le *l* (dentale) et le *r* (palatale).

Les consonnes sifflantes. C'est le cas du *s* (dentale). Chacun a en mémoire le vers de Racine : *Pour qui sont ces serpents qui sifflent sur vos têtes ?*

Les consonnes chuintantes. C'est le cas du *j* et du *ch*.

Des lettres finales

De nombreux mots ne font pas entendre la dernière lettre… ou la font entendre. C'est le sens qui vous indiquera, le plus souvent, la graphie qui convient. Par ex., le *p* ne se prononce pas dans : *Il lui a*

1. On appelle *sonores* les consonnes *b, d, g, j, v, z* parce que, quand on les prononce, les cordes vocales vibrent ; pour les consonnes *sourdes*, elles ne vibrent pas. C'est le cas pour : *c, ch, f, p, s, t.*

porté un coup (même prononciation que dans : *Il a mal au cou*[1]). Il en est de même pour : *Les porcs se sont répandus dans le port* [por].

Finales en *d, t, s, x, z*

Après une voyelle ou une consonne simple, ces consonnes ne se prononcent pas : *un richard, bond, pied, pont, point, amas, lilas, verglas, croix, doux, saindoux, nez.*

Exceptions. Parmi les mots usuels, citons : *accessit, apartheid, azimut, baroud, basket, black-out, bled, codex, cosmos, est* et *ouest, foot, raid, relax, scout, tweed.*

Plus nombreuses sont les exceptions des finales **-is** et **-us**.

En **-is** : *amaryllis, cassis, ibis, iris, lis, maïs, myosotis, oasis, tournevis* (et *vis*), *volubilis.*

En **-us** : *angélus, cactus, chorus, eucalyptus, hiatus, humus, lapsus, lotus, omnibus, papyrus, prospectus, rictus, typhus, virus.*

Finales en *b, f, g, k*

Après une voyelle, ces consonnes se prononcent le plus souvent : *nabab, fief, gong, kapok.*

Finales en *c* et *l*

Elles se prononcent généralement après une voyelle : *bec, col, fol, pal.*

À RETENIR :

Notez les finales en **-oc** et en **-il** où l'anarchie est reine.

Mots où le *c* est muet : *accroc* (et *raccroc*), *broc, croc, escroc* (voir ci-dessous les mots terminés par le son *o*).

Mots où le *c* se fait entendre : *bloc, de bric et de broc, choc, estoc, foc, froc* (fam. pour « pantalon »), *mastoc* (fam.), *roc, soc, troc.*

Double prononciation : *un porc* (*c* muet) mais *un porc-épic* (*c* se fait entendre) ; *un croc* (*c* muet) mais *un croc-en-jambe* (*c* se fait entendre. Pl. : *des crocs-en-jambe* où le *s* ne se prononce pas).

1. **Cou-de-pied** n. m. « Partie antérieure et supérieure du pied. » Pl. *des cous-de-pied*. Ne mettez pas de *p* à *cou* (faute fréquente). Mais *Il lui donna un violent coup de pied au derrière.*

Mots terminés par le son *o*

Nous mettons de côté les mots se terminant par **o**, par **eau**, **ot** et **ôt**, où les erreurs sont rares. Méfiez-vous de l'orthographe de **dévot** (**o** et non **ô*).

AU	AUD	AUT	AUX	Ô	OP	OS	OTH
			Noms				
boyau	badaud	artichaut	taux	allô	galop	campos	Goth
esquimau	boucaud	assaut	chaux		sirop	chaos	
étau	cabillaud	défaut	faux	OC		clos	
fabliau	corniaud	gerfaut	*+ pluriels*			dos	
fléau	crapaud	héraut	*en aux :*	accroc		enclos	
gruau	échafaud	levraut	chevaux,	broc		endos	
hoyau	lourdaud	saut	travaux,	croc		héros	
joyau	maraud		etc.	escroc		os (pl.)	
landau	moricaud					propos	
matériau	nigaud		EAUX			repos	
noyau	réchaud					tournedos	
préau	ribaud		bordeaux				
sarrau	rustaud						
tuyau	salaud						
	saligaud						
	taraud						
			Adjectifs				
	chaud	haut	déchaux		trop (adv.)	dispos	
	costaud		faux			gros	
	courtaud						
	faraud						
	noiraud						
	pataud						
	penaud						
	rougeaud						

Finale en *-en*

Elle se prononce [èn] : *cyclamen, dolmen, gluten, pollen, spécimen.*

Finale en *h*

Le *h* est muet à la fin de certains mots : *almanach, feldspath, fellah, krach, loch, mammouth, varech, Zurich...*

Finale en *-um*

Elle se prononce [om]. La plupart de ces mots proviennent du latin : *album, aérium, arum, capharnaüm, critérium, décorum, forum, géranium, hélium, linoléum, maximum, mémorandum, minimum, muséum, opium, oppidum, podium, post-scriptum, référendum, sanatorium, vélum...*

Différence de prononciation au singulier et au pluriel

Un bœuf [œf], *des bœufs* [eu] ; *un œuf* [œf], *des œufs* [eu] ; un os [os], des *os* [o].

Des lettres finales ou intercalées qui s'écrivent et ne se prononcent pas

Les lettres *m* et *p*

N'oubliez pas dans votre stylo la lettre *m*, mais ne la prononcez pas : *automne* (et dér.), *condamner* (et dér.), *damner* (et dér.).
Il en est de même pour la lettre *p* : **compter** et les mots de la même famille → *acompte, comptable, compte, décompte, escompte, mécompte* ; **baptiser** (et dér.) ; **dompter** → *dompteur, indompté, indomptable* ; **exempt** → *exempter* ; **prompt** → *promptement, promptitude* ; **sculpter** → *sculpteur, sculpture* ; **sept** → *septain, septième, septièmement*.

La lettre e

De nombreux mots sont issus de verbes ayant pour finales **-ayer, -ier, -ouer, -uer**. En ce cas, le *e* ne se prononce pas : *payer* → *paiement* ; *balbutier* → *balbutiement* ; *remercier* → *remerciement* ; *dévouer* → *dévouement* ; *tuer* → *tuerie*.

☛ À RETENIR :

Vous écrirez **soierie** (*e* ne se prononce pas) et vous vous rappellerez que **voirie**, bien que venant de *voie*, s'écrit sans *e* intercalaire.
Vous écrirez aussi **gréement** mais **agrément** (sans *e*).
Le *e* ne se prononce pas dans **asseoir** et on écrit *il s'assoit* sans *e* ; *surseoir* et *il sursoit*.

➡ Des erreurs à ne pas commettre

Étonnez-vous vous-même, afin de mieux écrire ou prononcer les mots le plus souvent « écorchés », y compris par des professionnels.

aérodrome (**aéro** et non **aréo*) mais **aréo**page.

☒ Faute fréquente. Pensez au tribunal d'Athènes qui siégeait sur la colline d'Arès. Au fig., l'**aréo**page désigne une assemblée de personnages illustres.

amygdale. Le *g* ne se prononce pas. Il en est de même pour : **doigt, parpaing, poing, sangsue, seing** (*acte sous seing privé*).

antienne se prononce [an-ti-enne] mais **ancienne** se prononce [an-cienne].

août. Dans sa grande sagesse, l'Académie écrit : « *aoû* se prononce *ou* plutôt que *aou* ; *t* se fait parfois entendre. » Dér. Dans **aoûtat** le *a* initial se prononce ainsi que dans **aoûtien** (**-tien** se prononce [-cien]).

aqueduc se prononce [a-ke-duc] ; **aquarium** [a-koua-riom].

arguer se prononce [ar-gu-er]. « Le *u* se fait entendre dans toute la conjugaison » (Acad.).

astérisque. N'oubliez pas de mettre un *s* – et de le prononcer, comme dans *risque* – à ce mot qui est du genre masc. (faute fréquente).

but. Le « *t* peut se prononcer au singulier » (Acad.), surtout devant une voyelle : *de but* [*t*] *en blanc*.

caparaçon désigne une couverture qu'on met sur le dos des chevaux. Ne pas écrire ni prononcer ce mot en pensant à une carapace !

cassis. Le *s* se prononce au sens de « fruit, arbuste », il est généralement muet au sens de « rigole, creux en travers d'une chaussée ».

cerf. On suivra l'Académie : « *f* ne se prononce pas ».

ch est chuinté dans : *archevêque, chétif, choqué, chute*... mais se prononce *k* dans : *archange, archéologue, archétype.*

▷ Les mots du domaine scientifique commençant par **cho** se prononcent [ko] : *choléra, cholestérol* ainsi que *choral, chorale, chorégraphe, chorus,* etc.

cresson. Prononcer de préférence [kré-son].

désuet, désuétude. Le son **s** est dur comme dans *suer.* Ne pas prononcer **dé-zuet.*

encoignure. Prononcer (sans penser à *coin*) : [en-ko-gnure] (le *i* ne se prononce pas).

fai. On prononce [fe-] : *faisons, faisais, faisions, faisable* (du verbe *faire*) ainsi que *faisan, faisance, faisandé.*

fat. « Le *t* se fait entendre » (Acad.). ☒ *Fat* est vieilli au sens de « sot, idiot ». L'Académie signale le fém. *fate* (rare), employé déjà par Chateaubriand : *Cette émigration fate* [les émigrés à Bruxelles, en 1792] *m'était odieuse.* Et Littré de conclure : « Rien n'empêche d'imiter Chateaubriand. »

fruste. Prononcez bien la finale [-te]. Cela vous évitera de penser au verbe *frustrer* qui n'a rien à voir avec le sens du mot *fruste* (voir p. 192).

gars se prononce [ga].

▷ Usuel en milieu rural, n'est pas péj. : *Un brave gars.* Au contraire de son fém. *garce,* « femme débauchée ». S'est employé jusqu'au XVIe siècle au sens de « jeune fille » et s'emploie encore dans le Midi en ce sens dans l'expression : *C'est une belle garce,* « une belle fille ».

geai se prononce [j'ai].

geôle, geôlier se prononcent [jo-].

gong. Le *g* final se prononce contrairement au *d* de **gond**.

immangeable se prononce, ainsi que **immanquable**, [in-] au contraire de **immaculé, immanent** [im-].

infarctus. Prononcer et écrire **-farc-** et non -**frac-* : *infarctus du myocarde.*

jungle se prononce [jon-gle].

layette se prononce [lè-yèt].

lumbago se prononce [lon-bago].

magnificat. Deux prononciations mais, en principe, *gn* ne se mouille pas. Le *t* se fait toujours entendre.

☒ Ce mot est invariable. Les autres mots en **magn-** se prononcent comme dans *agneau* : *magnanime, magnifier, magnifique, magnolia...*

magnum, **magnat**. *Gn* ne se mouille pas, on sépare le *g* du *n* ; le *t* de *magnat* ne se prononce pas.

marc. Nom commun : *marc de café, de raisin* (sans *s*). Le *c* ne se fait pas entendre au contraire des noms propres où le *c* se fait entendre : *Il se prénomme Marc, Marc Aurèle.*

moelle, moelleux, moellon se prononcent [moi-le], [moi-leu], [moi-lon] et le *o* et le *e* ne se lient pas.

mœurs. Le *s* ne se prononce pas.

nerf. Le *f* ne se prononce pas.

œ. Lorsque le *o* et le *e* sont liés, on prononce [é] : *œdème, œcuménisme* (et dér.).

oignon. Le *i* ne se prononce pas. **Moignon** se prononce [mouagnon].

-on. Le *o* est muet dans *faon* [fan], *paon* [pan], *taon* [tan].

poêle se prononce [poual].

quadr-. Les mots commençant par **quadr-, quadri-, quadru-** se prononcent [koua-] : *quadragénaire, quadragésime, quadrature,* *quatuor*..., à l'exception de *quadrant, quadrat, quadrille* (et dér.), *quadrupler* et *quarté* qui se prononcent [ka-].

quasi. Au sens de « presque » et de « pièce de veau », se prononce [kazi].

rasséréner. Attention à ne pas écrire la finale en *-*nérer*. *Rasséréner*, c'est ramener à la sérénité.

saupoudrer. **Sau-** se prononce [so]. Se garder d'écrire et de prononcer (faute fréquente) **sou*.

☒ De *sau*, forme atone (qui n'est pas accentuée) de *sel* et de *poudrer*. Certains puristes, sous prétexte de l'étymologie *sau* = *sel*, considèrent « saupoudrer de sel » comme un pléonasme. Ce qui est vrai. Mais l'on dit « *saupoudrer de sucre* ». Si bien que l'on ne considère plus *saupoudrer de sel* comme pléonastique.

solennel, **solennité** se prononcent [sola-].

succion se prononce [suk-syon].

trachée. Le **-ch-** est chuinté, comme dans *bouchée*, mais le dér. **trachéite** se prononce [tra-ké-ite].

Noms propres de villes

Anvers et **Arras** font entendre le *s* final.

Auxerre se prononce [auss].

Belfort. Les Belfortains semblent préférer la prononciation [Bé] comme dans *beffroi* mais on entend plus couramment [Bel].

Bourg-en-Bresse. Prononcez [Bourk].

Bruxelles se prononce [Brussel].

Carpentras. Le *s* ne se prononce pas.

Cassis. Le *s* ne se prononce pas.

Chamonix. Objet de controverses, il semble aujourd'hui que le *x* soit muet. De même pour les villes de **Foix** et d'**Oyonnax**.

Enghien se prononce [Engain].

Gérardmer se prononce [Gérarmé].

Saint-Tropez se prononce le plus souvent : [Tropé].

➠ Quelques particularités

-en- Se prononce [in] dans : *bengali, benjamin, benjoin, benzine.*

fait Le *t* est muet dans : *un fait certain* mais prononcé dans : *Le fait est que…, en fait, venons-en au fait.*

plus Le *s* est muet dans : *Il n'est plus là.*
Il a le son [z] dans : *ils sont plus aimables, sans plus attendre.*
Il y a tolérance (son dur ou muet) dans : *Il n'en attendait pas plus* (l'usage emploie [pluss]).

x Quatre sons possibles :
Son [ss] dans : *dix, six, Auxerre, Bruxelles…*
Son [z] dans : *deuxième* (mais on écrit *dizaine*).
Son [kse] dans : *axe.*
Son [gze] dans : *exemple.*

▷ En fin de mot, le *x* ne se prononce pas, sauf dans **box** et **contumax** et dans les mots **index**, **phénix**.

☛ À RETENIR :

Ne vous laissez pas abuser par le son [an]. Vous écrirez avec un *e* : décl**e**ncher. Vous distinguerez (même prononciation) *un adhér**ent** à une association* et *en adhér**ant** à cette association.*

Le saviez-vous ?
Épatez vos amis en retenant ces définitions.

▷ En phonétique, **haplologie** n. f. est le « Phénomène par lequel, dans un mot ou un groupe de mots, deux syllabes identiques et successives sont réduites à une seule articulation. C'est par *haplologie* que “tragico-comique” est devenu “tragi-comique” » (Acad.).

▷ On appelle **yod** une semi-consonne fricative palatale transcrite tantôt par *y* (*ayant*) tantôt par *il (soleil)* ou *ille (maille)*. On écrit **ill** lorsque le son de la voyelle qui précède n'est pas modifié et que celle-ci continue à se prononcer comme elle est écrite : **railler** (ra-iller) ; **mouiller** (mou-iller) ; **égailler** (éga-iller) » (Bled, *Orthographe*, Hachette).

Quand doubler une consonne ?

Famille du type *terre*

Dans ces familles, il y a redoublement pour les sept consonnes : *f, l, m, n, p, r, t.*

Doublement du *f* dans les familles de :

– **coffre** : *coffrage, coffre-fort, coffrer, coffret...*
– **coiffe** : *coiffage, coiffer, coiffeur...*

Doublement du *l* dans les familles de :

– **balle** : *ballerine, ballet, ballon, ballotine*[1]...
– **colle** : *collage, collant, colleur, décoller...*

▷ Les mots commençant par **coll-** font entendre les deux *l* sauf : *collatéral, collation, collègue* et *colloque*.

– **intelligent** : *intellectualité, intellectuel, intelligemment, intelligentsia...*

▷ **Intelligentsia**. Finale **-sia** et non **-zia*.

– **parallèle** : *parallélépipède, parallélisme, parallélogramme.*

▷ La graphie *parallélipipède* est inusitée aujourd'hui.

– **selle** : *seller, sellerie, sellette, sellier.*

Doublement du *m* dans les familles de :

– **ammoniaque**[2] : *ammonite, ammonium, ammophile* (« qui vit dans le sable »).

1. **Balluchon**. L'Académie favorise les deux *l* (VAR. *baluchon*, vx.).
2. **Ammoniac/ammoniaque**. Ne confondez pas du *gaz ammoni**ac*** avec l'*ammoni**aque*** qui est la solution gazeuse de l'ammoni**ac**.

▷ À l'exception de *ammoniaque* et des mots de sa famille, le *m* placé entre deux voyelles qui suit le *a* initial n'est jamais doublé : *amadou, amaigrir, amanite, amollir*... En tout, près de 150 mots.

– **gomme** : *gommage, gommer, gommeux, gommier*...

– **grammaire** : *grammairien, grammatical*...

– **somme** : *sommaire, sommeil, sommelier, sommer, sommier, sommité* [som-mi-té].

➾ **Doublement du *n* dans les familles de :**

– **anneau** : *anneler, annelet, annélides, annelure.*

– **bonnet** : *bonnetier, bonneterie* [bon'tri]...

– **personne** : *personnel, personnification, personnifier.*

– **tonne**[1] : *tonnelage, tonnelet, tonnelier, tonnelle, tonner, entonnoir.*

➾ **Doublement du *p* dans les familles de :**

– **grappe** : *grappiller*[2], *grappin*...

– **grippe** : *grippé, grippage, agripper*...

➾ **Doublement du *r* dans les familles de :**

– **barre** : *barreau, barrage*...

– **beurre** : *beurrer, beurrier*...

– **bourre** : *bourrache, bourreau*...

– **carré** : *carrure, carreau*...

– **horreur** : *horrible, horripilant*...

– **pierre** : *pierreries, perron*...

1. **Détoner** ne prend qu'**un** *n* au sens de « exploser » ; **deux** *n* au sens de « n'être pas dans le ton » (en musique ou par rapport aux convenances).
La graphie *ta**n**in* est plus usuelle que *ta**nn**in* (à *tannin* l'Académie renvoie à *tanin*) mais on écrit *acide ta**nn**ique* (deux *n*).
2. Retenez bien : *grappiller* deux *p*, deux *l* ; *agripper* un *g*, deux *p*. La loc. **en grappe** s'écrit sans *s* (Acad.) ; *une grappe de raisin* ; **grappillon**, « petite grappe de raisin, partie d'une grappe ».

– **terre** : *terrine, souterrain, atterrir...*

– **terreur** : *terrible, terroriser...*

– **verre** : *verrier, verroterie...*

– **verrou** : *verrouillage, verrouiller, verrouilleur.*

▷ Une seule exception (dans la famille de *bourre*) : **bouracan**. Graphie que l'Académie n'a pas modifiée dans sa 9e édition : « Vieilli. Sorte de grosse étoffe de laine. »

➪ **Doublement du *t* dans les familles de :**

– **botte** : *bottier, bottillon, botteler...*

– **crotte** : *crotter, crottin, décrottoir...*

– **flotte** : *flottaison, flottage, flottement, flottille...*

– **lettre** : *lettré, illettré, lettrine, littérature...*

➡ Famille du type *nourrir*

Dans ces familles l'on retrouve la consonne double du verbe dans les dérivés : *nourrice, nourriture...* Il y a doublement des consonnes *f, l, r.*

➪ Doublement du *f* dans les familles de **chauffer** : *chauffeur, échauffourée...* et de **griffer** : *griffonner, griffon...*

➪ Doublement du *l* dans les familles de **sceller** : *scellement, desceller...* et de **solliciter** : *solliciteur, sollicitude...*

➪ Doublement du *p* dans les familles de **échapper** : *échappatoire, échappement...* ; **envelopper** : *enveloppe, développement...* ; de **frapper** : *frappe, frappement...* ; de **japper** : *jappage, jappement...* ; de **stopper** : *stoppage, stoppeur.*

▷ Si les mots de la famille de **échapper** doublent le *p*, ceux de la famille de **chape** n'en prennent qu'un : *chapeau*, ainsi que ceux de la famille commençant par **chap-** : *chapiteau.*

➪ Doublement du *r* dans les familles de **amarrer** : *amarre, démarrage...* ; **équarrir** : *équarrissage, équarrisseur...* ; **errer**[1] : *erreur,*

1. *Errements* ne s'emploie qu'au pluriel : *Persévérer dans ses anciens errements.*

errements ; **fourrer** : *fourrage, fourrure*... ; **narrer** : *narrateur, narration*... ; **nourrir** : *nourrice, nourrisson*... ; **pourrir** : *pourrissement, pourriture*... ; **serrer** : *serrurier, desserrer*...

▷ Tous les mots (plus de 100) commençant par **four-, nour-, pour-** doublent le *r*.

➠ Famille du type *fer*

Dans cette famille, la dernière consonne du radical est toujours doublée : *ferraille, ferrer, ferreux, ferronnerie, enferrer*...

Il y a doublement des consonnes *f, l, n* dans les familles de : **soif** : *soiffard, assoiffé*... ; **cristal** : *cristallerie, cristallin*... ; **métal** : *métallique, métallurgie*... ; **an** au sens de « espace de temps » : *annal* (*droit annal*), *annuaire* ; **tan** : *tanner, tanneur* ; **tyran** : *tyrannie* ; **van** : *vannier*.
Il y a doublement du *t* dans les familles de **fouet** : *fouettard, fouettée*... et de **net** : *netteté, nettoyage*...

Ces constantes vous permettent d'éviter de nombreuses fautes. Hélas ! en dehors de ces cas, aucune règle ne permet de savoir si une consonne se double ou pas. Seul l'usage vous l'apprendra. Nous avons attiré votre attention sur les préfixes (voir p. 31).

➠ Doubler ou ne pas doubler devant *c, g, l, n, p, r, t*

➪ La lettre *c*

Écrivez avec **deux** *c* : *accablant, accalmie, accaparer, accentuer, acceptation, acception*... (environ 140 mots).

☛ À RETENIR :

« Il faut distinguer le mot **acceptation**, qui veut dire action d'accepter, du mot **acception**, qui veut dire soit préférence (*La justice ne doit faire acception de personne*), soit signification (*Ce mot doit être pris dans sa véritable acception*) » (Acad.).

Écrivez avec **un** *c* seulement : **acabit, acacia, académie** (et dér.), *acadien, acagnarder,* **acajou**, **acariâtre**, *acaricide, acariens, acariose, acarus, acatène, acathexis, acaule.*

▷ Retenez les cinq mots usuels, surtout *acabit* et *académie* (faute fréquente).

➾ La lettre *g*

Écrivez avec **deux** *g* : *aggiornamento*[1], **agglomérer** (et dér.), **agglutiner** (et dér.), **aggraver** (et dér.), *jigger,* **jogging**, **loggia**, *leggins,* **toboggan**. Tous les autres mots ne prennent qu'un *g* : *agresser, agripper, aguerrir.*

▷ **Agripper** – nous insistons – ne prend qu'**un** *g* et **deux** *p.*

➾ La lettre *l*

Devant *l*, innombrables sont les mots qui redoublent le *l*, d'*allache* à *allylique*. Citons ceux qui présentent une hésitation : *al**lè**gement, al**lè**grement* s'écrivent avec un *e* accent grave (voir p. 242) ; *al**lé**gretto, al**lé**gro, al**lé**luia* prennent un accent aigu sur le *e* (Acad.).

Ne redoublent pas le *l* : **alanguir**, *alarguer, aléser,* **aligner, aliter, alourdir**, *alunir.*

➾ La lettre *n*

Devant *n*, il y a redoublement : *annoter, annexion, annexionniste*... mais avec un *n* : *anodin, anomal, ânonner*... ☒ **Anoblir** mais **ennoblir** (voir p. 199).

Fonctionalisme n. m. L'Académie précise : « Cette orthographe est préférable à *Fonctionnalisme*. »

Institutionnalisation n. f., **institutionnaliser** v. t. Cependant l'Académie nous rappelle cette règle : « Deux *n* devant *el*, un seul devant *al*. » **Traditionnel** ➞ *traditionaliste* ; **rationnel** ➞ *rationalisme.*

---

1. **Aggiornamento** est un mot italien. « Adaptation de l'Église aux modifications des sociétés humaines. Par ext. Adaptation aux changements. » ☒ *gg* se prononce [dj] et il n'y a pas de *i* entre le *m* et le *n* de *-men-*.

▷ Les deux graphies sont donc acceptables. Cependant, H., P.L.I., R. ne donnent qu'une orthographe à *constitutionnalisme* (et dér.).

La lettre *p*

Il vous faudra avoir recours à votre dictionnaire. On écrit avec **deux** *p*: *apparaître, appareiller, appeler, apprendre, apponter, appuyer...*

▷ Sachez qu'**appas** (aujourd'hui *appâts* est admis par l'Académie) ne s'emploie qu'au pluriel au sens de « Ce qui charme, séduit, éveille le désir ». Vous écrirez **appât** (au sing. ou au pl.) dans les autres sens : *fixer un appât, l'appât du gain*. Voir p. 96.

Mais on écrit avec **un** *p*: *apaiser, apanage, apercevoir* (faute fréquente), *apeurer, apitoyer, aplanir, aplatir, apostiller, aparer.*

▷ Attention à **apostrophe** : c'est un mot féminin (voir l'emploi de l'apostrophe, p. 249).

La lettre *r*

Un peu plus de 50 mots redoublent le *r*, d'**arrachage** à **arroyo**. Citons : *arranger, arrêter, arriver, arrondir, arroser...*

▷ **Arrérages**. Les *arrérages* d'une rente. Ne s'emploie qu'au pluriel, ainsi que le mot **arrhes** qui est fém.

Mais on écrit avec **un** *r*: *arabesque, araignée, arachide, araser... Des terres arables*, « qui peuvent être cultivées ».

La lettre *t*

Le *t* se double dans environ 90 mots (de **s'attabler** à **s'attrouper**). Citons : *attarder, attelle, attention, atterrissage, attroupement...* Mais on écrit avec **un** *t*: *atermoyer, atour* (toujours au pluriel dans *avoir de beaux atours*, mais *une dame d'atour*).

Redoublement du *b* et du *d*

Le *b* se double dans **abbé** (et dér. : *abbatial, abbaye, abbesse*), *gibbeux, gibbon, gibbosité, rabbin* (et dér.), *sabbat* (et dér.).

Le *d* se double dans : **addition** (et dér.), *adduction*, **bouddhisme** (et dér.), *haddock*, *paddock*, *paddy*, *pudding*, *puddler*, *quiddité*, **reddition**.

▷ On écrit plutôt : *pouding*.

➠ Verbes en *-eler* et *-eter*

La plupart redoublent le *l* ou le *t* devant une syllabe contenant un *e* muet : *appeler* (et dér. : *rappeler*), *jeter*. *J'appe**ll**e, je je**tt**e*.
En tout, une centaine de verbes, mais une vingtaine de verbes ne redoublent pas le *l* ou le *t* (voir liste, p. 150).

➠ Verbes en *-er*

***e* fermé [é]**
L'Académie a mis fin à une règle qui voulait que les verbes en **-er** ayant un *é* fermé à l'avant-dernière syllabe de l'infinitif conservent ce *é* (accent aigu) devant une voyelle muette finale. Au futur et au conditionnel, ils conservaient donc l'*é*. On tiendra compte de ce changement, et l'on écrira : *Je c**è**derai, nous c**è**derions*.

➠ Redoublement du *m* et du *n*

Les consonnes nasales *m* et *n* ne sont pas doublées après les voyelles, à l'exception des mots dont le radical commence par *m* et *n* et du préfixe **im-** ou **in-** : *immobile, immodeste, innommable*[1], *innovateur*.

☒ Les mots issus du latin se prononcent [im] : *immuable*, ceux formés à partir du français [un] : *immanquable*.

▷ On écrit *bonhomme*, mais *bonhomie*.

➠ Verbes en *-oner* et *-onner*

La plupart des verbes redoublent le *n* : *additionner, chantonner, couronner, entonner*... À l'exception de : *dissoner, s'époumoner, ramoner, téléphoner*.

---

1. Aujourd'hui on écrit **innommé** et non plus *innomé*.

➠ Redoublement du *s* et prononciation

re- a formé de nombreux mots. Lorsque ces deux lettres sont devant un *s* suivi d'une voyelle, on écrit avec **deux** *s* : *ressembler, ressemelage, ressort, ressource, ressouvenir...*

▷ Tous ces mots se prononcent [re] (et non *[ré]), à l'exception de *ressui*, « lieu où vont se sécher les bêtes vivant en liberté », *ressusciter* et *ressuyer.*

Mais on écrit avec **un** *s* : *resaler, resaluer, resurgir...*

Solution des tests de connaissances

Chapitre 2 : Préfixes et suffixes (p. 64)

age (*âge*) ; denture (*dentition*) ; douleurs (*douleur*) ; dentition (*denture*) ; landeau (*landau*) ; porté (*porter*) ; psychée (*psyché*) ; acnée (*acné*) ; juvénil (*juvénile*) ; hotelleries (*hôtelleries*) ; renomées (*renommées*) ; grivellerie (*grivèlerie*) ; balades (*ballades*) ; celle (*celles*) ; groseiller (*groseillier*) ; oreillier (*oreiller*) ; aquillon (*aquilon*) ; blanchiement (*blanchiment*) ; voierie (*voirie*) ; pâlote (*pâlotte*) ; blanches (*blancs*) ; pailotte (*paillote*) ; gargotte (*gargote*) ; vieillote (*vieillotte*) ; glue (*glu*) ; à l'entour (*aux alentours*).

Chapitre 3 : Du masculin au féminin (p. 85)

① entre-deux-guerre (*guerres*) ; immigrants (*émigrants*) ; leurs pays (*leur pays*) ; bientot (*bientôt*) ; irracontable (*inracontable*) ; un interview (*une interview*) ; anticiper (*prévoir*) ; événements (*évènements*) ; archi-millionnaires (*archimillionnaires*) ; vécus (*vécu*) ; crypto-communiste (*cryptocommunistes*) ; néo-nazi (*néonazis*) ; merveilleuses hypogées (*merveilleux hypogées*) ; polyandrie (*polygamie*) ; scandalisèrent (*scandalisa*) ; champs pétroliers (*champs pétrolifères*) ; étonna (*étonnèrent*) ; traditionnalistes (*traditionalistes*) ; grivellerie (*grivèlerie*) ; qu'ils eurent (*qu'ils eussent*) ; armoieries (*armoiries*) ; bougeote (*bougeotte*) ; ballade (*balade*) ; rigolotte (*rigolote*) ; sarreau (*sarrau*) ; landeau (*landau*).

② Deuxième (*second*) ; une alvéole (*un*) ; grande (*grand*) ; celles (*ceux*) ; alizées (*alizés*) ; L'une (*un*) ; cultivé (*cultivée*) ; exotique (*exotiques*) ; aigüe (aiguë) ; ma hanche (*la hanche*) ; déclanché (*déclenché*) ; arthérite (*artérite*) ; trombose (*thrombose*) ; affreux dartres purulents (*affreuses dartres purulentes*) ; escarres douloureux (*escarres douloureuses*).

Chapitre 4 : Le nombre (p. 121)

chouchoux (*chouchous*) ; soupçonneuses (*soupçonneux*) ; baptème (*baptême*) ; fonds baptismaux (*fonts baptismaux*) ; prémisses (*prémices*) ; bonhommes (*bonshommes*) ; jalousait (*jalousaient*) ; grand-croix (*grands-croix*) ; partie (*parti*) ; quand (*quant*) ; brise-vent (*brise-vents*) ; libre-arbitre (*libre arbitre*) ; désidératas (*desiderata*) ; leitmotives (*leitmotive*) ; quelques (*quelque*) ; en tous cas (*en tout cas*) ; tout oreilles (*tout oreille*) ; toute entière (*tout entière*).

Chapitre 5 : Les accords (p. 143)

faits (*fait*) ; aucuns (*aucun*) ; comprises (*compris*) ; coutés (*coûté*) ; découragea (*découragèrent*) ; pécunières (*financiers*) ; succédés (*succédé*) ; dûs (*dus*) ; voulu (*voulus*) ; entendus (*entendu*) ; rapporté (*rapportées*) ; ressentis (*ressenti*) ; convaincant (*convainquant*) ; suffoquante (*suffocante*) ; fabriquant (*fabricant*) ; extravaguant (*extravagant*) ; déployés (*déployé*) ; chics (*chic*) ; milles (*mille*).

Chapitre 6 : Le verbe (p. 171)

chapître (*chapitre*) ; dussé-je (*dussè-je*) ; n'hésiterais (*n'hésiterai*) ; céderai (*cèderai*) ; mariée (*mariés*) ; nous nous couchions (*couchassions*) ; soyions (*soyons*) ; convenues (*convenu*) ; je sursoierais (*je surseoirai*) ; m'assoierai (*m'assoirai*) ; après que j'aurais (*j'aurai*) ; prendrai-je (*prendrais-je*) ; contacter (*prendre contact avec*) ; présentais l'examen (*me présentais à l'examen*).

Chapitre 7 : Des mots à ne pas confondre (p. 208)

prodigue (*prodige*) ; la finale (*le finale*) ; l'hymne joyeux (*l'hymne joyeuse*) ; soldes intéressantes (*soldes intéressants*) ; « Autant pour moi » (*Au temps pour moi*) ; baccarat (*baccara*) ; bayez belle (*baillez belle*) ; ballade (*balade*) ; les brocarts (*les brocards*) ; voyoux (*voyous*) ; buttèrent (*butèrent*) ; chair (*chère*) ; un différent (*un différend*) ; quand (*quant*) ; rais (*rai*) ; septiques (*sceptiques*) ; tâches (*taches*) ; la tribue (*la tribu*) ; copins (*copains*) ; plus tôt (*plutôt*) ; reviser (*réviser*) ; En définitif (*En définitive*) ; pour clôturer (*pour clore*) ; en but (*en butte*) ; dilemne (*dilemme*) ; m'en rappelle (*m'en souviens*) ; risquer (*tenter*).

INDEX

BIBLIOGRAPHIE

Bled, *Orthographe*, Hachette Éducation.
Burney-Bénac, *Guide de conjugaison*, Hachette.
Didier et Banvard, *Méthode active d'orthographe*, Bordas.
Germa, *Du nom propre au nom commun, dictionnaire des éponymes*, Éditions Bonneton.
Hamon, *Guide de grammaire*, Hachette.
Thimonnier, *Code orthographique et grammatical*, Hatier.

DICTIONNAIRES

Dictionnaire de l'Académie française, 9e édition, tome I (de A à Enz) et *Journal officiel* (fascicules) de Éocène à Onglette, Imprimerie nationale.
Dictionnaire de la langue française, Littré.
Dictionnaire historique de la langue française, sous la direction d'Alain Rey.
Dictionnaire Le Robert.
Dictionnaire Hachette, 2005.
Le Petit Robert, 2005.
Le Petit Larousse illustré, 2005.

Du même auteur :

Le Grand Dictionnaire des citations françaises, Éditions de l'Archipel.

La Correspondance pratique, Le Livre de Poche.

Dictionnaire des proverbes et dictons de France, Le Livre de Poche.

Dictionnaire d'orthographe et des difficultés du français, Le Livre de Poche.

Dictionnaire Hachette des difficultés du français, Hachette.

Composition par Asiatype

Achevé d'imprimer en août 2007 en Espagne par
LIBERDUPLEX
Sant Llorenç d'Hortons (08791)
Dépôt légal 1re publication : septembre 2007
Numéro d'éditeur : 90031
LIBRAIRIE GÉNÉRALE FRANÇAISE
31, rue de Fleurus – 75278 Paris Cedex 06

30/8430/8